D1875490

FVA

JUAN BAS

Skorpione im eigenen Saft

Roman

Aus dem Spanischen
von Susanna Mende

FRANKFURTER VERLAGSANSTALT

Für meine Eltern,
ohne deren Unterstützung in schweren Zeiten
mir der Beruf des Schreibens
nicht möglich gewesen wäre.

Dieser Roman wäre anders
und zweifellos schlechter
ohne die wertvolle und selbstlose Hilfe
meines gelehrten, genussfreudigen,
großzügigen und geliebten
Freundes José Cruz Fombellida
alias *Doktor Mabuse;* ausgewiesener Gourmet,
hervorragender und einfallsreicher Koch
und unermüdlicher Sammler
von Kochbüchern.

Das Ausprobieren, die Gegensätze,
das wird die Norm für die neue Küche sein;
erlaubt sind sämtliche Kreationen,
die stimmig und harmonisch sind,
auch wenn sie den Gaumen schockieren sollten.

ALAIN SAENDERAINS

Man nehme 1 Liter Weißwein,
10 Gramm Kandiszucker,
2 Gramm Weinsäure, 50 Gramm Cognac
und 2 Gramm Natriumhydrogenkarbonat.
Man löse den Zucker im Wein auf,
dann gebe man zuerst den Cognac und
danach das Natriumhydrogenkarbonat hinzu.
Danach ist die Flasche
– die aus dickem Glas sein muss –
umgehend zu verkorken und der Korken
mit einem kräftigen Bindfaden zu sichern.
Die Flasche wird über einen Zeitraum
von 304 Tagen gelagert.
Am 305. wird getrunken!

Rezept zur Herstellung von hausgemachtem Champagner,
Bilbao, Ende des 19. Jahrhunderts

ERSTER TEIL

Die Weltkarte von Bilbao

Die Welt als Ganzes ist
Bilbao in Groß.

MIGUEL DE UNAMUNO,
aus dem Gedicht »Heute habe ich dich genossen, Bilbao«
(Verse aus dem Inneren)

– 1 –

Die Panik überfiel mich ganz plötzlich. Sie durchströmte mich nicht allmählich, sondern packte mich mit einer blitzschnellen, eisigen Klaue, hallte im gesamten Nervensystem wider und schlug ihr Hauptquartier im Magenmund auf, unmittelbar begleitet von einer körperlichen und seelischen Angst, die bohrend und unerträglich war.

»O mein Gott, lass das nicht wahr sein …«

»Haben Sie was gesagt?«

Der Taxifahrer dreht seinen wenig anmutigen Kopf, der unter einen Rasenmäher gekommen sein musste, zu mir und stellt die Frage mit diesem galizischen Akzent, den man auch nach fünfzig Jahren an der Universität von Oxford nicht verliert.

Nur hundert Meter vom Guggenheim-Museum entfernt stehen wir mitten im Stau, der am Vorabend von Heiligabend das Zentrum von Bilbao lahm legt.

»Nein, nein …, es ist nichts. Können wir nicht einen anderen Weg nehmen? Irgendeine Seitenstraße vielleicht … Wir stecken hier schon seit einer Viertelstunde fest.«

»Dann sagen Sie mir, welche … Das ist wirklich nicht zum Aushalten … Vielleicht, wenn die Ampel umspringt … Aber dann wird es noch schlimmer, weil uns die auf dem Weg zur Deusto-Brücke vollends die Tour vermasseln ... Sagen Sie: Fehlt Ihnen irgendwas?«

»Noch nicht.«

Nein, ich glaube nicht. Gut, ich habe Angst und ein paar deutliche Symptome, doch besteht mein körperliches Unwohlsein lediglich aus Krämpfen, Übelkeit oder Schmerzen. Der Mund! Ja, der Mund! Ein Geschmack, als würde ich an etwas Metallischem lutschen, etwas aus Kupfer. Fängt das vielleicht so an? Nein, beruhige dich, Pacho, dein Mund ist nur trocken wegen der Aufregung ... Produzier Speichel und schluck ihn runter. Ja, so. Oder doch nicht? Bitte, lass das nicht wahr sein ...

»Solange die Uhr läuft, geht mir das am Arsch vorbei. Sie wissen schon«, er gibt dem Taxameter, das bereits achthundertfünfundsiebzig Peseten anzeigt, einen zärtlichen Klaps. Darüber hängt ein Medaillon des Heiligen Christophorus mit dem bekannten Kind auf dem Buckel, neben einem fürchterlichen, bunt gefleckten Emailleschmuck, dem Wappen des verfluchten Baskenlandes: der wahrscheinlichste Grund für meine beschissene Lage, – »aber wenn ich Sie wäre und wenn Sie es so eilig haben, zum Basurto-Krankenhaus zu kommen, dann würde ich hier aussteigen, schnurstracks zur U-Bahn an der Plaza Moyúa gehen und ..., na ja, so nah kommen Sie in Wahrheit mit der U-Bahn dann auch wieder nicht ran, also so, wie's aussieht ... Aber ein bisschen schneller ging's schon.«

»Und wenn ich ein weißes Taschentuch raushalte und Sie hupen? Dann lässt man uns bestimmt durch.«

»Was? Warum ein Taschentuch? Damit man mich erwischt und mir eine Strafe aufbrummt? Haben Sie mir nicht gerade gesagt, dass es Ihnen gut geht?«, misstrauisch kneift er ein Auge zu. Er erinnert mich an Popeyes Großvater.

»Im Moment schon ... Aber wer weiß, wie lang noch ... Bestimmt nicht mehr lang.«

»Na gut, wenn es dann so weit ist, halten Sie aus dem Fenster, was Sie wollen«, meint der Nazi.

»Los, fahren Sie schon! Vor uns geht es anscheinend weiter.«

»Mal sehen, ob's das bringt.«

Ja, richtig gebracht haben es die berühmten gebackenen Austern, die ich Idiot gerade gegessen habe: so köstlich roh, einzeln eingewickelt in ein frisches Spinatblatt, damit sie ihren Saft behalten, und umhüllt von einem hauchdünnen Teig aus ..., Himmel Hergott! Gerade mal zwanzig Meter und wieder stehen wir im Stau.

Verflucht sei seine Mutter und verflucht der Unglückstag, an dem ich Antón Astigarraga Iramendi das erste Mal begegnet bin!

»Ist Ihnen kalt? Soll ich die Heizung anmachen?«

»Nein ... Das ändert jetzt auch nichts mehr.«

Vielleicht hat dieser assimilierte Dorftrottel Recht, und ich sollte besser aus seiner schmierigen, nach Misthaufen stinkenden Karre aussteigen und mich im Galopp zum Krankenhaus aufmachen. Aber wenn ich renne, erhöht sich mein Herzschlag – momentan ist es ein mittleres Rasen – und das Blut zirkuliert noch schneller. Ich glaube, das würde alles eher noch verschlimmern. Oder nicht? Ich weiß nicht, was ich tun soll ... Ich muss mich irgendwie ablenken, darf mich nicht hineinsteigern; früher oder später muss sich dieses Verkehrschaos ja auflösen.

Na los, raff dich auf und geh zu Fuß. Es ist das Beste, ohne Zweifel: nicht noch mehr Zeit verlieren.

Ich kann mir nicht vorstellen, dass die Polizei schon nach mir sucht. Los. Ich bezahle diesen Volltrottel, steige aus und renne los.

»Ah, du lieber Gott!!«

…

Gerade, als ich dem Taxifahrer einen schönen Abend wünschen will, spüre ich, dass ich in ein dunkles Loch falle, dass ich weggleite, dass mir die Sinne schwinden – dass ich sterbe. Ein paar Sekunden totale Dämmerung, Todeskampf, doch nur für ein paar Sekunden.

Schon wieder vorbei.

Ich atme tief durch.

Kalter Schweiß bricht mir aus.

Der Blutdruck ist einfach weggesackt, eine Überreaktion des Nervensystems wegen der Angst, das muss es gewesen sein, weiter nichts …

»Hallo! Hören Sie mich nicht?«, beschwert sich der Taxifahrer in rüdem Ton.

»Tschuldigung, ich war … kurz weggetreten. Was haben Sie gefragt?«

»Ob Sie was gewonnen haben, habe ich gefragt?«

»Wie bitte?«

»Lotto, Mann … Die Weihnachtslotterie. Ob Sie irgendwas abgesahnt haben.«

»Bei dieser Lotterie sicher nicht. Dafür hab ich bei einer anderen vielleicht sogar den ersten Preis gewonnen.«

Der Taxifahrer dreht sich wieder zu mir um. Er sieht mich durchdringend an, und mit einem hinterhältigen und spöttischen Ausdruck sagt er in einem seltsam unheilschwangeren Tonfall, der beunruhigend anders klingt:

»Vielleicht ist ja Ihre Nummer gar nicht mehr dabei.«

Wieder überläuft mich ein eiskalter Schauer.

»Warum sagen Sie so etwas? Was meinen Sie damit?«

Er antwortet nicht. Er sieht wieder nach vorne und setzt sein übliches Geschwätz fort.

»Das geht mir am Arsch vorbei. Das mit der Weihnachtslotterie, meine ich. Na ja, stimmt nicht ganz; einmal habe ich fünftausend Peseten gewonnen und früher schon mal ein paar Kröten, aber ich habe zweiunddreißigtausend Mäuse eingezahlt, doch wie jedes Jahr nur kleine Fische... und der ganze Hauptgewinn nach Teruel, ein starkes Stück das.«

»Klar...«

Was hat er nur damit gemeint, meine Nummer sei nicht mehr dabei? Auch egal. Zurück zum Wesentlichen. Wir stehen immer noch an derselben Stelle. Wenn der Schwindelanfall vorbei ist, werde ich zu Fuß weitergehen. Los, ich steig aus, raus aus dieser Scheißfalle und weg von dieser Nervensäge.

Doch wenn ich's mir recht überlege, warte ich lieber noch ein bisschen.

Aber wenn sich der Stau nicht in spätestens fünf Minuten aufgelöst hat, steige ich aus.

Auf jeden Fall.

Beschlossene Sache.

Diesmal bestimmt.

Und wenn es bereits egal ist, ob ich warte oder mich beeile? Wenn es schon zu spät ist und man mich nicht mehr retten kann?

Beruhige dich, Pacho, du bist schon mit viel schlimmeren Sachen fertig geworden, alter Haudegen, ganz bestimmt, auch wenn dir gerade keine einfallen will; denk einfach an etwas anderes.

Im Radio, dessen hintere Boxen mir die Ohren volldröhnen, sondert irgendein Schwachkopf Sentimentalitäten über den Sinn von Weihnachten ab, die so herzergreifend sind wie der Zweite Weltkrieg.

»Klar, mein Kleines. Wenn du brav warst zu den *aitas*, und ich bin sicher, du warst es, bringt dir der *Olentzero* bestimmt das Spielzeug und die anderen hübschen Sachen, die du dir gewünscht hast. Na, warst du ein braves Mädchen, Irati? Wirklich brav, hm?«

»Geht so.«

»Was heißt hier geht so? Also ein bisschen ungezogen warst du schon?«

»Ja … Das findet jedenfalls Onkel Joseba.«

»Und warum findet Onkel Joseba das?«

»Weil ich ihm nicht erlaube, dass er mir unters Kleid fasst, und weil ich die hässliche Puppe nicht küssen will, die in seiner Hose wohnt.«

»Aha … Verstehe … Die Technik sagt mir gerade, dass die Verbindung unterbrochen wurde … Und nun bringen wir auf Wunsch unserer netten Hörer aus der Besserungsanstalt El Niño de La Bola in Galdakoa die Weihnachtsrumba *Die Schäfer gehen zum Pogrom* der Gruppe Costo de Agosto.«

Das reicht, du Marktschreier; eine schöne Blamage, weil du so aufdringlich und bescheuert bist. Iratis kindliches Bekenntnis hat dich so kalt erwischt, dass sogar deine schmierige Stimme klingt wie die von Foghorn Leghorn.

Und für diesen Lüstling Onkel Joseba wird es bestimmt ein unvergessliches Weihnachten werden; Pädophilie über den Äther, ein wirklich hübsches Geschenk von dem bekloppten *Olentzero*.

Über meins kann ich mich allerdings auch nicht beklagen.

Wer hätte das gedacht? Völlig am Ende dank dieses versoffenen Köhlers aus Guipúzcoa, über den ich so oft gelacht habe wegen des pathetischen Kreuzzugs der Nationalisten, die darauf erpicht sind, die prächtigen, aber nicht sehr baskischen Heiligen Drei Könige durch einen autistischen Hinterwäldler zu ersetzen, den sie aus der Mythologie des tiefsten Tals von Guipúzcoa hervorgezerrt haben – ein schöner Pleonasmus. Gold, Weihrauch und Myrrhe, ersetzt durch den Dung vom Esel des Opfers.

Dem galizischen Holzkopf fällt zu dem Onkel, der kleine Mädchen befummelt, anscheinend nichts ein; möglich, dass die Schilderung der engelhaften Irati sein Vorstellungsvermögen übersteigt. Allerdings legt er, angeregt von dem flotten Rhythmus dieser nervtötenden Weihnachtsrumba, den Arm auf die Rückenlehne des Beifahrersitzes und trommelt mit langen, schmutzigen Fingernägeln – seine Hand sieht aus wie die Klaue eines wilden Tiers – auf den Plastikbezug; das halte ich nicht aus.

»Tschuldigung. Könnten Sie das unterlassen?«

»Was?«

»Das … Tapp-Tapp-Tapp mit den Fingern.«

»Huch, auch noch empfindlich! Entschuldigen Sie bitte … Und das Radio, stört Sie das auch?«

»Ja, aber weit weniger.«

»Ich kann es auch gar nicht ausschalten; das geht nur, wenn ich den Motor abstelle. Wenn Sie wollen, tu ich's.«

»Nein, nein! Bloß nicht! Ehrlich gesagt, bin ich nicht gerade in Festtagsstimmung …«

»Ich auch nicht, mein Herr … Ich wäre lieber in einer Bar oder einkaufen, wie diese ganzen Idioten; würde mir zwar auch mächtig auf die Eier gehen, aber anders halt … Alle wie die Lämmer zum Corte Inglés. Und wann hab ich mal Zeit dafür, hä? Ich kann Ihnen sagen, wann: Wenn nur noch der ganze Plunder übrig ist, den die anderen nicht haben wollen; bin mal wieder der Gelackmeierte, wie immer.«

Gnädigerweise unterbricht der Waldschrat seinen Monolog pseudomenschlicher Logik, um den widerlichen Stummel seines billigen Zigarillos neu anzuzünden. Grauer Rauch, dicht und beißend, der durchaus mit der radioaktiven Wolke von Tschernobyl mithalten könnte, breitet sich in dem verkeimten Inneren des Taxis aus. Ich habe mein Päckchen Benson & Hedges in unserem Lokal, der Weltkarte von Bilbao, liegen lassen, neben dem Computer mit dem Geständnis eines Soziopathen und der Flasche Glenmorangie, in dem Moment, als ich begriff, was sich da Ungeheuerliches zusammenbraute und zum Guggenheim-Museum davongestürzt bin.

»Entschuldigung, ich habe keine Zigaretten mehr. Haben Sie vielleicht eine für mich oder eine von diesen Farias?«, frage ich mit gut gespielter Unterwürfigkeit.

»Kommt gar nicht in Frage … Ich hab nur die hier. Und diesen Stummel will ich Ihnen nicht geben, so kurz und zerkaut wie der ist … Aber ehrlich gesagt würde ich Ihnen sowieso keine geben; ich erlaube nicht, dass in meinem Taxi geraucht wird. Ich mache eine Ausnahme, weil der Stau mir auf die Nerven geht …, das gilt natürlich nur für mich, klar.«

»Sie sind wirklich reizend. Es muss wunderbar sein, auf einem Flug nach New York neben Ihnen zu sitzen.«

»Sagen Sie das jetzt im Spaß, oder meinen Sie das ernst?«

»Es bewegt sich was! Los!«

»Ganz ruhig, Mann, werden Sie bloß nicht nervös, ich kenne meinen Job ... Mit mir würden Sie also nicht gerne nach New York fliegen, was?«

»Natürlich würde ich das, war nur ein Scherz. Mein Gott, nun geben Sie schon Gas!«

Der Verkehr fließt auf einmal wieder, langsam, aber er fließt.

Meine Beklemmung lässt um einen Grad nach, aber nicht einmal einen Atemzug später steigt sie gleich um drei. Sirenen sind zu hören, zweifellos Sirenen von Notarztwagen und der Polizei hinter mir, die in Richtung Guggenheim unterwegs sind. Das kann nur bedeuten: dass die reifen Äpfel allmählich vom Baum fallen.

– 2 –

IHRE KARTE WURDE EINBEHALTEN
SPRECHEN SIE MIT IHRER BANK

Alles begann mit diesem Schlag ins Gesicht in einer kalten Januarnacht dieses Jahres 2000, von dem ich nicht weiß, ob ich es überleben werde. Wie hat sich mein Leben und wie habe ich mich doch in dieser kurzen Zeit verändert. Früher war ich ein glücklicher und verantwortungsloser

Nichtsnutz, vielleicht ein wenig bescheuert, war aber auf meine Weise zufrieden. Ich wollte nicht für bare Münze nehmen, was ich da auf dem Bildschirm las, besser gesagt, wer mir nichts Bares geben wollte, war der Geldautomat. Ich befand mich im Casino Nervión, meinem zweiten Zuhause. Es hatte Mitternacht geschlagen, ein neuer Tag begann, und ich konnte wieder fünfzigtausend Peseten abheben – mein mickriges Limit –, mit denen ich meine *petite* Schlappe wiedergutmachen wollte, die ich soeben beim Roulette erlitten hatte. Versehen mit der Finanzspritze und einer maßvollen Hidjra für eine weitere Runde Roulette; und wenn ich das Fräulein Soraya, jene püppchenhafte Croupière mit dem Hauch einer *Femme fatale*, die Unglück über mich brachte wie Freitag, der dreizehnte, ignorieren würde, sah ich eine Chance, meinen Verlust wieder auszugleichen. Und plötzlich dieser bedrohliche Satz auf dem schmuddligen Bildschirm: Ihre Karte wurde einbehalten. Wieso? Eine unheilvolle Ahnung befiel mich.

Das war echt Scheiße, so als würde man jemandem in Katerstimmung in die Zwiebelsuppe pinkeln; diese blöde Kiste verweigerte mir nicht nur meine Zuteilung, sondern entführte auch noch mein rettendes Plastikkärtchen, meine Visa-Karte, die ich wie die Luft zum Atmen brauchte, und schloss sie in seinem unbarmherzigen Metallbauch ein. Francisco Javier Murga Bustamante, behandelt wie ein Versager!

Wie ein stechender Schmerz befiel mich die Panik – dachte ich damals jedenfalls; was wahre Panik ist, das erlebe ich jetzt – etwas unterhalb der Gürtellinie, und dazu ein starkes Schwindelgefühl. Um nicht den Boden zu küssen oder einer drohenden Ohnmacht anheim zu fallen, versuchte ich, mich beim Betrachten des Vexierspiels auf meiner Armbanduhr zu entspannen, bei dem die putzigen Figuren Tim und Struppi einander an Händen und Füßen haltend Purzelbäume schlugen.

»Was ist los mit dir, Pacho? Bisschen neben der Spur? Tut dir irgendwas weh?«

Schreck lass nach. Der unausstehliche Nacho Totela, Söhnchen von Papa, der fett im gemachten Nest hockte und über unermessliche Barreserven verfügte, hatte mich in dieser kompromittierenden Situation erwischt. Mit der Disziplin eines Zenmeisters riss ich mich augenblicklich zusammen und schenkte ihm ein verdrießliches Lächeln.

»Nichts dergleichen, lieber Nacho. Kleiner Ärger mit diesem blöden Kasten. Er hat grundlos meine Kreditkarte geschluckt. Manchmal habe ich den Eindruck, diese Wunderwerke der Technik führen ein Eigenleben, *you know ...*«

»Ja ..., verstehe, was du meinst«, nuschelte der Wichser, während er mich misstrauisch aus dem Augenwinkel ansah.

»Und Tatsache ist, ich hab meine Amex und Master Card in der anderen Brieftasche gelassen. Echt tragisch, gerade jetzt, wo sich eine Glückssträhne abzeichnet ...«

»Was du nicht sagst.«

Das Arschloch stellte sich dumm und ließ mich tiefer fallen als der Philippinengraben war, zückte seine Platin-Visa-Karte, und um mir so richtig auf die Nüsse zu gehen, hob er unter meinen gierigen Blicken am selben Geldautomaten zwanzigtausend Peseten ab.

»Na, wie es scheint, funktioniert der Automat doch ... Gute Besserung, Pacho.«

Er drehte sich um und kehrte zu seinen läppischen Einsätzen zurück. Na gut, im Geiste vermerkte ich diesen Penner unter den Top Ten meiner schwarzen Liste. Diesem knickerigen Hohlkopf würde ich schon zeigen, was eine Harke war.

Ich kehrte zu den Spieltischen zurück. Saalchef war der mürrische Pelagra, der, um seinen Mangel an Weltläufigkeit zu verbergen, so tat, als würde er mich nicht bemerken; es hätte ihn glücklich gemacht, mir einen Kredit in Form von Jetons zu gewähren; doch niemals hätte ich mich dazu herabgelassen, diesen Leibeigenen um etwas zu bitten.

Aus der Fassung gebracht von meinem Missgeschick, verwechselte ich meinen abgestandenen Drink mit einem gut gefüllten Whiskyglas daneben und leerte es in einem Zug. Der eigentliche Genussberechtigte, ein schwitzender Bauerntrampel, wagte es, mich wegen dieser Bagatelle zurechtzuweisen. Was für ein ungehobeltes Pack doch in diesem Kasino verkehrte!

Von der Mittelmäßigkeit und herrschenden Kleinkariertheit angewidert, machte ich, in düstere Gedanken versunken, einen Abgang.

Struppi, mein treuer Minifoxterrier, dessen Leine ich um einen Poller des Casinoeingangs gelegt hatte, erwartete mich geduldig unter den schützenden Blicken von Roque, dem liebenswürdigen Pförtner, der die Nacht vergessen haben musste, in der ihm mein Maskottchen an das Hosenbein seiner abgetragenen Uniform gepinkelt hatte.

Dieser nette Pförtner spielte mit Struppi, indem er Steinchen auf ihn warf, die für den kleinen Hund vielleicht ein wenig groß waren; er meinte es nicht böse. Als er mich kommen sah, blickte der unterwürfige Lakai zur Decke und begann zu pfeifen, damit ich mich nicht verpflichtet fühlte, ihm für seine Fürsorglichkeit ein Trinkgeld zu geben; wie sympathisch! Als ich Struppi losband, bemerkte ich, dass irgendeine kranke Seele ihren Fußabdruck auf seiner Flanke hinterlassen hatte. Was sind das nur für Monster, die zu solchen Schandtaten fähig sind? Ein so liebes Tierchen zu misshandeln, das lediglich Zigeuner anbellt ... Ich blickte Roque streng an. Beschämt von meiner stummen Bitte um Rechenschaft für seine mangelnde Fürsorge, polierte sich der arme Pförtner einen Schuh mit besagtem Hosenbein seiner Dienstuniform.

Ich passte meinen elastischen Schritt Struppis fröhlichem Trab an und unternahm einen melancholischen Spaziergang.

– 3 –

An der Ecke zur Calle de Elcano blieb Struppi stehen, um ein Bein zu heben. Das blinkende Neoncocktailglas des nahgelegenen Twins hypnotisierte mich wie Lee Remick das Wort »Bar« in *Tage des Weines und der Rosen*. Ich machte kurz Kassensturz: ein einziger Schein, auch noch ein Tausender, und mehrere Hundertpesetenmünzen. Ich war am Grund des Brunnens angekommen, und den Blecheimer hatte ich auch noch auf den Kopf gekriegt; doch es reichte für zwei Dry Martinis!

Das Twins hatte ich bereits vor Jahren entdeckt und besuchte es mindestens einmal pro Woche. Es ist weder hübsch noch gemütlich noch sauber, nicht einmal die Wirte sind sympathisch, ganz im Gegenteil; dafür machen sie die besten Cocktails der Welt. Ich übertreibe nicht. Ich habe einen Haufen Cocktailbars in Madrid, Barcelona, Paris, London und New York besucht, und keine kann es mit der Güte des Twins aufnehmen.

Die Bar gibt es seit fünfundzwanzig Jahren. Die beiden Chefs, die Brüder Julián und Josemari Rigoitia, zwei streitlustige eineiige Zwillinge in den Sechzigern, vollbringen persönlich diese wundersamen Abendmahle, die alchimistischen Zauberkünste, die ihnen mit edlen Tropfen, dem Cocktailshaker und dem Mischbecher gelingen.

Margarita, Tequila Sunrise, Alexander, Whisky und Pisco Sour, Southern Comfort, Old Fashioned, Manhattan, Mojito, Vaca Verde, Sesos de Guipuzcoano, Frozen Daiquiri, Negroni, Dubonnet, Tom Collins, Gimlet, Ginfizz … sind nur ein paar von den flüssigen Psalmen, die sie mit unvergleichlicher Kennerschaft abmischen.

Meine Verehrung gilt dem kosmopolitischen Dry Martini mit Gin – der mit Wodka ist in meinen Augen ein Gesöff für russische Bauern –, den ich sehr trocken trinke, kaum angefeuchtet von der Dosis Noilly Prat, des fanzösischen Wermuts, der dafür in Frage kommt und der in einen Fingerhut passt; ohne dabei der Exzentrik eines Churchill zu verfallen, dem es genügte, dass ein Sonnenstahl durch die Flasche Wermut schien und auf das Glas fiel. Und selbstverständlich habe ich den Mischbecher lieber als den Cocktailshaker, gerührt, und nicht geschüttelt, genau andersherum als der Angeber James Bond – *shaken, not stirred, he says* –, der ihn, um das Maß voll zu machen, auch noch mit Wodka trinkt, diesen faden Wodkatini.

»Wir schließen gleich. Es muss schnell gehen.«

»Also wenn die Zeit drängt, zwei trockene, Josemari, mit Bombay Saphire, bitte.«

»Ich bin Julian.«

Die Zwillinge Rigoitia sind wirklich nicht zu unterscheiden. Sogar ihr Haarausfall hat sich mit den Jahren gleich entwickelt, beide haben dieselbe Warze auf der linken Wange und schnäuzen sich auf genau dieselbe Weise ohne Taschentuch.

Das Erste, was mir am Twins gefiel, war, dass an der Tür nicht eines dieser widerlichen Schilder mit dem edlen Haupt eines deutschen Schäferhundes klebte, der mit einem roten Balken durchgestrichen war. Die Zwillinge haben meinen Hund stets gut behandelt und sich bei ihren Scherzen darauf beschränkt, ihn mit Olivenkernen am Auge treffen zu wollen. Und dann diese dekadente Atmosphäre in dem Lokal, mit diesem Geruch nach *Film noir* und den Toiletten, deren Spülkästen nie richtig funktioniert haben.

Der ideale Ort, um eine erbärmliche Nacht wie diese zu beenden.

Außerdem birgt die Bar ein Geheimnis, das ihren Reiz noch vergrößert.

Seit das Lokal vor einem Vierteljahrhundert eröffnet wurde, reden die Zwillinge Rigoitia nicht miteinander. Niemand scheint den Grund dafür zu kennen. Jeder bedient an seiner Hälfte des Tresens, und wenn sie sich etwas mitzuteilen haben, tun sie dies über eine Tafel, die über dem Eingang zum *Labor* am Ende des Tresens hängt, wobei sie sich einen Spaß daraus machen, mit der Kreide ein grässliches Quietschen zu erzeugen, das die Geduld der treuen Kundschaft strapaziert.

Es gibt allerdings eine unbestätigte Legende, was diese gegenseitige Achtung angeht.

Die Rigoitias arbeiteten ein paar Jahre in New York, bevor sie sich in Bilbao niederließen. Dort wurden sie mit *cum laude* in ihrer Profession ausgezeichnet; sie betrieben eine kleine Cocktailbar in Brooklyn, der sie den bedeutungsvollen Namen The Water of Bilbao gaben – wir hier in Bilbao bezeichnen den Champagner als »Wasser von Bilbao«. Ich habe gehört, dass Frank, ja, *The Voice*, der große Sinatra, die Bar regelmäßig besuchte und süchtig nach Bloody Mary war – mit einem Stengel Sellerie –, den Josemari mixte. Es heißt sogar, dass sich einmal, kurz vor seiner Wahl zum Präsidenten, JFK höchstpersönlich in Begleitung des Mafioso Sam Giancana dort mit Cuba libre einen ordentlichen Schwips angetrunken habe.

Die Legende also besagt, dass Julián eine flüchtige Affäre mit Ava Gardner unterhielt. Die Gardner hatte eine ziemliche Schwäche für stattliche Männer – wie es scheint, waren die Rigoitia-Zwillinge in ihrer Jugend nicht völlig abstoßend gewesen – und jede Art von Destillat mit über 45 Prozent und war damals noch nicht von Sinatra geschieden, der dieser sinnlichen Göttin The Water of Bilbao gezeigt hatte.

Es geht das Gerücht, dass Josemari seinen ihm zum Verwechseln ähnlichen Bruder bei einer Gelegenheit ausstach. Wie es scheint, war sich die leidenschaftliche Ava der Umbesetzung nicht bewusst, bis zu dem Moment, als es ernst wurde. Die anatomische Übereinstimmung der Rigoitia-Zwillinge hatte wohl ihre Grenzen, und unter der Gürtellinie entdeckte die Kennerin Gardner den Unterschied und wusste ihn zu schätzen. Weit davon entfernt, sich über den Betrug zu empören, stellte der Star von da an seine geschätzten Dienste ausschließlich Josemari zur Verfügung.

Man sagt, dass dieser und kein anderer der verständliche Grund für den lang anhaltenden Zwist der Rigoitia-Zwillinge sei, der dadurch noch verschärft wurde, dass Sinatra herausfand, wer ihm da die Hörner aufsetzte, und die Tracht Prügel mehrerer Heißsporne, die von den Freunden von *The Voice* aus Little Italy geschickt worden waren, Julián abbekam.

Kaum hatte ich den ersten Kelch gelehrt, als ich mich auch schon auf den zweiten stürzte; ein lauwarmer Dry Martini ist wie ein richtiges Weib mit Strumpfhaltern von Dior, aber in flachen Nonnenschuhen.

In diesem Moment waren im Twins nur ich und ein weiteres Gemeindemitglied, das am anderen Ende des Tresens eine Flasche Roda I – ein recht ordentlicher Rioja – mit den Eigentümern der Bar teilte.

Der Typ war mir schon mehrfach aufgefallen; ein Kerl wie ein Schrank, so um die fünfzig, ein Trunkenbold, Schwätzer und Großmaul, streitsüchtig und mit einer brüsken Art, sich zu bewegen. Ein *Barfly* wie so viele andere, mit einem Unterschied: Er war die authentische Verkörperung von Kapitän Haddock. Haare und Bart waren grau, doch er war Hergés Zeichnung dieser genialen Figur wie aus dem Gesicht geschnitten.

Haddocks Doppelgänger hatte mächtig einen sitzen, wie fast immer, wenn ich ihm irgendwo begegnet war. Er kippte das Glas Rotwein mit einem Schluck hinunter und verabschiedete sich von seinen Gastgebern mit einem

Schlag auf den Tresen, der ausgereicht hätte, eine Riesenfliege von einem halben Kilo platt zu machen. Schwankend vor Trunkenheit ging er zur Tür. Ich saß ganz in der Nähe auf einem Barhocker, Struppi zu meinen Füßen, dessen Leine an einem Haken am Tresen befestigt war. Bevor Haddock hinausging, blieb er stehen und blickte mich mit seinem Menschenfressergesicht und seinen blutunterlaufenen und zornigen Augen an.

»Weißt du nicht, dass es verboten ist, Tiere in öffentliche Einrichtungen mitzunehmen, wo Getränke ausgeschenkt werden?«

»Entschuldigen Sie, ich wüsste nicht, dass ich Ihnen das Du angeboten hätte.«

»Lass den Schwachsinn, du Rotzlöffel. Und schaff diese Töle aus der Kneipe! Hast du mich verstanden?«

»Sehr wohl, aber in diesem Lokal gibt es kein Schild, das es verbieten würde, Hunde mitzubringen. Und wenn jemand etwas dagegen einwenden dürfte, dann höchstens die Eigentümer.«

»Aber ich habe es dir befohlen, du Idiot. Was dagegen?«, um mich einzuschüchtern, streckte er mir seinen Dickschädel entgegen.

»Allerdings habe ich etwas dagegen. Außerdem ist mein Hund angebunden und belästigt niemanden. Und kommen Sie mir bitte nicht zu nah, Sie haben eine mordsmäßige Fahne.«

Entwaffnet von meiner britischen Ungerührtheit, wandte sich der Verrückte Hilfe suchend an die Zwillinge.

»Ist das nicht der Gipfel? Dieses Arschloch behauptet, ich hätte eine Fahne.«

»Komm schon, Antontxu. Wenn du ihm ein paar verpassen willst, dann nimmst du den Köter und ihn mit hinaus auf die verdammte Straße. Wir dulden hier keine Schlägereien«, meinte Julián oder Josemari mit einer merkwürdigen Auffassung von der Sicherheit ihrer Kundschaft.

»Keine schlechte Idee... Wenn ich dir sage, du verdammter Idiot, dass dieser beschissene Mösen leckende Köter, dessen Herrchen ein Arschloch ist, mich stört, dann genügt mir das, um aus ihm einen Schlüsselanhänger zu machen«, er kam mit seiner Visage noch näher. Er stieß solche Beleidigungen aus, dass sich meine Augen zu Schlitzen verengten. »Außerdem trägt er keinen Maulkorb«, stellte er fest und lächelte angesichts seiner spektakulären Entdeckung.

Die am nächsten liegende Antwort hatte er mir soeben auf dem Präsentierteller gereicht, was ich mir auch nicht entgehen ließ.

»Wer hier einen Maulkorb braucht, sind Sie.«

Er wurde dunkelviolett, und seine blutunterlaufenen Augen wollten ihm wie Sektkorken herausspringen. Ich hoffte auf einen Schlaganfall.

»Das lass ich mir von so 'nem Zwerg wie dir nicht sagen! Ich warte draußen auf dich! Ich werde dir die Fresse polieren!«

Er riss mit solchem Schwung die Tür auf, dass ich dachte, er würde sie aus den Angeln heben.

»Mach die Tür zu oder verschwinde endlich, es kommt kalt herein!«, befahl man ihm von hinten.

Doch er ging nicht hinaus. Er blieb wie angewurzelt stehen und starrte mich herausfordernd an, sichtbar überrascht von meiner Gelassenheit. Ich nahm eine Mentholzigarette aus der Dunhill-Schachtel und zündete sie falsch herum an; wie eklig! Es war die einzige physische Reaktion, die verriet, wie viel Schiss ich wirklich hatte.

»Tut mir Leid, mein Herr. Ich prügle mich nicht mit Psychopathen.«

Er war wie vor den Kopf geschlagen. Es dauerte eine Weile, bis er reagierte. Ich hatte ins Schwarze getroffen.

Das Dunkelviolett wurde zu Aschgrau, und ein wenig blutiger oder weingetränkter Schaum trat aus seinem Mund. Er zerrte so heftig und ungeschickt an seinem Mantel, dass er sich kurzzeitig darin verhedderte. Es war eine gute Gelegenheit, ihm den Bergkristallaschenbecher, der sich in Reichweite befand, auf den Schädel zu schlagen, aber ich bin ein Gentleman aus Bilbao und kein Kneipenschläger.

»Komm schon, du Arschloch! Ich warte draußen auf dich!«

Er stürmte hinaus, blieb mitten auf dem Bürgersteig stehen und warf seinen Mantel voller Wut auf die Motorhaube eines dreckverkrusteten Autos, während er mich mit einer Suada von Seemannsflüchen überschüttete. Bedächtig band ich Struppi los, stand auf und rannte zu den Toiletten, wo ich mich verschanzte, indem ich die Tür verriegelte und die Gebrüder Rigoitia bat, die Bar abzuschließen oder die Polizei zu rufen. Denn zu allem Unglück hatte ich auch noch mein Mobiltelefon zu Hause liegen lassen, ein originelles Teil in Form des Arumbaya-Fetischs aus dem gleichnamigen Album von Tim und Struppi.

Ich verließ mein Bollwerk erst eine halbe Stunde später – wie es dort stank! –, nachdem man mich schließlich davon überzeugt hatte, dass sich der Höhlenmensch, der draußen an einer Wand lehnte, nicht mehr rührte.

Niemals hätte ich mir vorgestellt, dass dieser unerfreuliche und doch gleichzeitig so belanglose Zwischenfall der Prolog zu meiner engen Beziehung mit Antontxu Astigarraga – so hieß die Fleischwerdung von Kapitän Haddock nämlich –, der Kenntnis von seiner seltsamen und schrecklichen Lebensgeschichte und der Besorgnis erregenden Situation, in der ich mich gerade befinde, sein würde.

– 4 –

»Hier endet das Leben und beginnt das Überleben«, sagt Puk, eine aufdringliche Figur aus Bernardo Bertoluccis altem Streifen *Vor der Revolution*, wobei er die Worte von Seattle benutzte, dem Indianerhäuptling mit der flinken Zunge. An diese Worte dachte ich am folgenden Tag, als ich versuchte, meinen Vater Don Leonardo in La Bilbaina zu treffen; und fühlte mich miserabel, als ich seine unbarmherzige Mitteilung las.

Zu Hause hatte ich erfahren, dass er nach einem heftigen Streit mit Doña Remedios, meiner verrückten Mutter, beschlossen hatte, die Nacht im Club zu verbringen, dessen Pforten ich an diesem tristen Morgen durchschritt.

Wie ich vermutet hatte, war die Kürzung der Kreditlinie sein Werk. Es war nicht das erste Mal, dass er mir den Hahn abdrehte und es mir gelungen war, diesen mit

Schmeicheleien und leeren Versprechungen wieder zu öffnen, doch dieses Mal beschlich mich eine böse Vorahnung.

Epifanio und Blas, die beiden Speichellecker und Dienst habenden Portiers der Morgenschicht von La Bilbaina – zwei Figuren wie aus *Das Schloß* von Franz Kafka oder, je nachdem, der Geschwister Álvarez Quintero – sahen sich in der Verlegenheit, mir den Krug mit kaltem Wasser mit einem Minimum an Takt überschütten zu müssen.

»Es tut uns furchtbar Leid, Don Francisco Javier. Ihr Herr Vater hat uns Anweisung gegeben, Sie nicht hereinzulassen.«

»Eine strikte Anweisung, Don Francisco Javier.«

»Wir sind untröstlich.«

»Mehr noch, wir sind wirklich tief betrübt.«

»Aber ich bin hier ebenfalls Mitglied …«

»Ach! Ich fürchte, nicht mehr. Don Leonardo hat Sie und Ihren geschätzten Bruder Josemi ganz plötzlich ausschließen lassen.«

»Ja, Ihren reizenden Bruder Josemi ebenfalls.«

»Wirklich eine Katastrophe, die wir von ganzem Herzen bedauern.«

»Eine schallende Ohrfeige, die wir gerne an Ihrer Stelle bekommen hätten.«

»Ihr Herr Vater hat uns außerdem gebeten, Ihnen diesen Umschlag persönlich zu übergeben.«

»Der Umschlag ist nur für Ihre Augen gedacht, Don Francisco Javier.«

»Schön, aber … kann ich nicht mal für einen kurzen Moment zu ihm? Ich will ihn nur fragen …«

»Nein, nein, unmöglich, Don Francisco Javier; wir bitten Sie, machen Sie es uns nicht noch schwerer als es ist.«

»Keine weiteren Demütigungen, wir flehen Sie an.«

»Don Francisco Javier, bevor Sie uns verlassen, wären Sie so freundlich und würden Sie im English Pub vorbeigehen, durch den Haupteingang bitte, um die bescheidene Rechnung über fünfundzwanzigtausend Peseten zu begleichen, die noch offen ist ...«

»Fünfundzwanzigtausend, die sonst dem Club angelastet werden, Don Francisco Javier ...«

»Selbstverständlich. Ich geh nur eben zum Bankautomaten, um Geld abzuheben. Ich bin gleich wieder zurück.«

»Verstehe.«

»Natürlich.«

»Stets zu Ihren Diensten, Don Francisco Javier ...«

»Wir sind jederzeit für Sie da ...«

Ich drehte ihnen den Rücken zu und stellte mir das verächtliche Grinsen vor, das sich diese beiden gestörten Fußabtreter zuwerfen würden. Ich verschwand von dort, so schnell ich konnte, und habe nie den passenden Moment gefunden, um mich noch einmal blicken zu lassen.

Mein Vater war in seiner Vergeltungswut zu weit gegangen, indem er den Dummkopf von meinem Bruder und mich unserer Zuflucht, des geliebten Bilbaina, beraubt hatte, eines Clubs im englischen Stil mit vornehmen Anlagen, der sich in adligem Familienbesitz befand und löblicherweise das Statut beibehalten hatte, keine Frauen als Mitglieder zuzulassen.

Uns dieser herrschaftlichen Oase inmitten der Arenen des tobenden Pöbels zu berauben, war einfach der Gipfel!

Ich hatte nicht die Kraft, den verdächtigen Umschlag zu öffnen, bevor ich mich nicht mit einem halben Dutzend Austern und einer halben Flasche Veigarades, meines Lieblings-Albariños, in meiner Stammkneipe Fernando an der Plaza Nueva ein wenig über die öffentliche Demütigung hinweggetröstet hätte. Ah, diese angeborene Schwäche für Austern! Dank der fünftausend Peseten, die ich leihweise aus der dünnen Brieftasche unseres treuen Dienstmädchens Casilda genommen hatte, konnte ich die kleine Stärkung bezahlen. Wie sagte noch Joseph Conrad, das Unglück macht aus guten Menschen schlechte; was soll da aus denen werden, die schon immer gerne Tauben im Park vergiftet haben …

Mitten auf dem Platz, der so quadratisch war wie der Schädel meines Erzeugers, entzifferte ich unter einem bleiernen Winterhimmel, der gut zu der Szenerie passte, seine gequälte Schönschrift.

Pachito, mein Junge,

ich ertrage Euch einfach nicht länger. Man hat mir in La Bilbaina ein Zimmer zur Verfügung gestellt, bis im Hotel Carlton die Suite frei wird, die ich so mag, und in der ich von jetzt an leben werde. Du und der Dummkopf von Deinem Bruder bekommt während der nächsten drei Monate jeder eine Summe von einhunderttausend Peseten, um Eure Kosten zu decken (vergiss die Kreditkarte), meines Erachtens lang genug, um Euch zu überlegen, wie Ihr in Zukunft Euren Lebensunterhalt bestreiten wollt.

Du bist jetzt einundvierzig Jahre alt (oder sind es zweiundvierzig?), jetzt ist Schluss mit dem Durchfüttern. Natürlich könnt ihr weiterhin mit Eurer närrischen Mutter in meinem Haus wohnen (vorläufig jedenfalls). Ich werde Euch irgendwann einmal besuchen. Diesen Entschluss hätte ich schon vor langer Zeit fassen sollen …

Ich bin wirklich erleichtert.
Viel Glück, mein Sohn.
Dein befreiter Vater

Kacke eines Taubenpaars flog vom Himmel herunter – vielleicht waren es die Seelen der Speichellecker Epifanio und Blas – und traf auf meinen kahlen Kopf und das Wort *Glück*; ein böses Omen. Gleich darauf begann es wie aus Kübeln zu schütten. Wie eine kaputte Puppe blieb ich reglos stehen, bis ich völlig durchnässt war. Genau wie in *Casablanca* zerlief die Tinte von dem Parker meines erlösten Vaters, und das Papier zerfiel zwischen meinen steifen Fingern. Die Taubenscheiße auf meinem Kopf löste sich im Wasser auf und lief mir wie eine Träne der Trauer über die Wange, wie ein Spritzer Lykurg, dieser dunkelschwarze Saft der Spartaner, der aus Schweineblut, Essig und Salz gemacht wurde.

Die Seele randvoll mit gestoßenem Eis, spürte ich einen Anteil tiefe Niedergeschlagenheit, neun Anteile Scheißangst, ein paar bittere Tropfen Verzweiflung, verziert mit einer grünen Kirsche Groll; ein widerliches Gesöff.

Ich ging noch einmal zu Fernando, verdrückte ein weiteres Dutzend Austern und blieb tausend Peseten schuldig.

Nervöse Anspannung löst bei mir stets einen zwanghaften, wollüstigen und unkontrollierbaren Appetit aus.

– 5 –

Am Abend war ich mit meinem alten Kumpel Julito Currutaca und seiner Frau, Merche Chanfradas, verabredet. Sie wollten mir unbedingt eine besondere Bar vorführen, die sie in der Altstadt entdeckt hatten. Ich nahm die Verabredung an wie ein Placebo, das mein gemartertes Hirn von der ökonomischen Verwaisung und der Tatsache ablenkte, dass Julito während unseres Spaziergangs nicht die Tageszeitung *ABC* unter dem Arm trug.

Ich wusste nicht, was tun, wo anfangen, wen um einen Job bitten, der meinem zarten Gemüt entsprach; vielleicht sollte ich diesem auch lieber einen Schlag mit dem Husarensäbel versetzen. In solch düstere Gedanken versunken, hatte ich den Nachmittag damit verbracht, an einem Domaine Boignères, einem wohlschmeckenden *Armagnac,* zu nippen – wenigstens hatte Don Leonardo den Anstand besessen, nicht den Barschrank zu leeren. Missgelaunt hing ich am Computerspiel *Der Sonnentempel*, bis Tim vom Kondor stürzte, Kapitän Haddock von den Kaimanen gefressen wurde und Struppi auf dem Scheiterhaufen brannte; es war zum Heulen.

Julito bestand darauf, dass uns mein Bruder Josemi auf unserem Ausflug in die *Kasbah* begleitete – ich versuche, die unzivilisierte und heruntergekommene Altstadt, Rückzugspunkt der eingeborenen Talibane, möglichst zu meiden. Wir holten ihn im Jazmín de Fermín ab, einem aus der Mode gekommenen Teeraum, wo er sich mit seinen affektierten Freunden traf, um unzumutbare Gedichte aus eigener Feder und die Inhalte von *Das spindelförmige Spritzgebäck*, einem Lyrikblättchen, das sie dank der Großzügigkeit der Stadtverwaltung veröffentlichen konnten, vorzutragen.

Auf dem Weg in die Altstadt nutzte Merche die Gelegenheit, dass ihr Mann mit Josemi vorausging, der ihm aus Anlass der Schweinerei unseres Alten mit viel Gefühl eine Autoelegie vortrug, um mich mit einem lasziven Glitzern in den Augen zu fragen, ob ich die Ziegenlederhandschuhe mitgebracht hätte. Ich antwortete ihr etwas brüsk, dass ich nicht in Stimmung sei, was sie zu einer wütenden Reaktion veranlasste.

»Sonst hast du doch auch nichts dagegen, du Blödmann. Wenn du das nächste Mal Lust hast, werde ich nicht wollen; das wirst du noch mal bereuen!«, warf sie mir mit ihrer widerlich knarzenden Papageienstimme an den Kopf.

Ich gestehe mit einer gewissen Schamesröte, dass Merche Chanfradas und ich schon viel zu lange eine Beziehung miteinander haben, die man optimistisch betrachtet als erotisch bezeichnen könnte. Unsere Spielereien beschränken sich darauf, uns gegenseitig auf den Toiletten von ein paar ausgewählten Kneipen – wenn die Waschräume vom Bluesville reden könnten – oder in ihrem Kleinwagen zu befummeln, und zwar immer mit Handschuhen. Sie hat eine Heidenangst vor Geschlechtskrankheiten und wollte nie mehr als dieses übervorsichtige Spiel treiben; deprimierend, was für ein Gesicht sie angesichts des Geysirs von Samen zieht, den ich versprühe. Andererseits vermute ich, dass eine Zunge – außer vielleicht die raue Zunge ihrer fetten Perserkatze, ich habe da einen Verdacht –, eine Eichel oder eine Fingerkuppe für ihre abgerubbelte Klitoris wie das Streicheln eines Einarmigen sein musste. Es ist in der Tat ziemlich aufschlussreich, dass sie die Szene aus *Novecento* scharf macht, wo der Fascho Donald Sutherland Laura Betti so mit dem Gewehrkolben bearbeitet, als wolle er Feuer durch Reibung entfachen.

Welche Neurosen nur unter meinen Zeitgenossen herrschen.

Wir bogen in die Calle del Perro ein, wo wir einer Art Karnevalsumzug bärtiger Dickbäuche ausweichen mussten, die mit bilbao-blauen Kitteln bekleidet waren und einen Karren mit einem Käfig zogen, in dem ein riesengroßes lebendes Schwein steckte. Begleitet wurden sie von einer lärmenden Blaskapelle mit Pauken und Tröten und zwei Betrunkenen im Endstadium, die sich an ein Weinfass auf Rädern klammerten.

Josemi, dem die Traditionen der Stadt vertraut waren, erklärte uns, dass dieses beschämende Schauspiel auf das Jahr 1831 zurückging. Die Sau, ein Monster von mehreren Zentnern, das bis zur Grenze des Zulässigen gemästet worden und wahrscheinlich genmanipuliert war, stellt den Heiligen Antonius dar. Das Volkslied besagte: »Der Heilige Sebastian war Franzos', und Pilger der Heilige Rochus, und die Sau lag zu Füßen des Heiligen Antonius.« Seit damals wird jeden Winter ein Schwein an das Volk verlost.

»Was soll man von einem Volk erwarten, das mit einem Schwein paradiert?«, stellte Julito Currutaca mit lauter

Bestimmtheit und dem außerordentlichen Pech fest, von einer Bewunderin des Spektakels, die von Umfang und Visage dem armen Tier ähnelte, gehört zu werden. Beinahe hätte sie ihm eine runtergehauen, während sie ihn einen »Fettsack, blöden Lackaffen und scheiß Zentralisten« zieh.

Nachdem wir um den mittelalterlichen Umzug einen Bogen gemacht und den drohenden Prügeln der aufgebrachten *abertzale* ausgewichen waren, erreichten wir schließlich die gesuchte Bar, die sich in derselben Gasse befand.

Ein windschiefes Schild über dem Eingang, der aus einer groben Holztür und schmutzigen doppelflügeligen Scheiben bestand und von einer Zeichnung an der Wand flankiert wurde, auf der mitten im Schwarzen einer Zielscheibe stand, Richter Garzón sei ein Arschloch, und einer zweiten – mit unfreiwilligen phantastischen Anklängen –, auf der versichert wurde, dass der Geist von Ermua ein Mörder sei; dazwischen der Name des Lokals: BAR ANTONTXU.

Auf den ersten Blick eine gewöhnliche Kneipe wie viele andere hier, schmuddelig und hässlich; mit einer recht bunt gemischten, allerdings ziemlich abgerissenen Klientel, die mit vollen Backen an ihren Spießen kaute. »Und was soll das Besondere an diesem Schuppen sein, Julito?«, wollte ich von unserem Führer wissen.

Wortlos wies Julito auf ein wackeliges Schild, wohl die Tageskarte des Lokals, die mit einem von diesen Filzstiften beschrieben war, deren Schrift man mit der Pranke wegwischen konnte. Es waren nur ein paar wenige Tapas aufgelistet. Kaum dass ich zu lesen begonnen hatte, wollte ich meinen Augen nicht trauen.

Es gab lediglich sechs Häppchen im Angebot, aber das hörte sich so an:

Austern in Gelatine
mit Zitronencreme und Camparisorbet

Jakobsmuscheln in Sauce von geräuchertem Speck

Schweinsohr, eingelegt in Foie

Geschichtete Kartoffeltortilla

Stockfischfilet in Olivenöl extra vergine

Ausgelöster Wachtelschenkel im Blätterteigbett

Sechs Juwelen von Zuberoa, Arzak und aus dem El Bulli und dem Zortziko, für mich die Meisterköche überhaupt, und das in dieser schäbigen Spelunke! Meine Geschmacksnerven eines ausgewiesenen Gourmets freuten sich wie ein Infant mit hübschen weißen Schuhen über eine Schlammpfütze. Doch Vorsicht; wie sagte es Harvey Keitel in *Pulp Fiction*?: »Fangen wir noch nicht damit an, uns gegenseitig die Eier zu schaukeln.« Wie oft schon war ich auf viel versprechende Ankündigungen gestoßen, die sich in der Praxis als liebloses und willkürliches Potpourri von Geschmacksnoten aus zweitklassigen Grundnahrungsmitteln herausstellten.

Ich begriff jetzt, weshalb auf dem Tresen nicht eins von diesen kulinarischen Wunderdingern ausgestellt war. Es war die authentische kreative Küche, bei der an verborgenen Feuerstellen alles frisch zubereitet wurde. Alle

Häppchen, auch wenn man sie eigentlich nicht so nennen sollte, waren genau das: Minikunstwerke der allerfeinsten Küche. Man bestellte sie am Tresen bei einem grobschlächtigen Pärchen mit primitivem Ausdruck und zwillingshaftem Aussehen – anfänglich hielt ich sie für Brüder, später erfuhr ich, dass es sich um ein Ehepaar handelte, das aufgrund von tausenden gemeinsam im Haus und bei der Arbeit verbrachten Stunden und geschmort im Saft der alltäglichen Ehehölle eine physiognomische Symbiose eingegangen war. Die Häppchen kamen direkt aus der Küche, wurden an einem Fensterchen entgegengenommen und der gierigen Kundschaft serviert.

Der Rohstoff war von erstklassiger Qualität und die Zubereitungszeit bewundernswert. Das Resultat der Kostprobe übertraf meine höchsten Erwartungen. Sobald wir uns das notwendige Stück Tresen erobert hatten, begannen Julito Currutaca und ich mit dem Austernbecher: *superbe*. Zwei vorzügliche rohe Muscheln, die eine unendliche Frische verströmten, angerichtet in einem Champagnerglas und umhüllt von einer festen und zugleich zarten Gelatine, die den gesamten Meeresgeschmack der zweischaligen Muscheln bewahrte, die sich zu gleichen Teilen dem sauren Kontrapunkt dieses Hauchs von gelungener Zitronencreme und dem gewagten Kontrast der bitteren und alkoholischen Kugel von Camparisorbet stellen mussten.

Ein Zusammenspiel, das an meinem Gaumen wie eine Kipling'sche Seefahrergeschichte, Perlentaucher von Salgari und Sonnenuntergang in Neapel implodierte: ein vollkommenes *chef-d'oeuvre*.

Wir machten weiter mit dem Schweinsohr in Foie:

eine sublime Verbindung zwischen volkstümlich und königlich; das Hausschwein und die plutokratische Gans in glücklichem Joch vereint; der schwere bolschewistische Stiefel, der behutsam den Marmor des zaristischen Winterpalais betritt: eine Gleichgewichtsübung im Küchenseiltanz.

Zum Schluss bestellten wir die ausgefallene geschichtete Kartoffeltortilla, die ebenfalls von der aufdringlichen Merche und meinem einfältigen Bruder gegessen wurde, die bei Austern, Jakobsmuscheln und Schweinsohr Ekel befiel und denen das andere ziemlich schnurz war; ich muss das nicht kommentieren.

Die Zubereitung war überraschend: eine gelungene Verbindung von Alchimie, Architektur und Philosophie, die Mathematik nicht zu vergessen. In einem Cocktailglas waren übereinander drei Lagen geschichtet. Und zwar von unten nach oben: ein Zwiebelbett, das mit Eselsgeduld mariniert worden war, köstliches Eigelb und eine Wolke aus himmlischem Kartoffelschaum. Ich steckte den Dessertlöffel tief hinein, sodass er mit einer Beute aus allen drei Schichten wieder zum Vorschein kam, das Ergebnis am Gaumen war eine saftige Tortilla aus warmen und perfekt gegarten Kartoffeln: Avantgarde auf solider Grundlage, *chapeau!*

Zu diesem Festmahl gab es sehr gewöhnliche Weine: einen kräftigen Weißen aus Rueda und einen körperlosen und leicht korkigen roten Crianza. Ein Jammer, denn das trübte zum Teil das denkwürdige gastronomische Erlebnis. Wenigstens wurde kein Brot zu den Delikatessen gereicht, außer man bestellte es extra, was die Chanfradas tat und was bei mir automatisch ein Gefühl von Peinlichkeit auslöste; sie tunkte es sogar ein, als sie glaubte, dass ich nicht hinsah; zur Strafe würde ich es ihr eine Weile nicht besorgen. Julito Currutaca wollte die Zwischenmahlzeit übernehmen, und wir sträubten uns nicht. Alles zusammen kostete nicht einmal tausend Peseten; billig war es also auch noch. Besagter Antontxu musste bei diesen Preisen Verluste machen, wenn man die Qualität der Zutaten und die Zubereitung bedachte.

Wer war wohl dieser Antontxu? Ich hätte mein restliches Geld in einer Partie Poker verwettet, dass es nicht dieser Wiederkäuer hinterm Tresen war. Es musste sich zweifellos um den Koch handeln. Eine heftige Neugier befiel mich, ich musste herausfinden, was für ein Typ dieser vortreffliche Unbekannte war, der in den Hintern von El Bocho verwiesen war, doch bis zu diesem Augenblick war die Tür zur Küche fest verschlossen gewesen. Ich wollte noch ein wenig bleiben, um das Geheimnis zu lüften, weshalb ich mich genötigt sah, eine Runde Roten auszugeben, die aufgrund meines Status als fast Mittelloser schmerzte; natürlich durfte ich mich auch nicht zu weiteren Häppchen verführen lassen.

Wie sagen noch die Dummköpfe in den neuen amerikanischen Spielfilmen, wenn ihnen irgendetwas gelingt: Bingo! Doch die Antwort auf die große Unbekannte brachte mich völlig aus dem Konzept.

Als wir uns gerade über den essigsauren Wein, den ich spendiert hatte, hermachen wollten, öffnete sich die Tür des Sanctasanctorum, und eine in Schweiß gebadete Dicke, die irgendetwas mit dem Klon des Wiederkäuers am Tresen besprechen wollte, kam heraus. War es am Ende sogar eine Köchin? Ihre Aufmachung deutete darauf hin: weiße Schürze und eine Mütze vom Typ Quallenschirm. Na gut, Neugier befriedigt. Der empfindliche Zeiger meiner Intuition blieb hartnäckig auf »Nein«. Die runde Köchin kehrte in ihren Schlupfwinkel zurück, und während die Tür erst aufging und dann wieder zuklappte, versuchte ich einen Blick in die Küche zu erhaschen, was mir nicht gelang.

Wir machten uns bereit zu gehen. Merche wollte den Besuch in der *Kasbah* mit einem Halt im Zarrada beschließen, einer schäbigen Kneipe, wo das Abführmittel Cidre aus Guipúzcoa und ein paar »sehr leckere« pikante Fleischspießchen serviert wurden.

Da tauchte der echte Koch auf; meine Schnüfflernase hatte sich nicht getäuscht, der menschliche Affenbrotbaum war nur die Küchenhilfe gewesen. Doch gefror mir das Blut in den Adern; der Koch war Haddock, der Typ, der mich am Abend vorher im Twins beinahe einen Kopf kürzer gemacht hätte!

Sofort war ich zutiefst dankbar, dass ich Struppi nicht mitgenommen hatte, er sollte sich seine hübschen Pfoten auf dem dreckstarrenden Boden der Kneipen nicht schmutzig machen. Ich verschanzte mich hinter dem massigen Körper von Julito und warf einen Blick durch die Trappenfedern von Merches Tirolerhut – zum Glück legt sie Wert darauf, sich unauffällig zu kleiden, wenn sie die Elendsviertel aufsucht. Antontxu war also das Ungeheuer. Natürlich, ich erinnerte mich, dass die Rigoitia-Zwillinge ihn so genannt hatten.

Kaum zu glauben, dass das kranke Hirn dieses Rüpels fähig war, sich solche kulinarischen Geniestreiche auszudenken und zuzubereiten. Aber er war der Koch und Wirt, da gab es keinen Zweifel. Er trug ein weißes Hemd mit bis zu den bedrohlichen Bizepsen aufgekrempelten Ärmeln, einen Bauchschurz und keine Kopfbedeckung auf dem stahlgrauen Haar, das wie als Resultat des Drucktopfes, der darunter brodelte, wirr vom Kopf abstand. In ein Cidreglas schenkte er sich fünf Fingerbreit Rotwein aus einer Flasche Dominio de Conte ein – die Schnapsnase wusste, was gut war – und kippte ihn in zwei großen Schlucken hinunter. Als Nächstes verpasste er dem Mutantenpaar wegen was weiß ich welcher Schweinerei, die ein Lieferant gebracht hatte, vor versammelter Mannschaft einen kurzen, aber anständigen Anpfiff – die beiden schauten ihn mit der ehrerbietigen Furcht einer Schafherde gegenüber dem wilden Tier an – und ließ seine rastlosen Blicke in meine Richtung schweifen; ich fand, es war an der Zeit, schleunigst den Rückzug von diesem gefährlichen Terrain anzutreten.

– 6 –

Zwei Tage später ging ich ins Theater Arriaga, wo ich einen langweiligen Unfug sah. Nach Verlassen dieses Machwerks – zum Glück war ich umsonst reingekommen – trugen mich meine büffelledernen Lottusse unbewusst in die Altstadt. Beinahe ohne es zu merken, fand ich mich in der Calle del Perro wieder, vor der Tür der gefürchteten und zugleich verlockenden Bar Antontxu.

Beim ersten Mal hatte ich nicht darauf geachtet, doch diesmal bemerkte ich es wohl und wunderte mich; ich meine, es war seltsam, dass sich an der Tür des Lokals kein Schild befand, das Hunden den Zutritt verbot, wenn man bedenkt, wie sehr mein unverwechselbarer Haddock sie zu verachten schien.

Die Kneipe war so gut wie leer an jenem Montagabend. Ich beschloss einzutreten, in der Hoffnung, dass das Ungeheuer nicht da war; die Klappe zur Küche stand offen, und dahinter sah man nur die Küchenhilfe, die mit einem bereits entsalzten, appetitlichen Stockfischfilet herumhantierte. Mir fiel auf, wie klein die Küche war; bereits die massige Küchenhilfe füllte sie fast völlig aus. Ich konnte mir nicht vorstellen, wie die beiden gemeinsam darin zurechtkamen – erinnern wir uns daran, dass Haddock ebenfalls ein Schrank war –, um die Vorschneidekunst in diesem Loch zu üben.

Das Angebot auf der Tageskarte hatte seit meinem letzten Besuch um sechsundsechzig Komma sechs Prozent gewechselt; lediglich die Jakobsmuscheln in Sauce von geräuchertem Speck und das eingelegte Stockfischfilet waren noch darauf zu finden.

Später würde ich erfahren, dass täglich zwei Angebote ausgetauscht wurden, dass die Gesamtliste aber unbegrenzt war, denn Antontxu Haddock war sehr einfallsreich und fügte andauernd neue Kreationen hinzu, die auf der Karte blieben oder nicht, je nachdem wie sie von den Gästen angenommen wurden.

Die prächtigen Neuschöpfungen waren folgende:

Foie gras in Gelee von Tempranillo
mit karamellisierter Birne

Blumenkohleis mit Mandeln und rohen Austern

Savarin aus Kartoffeln mit eingelegtem Knoblauch

Wildlachshäppchen mit Gelatine aus Entenmuscheln, Schwertmuscheln und Miesmuscheln

Ich wählte mehrere davon aus. Erstens wechselte der gewalttätige Antontxu zwischen französisch, neobaskisch und mediterran im besten und innovativsten Sinne, was die Einflüsse anging; zweitens überwogen bei seinem großartigen Angebot die genialen Kreationen mit Foie, Austern und Kartoffeltortilla; und drittens war das Qualitätsniveau beim ersten Besuch kein Zufall gewesen.

Da ich im Theater Rosamari getroffen hatte, die selbstlose Exsekretärin und Geliebte meines Vaters, und das mindestens, seit Franco den Löffel abgegeben hatte – unter Schluchzern, die ihr Tapirgesicht noch hässlicher machten, hatte sie mir gestanden, dass Don Leonardo ihr in letzter Zeit ebenfalls aus dem Weg ging –, die seit meiner Kindheit bei jedem Treffen versucht, mir Geld zuzustecken, erlaubte ich mir, ein paar Leckereien zu bestellen: die Austern und den Savarin; zwei Entdeckungen, vergleichbar mit der Erfindung der Spicknadel, dem dritten Zinken der Gabel und dem Bathyskaph von Piccard.

Während ich meine Gedanken, die von diesen köstlichen Reizen eingelullt waren, umherschweifen ließ, kam er auf einmal herein. *Warning!* Instinktiv zog ich mir die dicke Schottenmütze bis zu den Augenbrauen herunter – sie war echt, erstanden in Dumbarton am Ufer des Loch Lomond – und rieb mir mit der offenen Handfläche über die Schläfe, um mein Gesicht teilweise zu verdecken. Er sah kurz zu mir rüber, doch glaubte ich, dass er mich nicht erkannte hätte. Er war in Begleitung von zwei Gestalten, die aussahen, als stammte der eine aus der Truppe des Priesters Santa Cruz aus dem zweiten Karlistenkrieg und der andere aus dem Film *Freaks* von Tod Browning. Ich tat nicht, was ich hätte tun sollen – was wäre mir nicht alles erspart geblieben! – und was die Vernunft gebietet, wenn man im Bilde ist: zahlen und schleunigst verschwinden. Stattdessen harrte ich aus, um ein bisschen zu spionieren. Und das, obwohl Antontxu blieb, um mit den beiden Kumpanen einen zu heben, anstatt hinter den Tresen und in die Küche zu schlüpfen. Ich muss bekennen, dass dieser vulgäre und zugleich zum Sublimsten fähige Proteus eine brennende Neugier in mir weckte. Trotz des hohen Risikos reizte es mich, ihn dabei zu beobachten, wie er sich in seiner vertrauten Umgebung bewegte.

Er bat den Wiederkäuer hinterm Tresen, ihm aus dem Weinlager eine richtig temperierte Flasche 94er Viña Tondonia Reserva zu bringen – ein klassischer Rioja, zu klassisch, doch ein exzellenter Jahrgang –, zu der er seine pittoresken Begleiter einladen wollte. Der Knecht betrat die Küche, um den Wein zu holen; ich fragte mich, wo er gelagert wäre oder was sie in dieser Streichholzschachtel möglicherweise Weinlager nannten.

Mit einem Prankenhieb entriss Antontxu die Flasche Rotwein den Patschhänden des Wiederkäuers und machte sich mit der Technik eines Chirurgen von Lepanto, der die Kugel einer Hakenbüchse entfernt, daran, sie zu entkorken. Er nahm den zylinderförmigen Korken mit zwei Fingern und prüfte ihn kritisch und mit einem zusammengekniffenen Auge; es schien, als betrachtete er Dantes Hölle durch ein Loch. Dann schnupperte er mit der Aufmerksamkeit eines Jagdhundes daran, verzog den

Mund zu einer Grimasse, die wohl ein zustimmendes Lächeln bedeuten sollte, und warf ihn auf die behaarte Stelle zwischen den Brauen des *Freaks*, der Verwünschungen gegen Jesus und seinen Vater – den des Gastgebers – ausstieß. Zum Schluss schenkte er zwei Fingerbreit in ein Glas ein, schwenkte es, wodurch er ein kleines Seebeben verursachte, nahm einen kräftigen Schluck, verdrehte die Augen und gurgelte, dass es klang wie der Überlauf des Panamakanals.

»Eine ziemliche Brühe. Für euch zwei mehr als gut genug …«, sagte er zu den wartenden Saufkumpanen, während er ihnen einschenkte. »Bring noch ein Glas«, befahl er dem stummen Wiederkäuer, der reglos vor ihm gestanden hatte, bis die Probe abgeschlossen war. »Bring es diesem Herrn, wenn er möchte, an Stelle der Nährflüssigkeit, die er da trinkt.«

Er meinte mich! Ich schwankte, ob ich verduften oder ihm danken sollte. Ich, der sich eingebildet hatte, dass er mich nicht einmal gesehen hätte!

Ich spielte den Starken und hob den Mittel- und Zeigefinger an den Mützenaufschlag. Ich wollte »Danke« sagen, brachte aber nur ein unverständliches, hühnerartiges Krächzen heraus. Es war egal, denn er schaute gar nicht her zu mir.

Wieso lud er mich zum Wein ein? Wollte er Frieden schließen oder die Sache im Twins wiedergutmachen?

Höchste Alarmstufe.

Außerdem hatte er »Nährflüssigkeit« gesagt, ein typischer Ausdruck aus Haddocks Sprachschatz. Wenn er ebenfalls Fan von Tim und Struppi war, könnte man das kaum noch Zufall nennen.

»Mach ihm einen Stockfischhappen, das passt zu dem

Roten. Und noch zwei für diese Gierhälse«, sagte er, ohne herzuschauen; bis er es plötzlich doch tat und mit einem neutralen Ton und Ausdruck, die für ihn zweifellos ein Zeichen äußerster Höflichkeit bedeuteten, bat: »Wenn Sie so freundlich wären, ein paar Minuten zu warten, bis ich diese Dumpfbacken losgeworden bin, dann würde ich Sie gerne einen Moment sprechen.«

»Ein … einverstanden. Wieso nicht …, selbstverständlich. Danke …«, stammelte ich wie ein Idiot; mit seiner unerwarteten Initiative hatte er mich aus dem Konzept gebracht.

Jedenfalls war noch immer Vorsicht geboten; Henri Landru, der berühmte französische Massenmörder, war auch immer nett zu seinen späteren Opfern gewesen.

Und tatsächlich brauchten die beiden aus der Evolutionskette herausgefallenen Glieder kaum Zeit, sich den Tondonia hinter die Binde zu gießen und dazu die Stockfischhäppchen zu verschlingen, die nicht ganz so ausgefallen waren wie die anderen Kreationen, die ich probiert hatte, aber durchaus bemerkenswert.

Antontxu persönlich verriet mir das Geheimnis dieses Häppchens:

»Man legt das Stockfischfilet ein, ein richtiges Filet, Feroe, erste Qualität und nicht irgendein Stück von minderer Qualität, man legt es also in kalt gepresstes und mildes Olivenöl ein, das heißt, eines mit höchstens null Komma vier Grad Säure, wobei man es während vierhundertzwanzig Sekunden auf eine Temperatur von fünfundfünfzig Grad bringt und mit Knoblauchzehen würzt, die bitte schön keine chinesischen sein dürfen. Man schichtet alles übereinander und serviert es mit frischen rohen Erbsen. Jetzt im Januar natürlich nicht, sondern man nimmt frittierte Scheibchen iberischen Schinken, Schnittlauchöl und marinierte Zwiebeln.«

Dann verstrickten sie sich in ein Gespräch, das jeder andere für einen heftigen Streit gehalten hätte. In Wirklichkeit war es ein Dialog von Schwachköpfen, was den Nagel auf den Kopf traf, denn Antontxu und die Reinkarnation des Karlistengenerals Zumala Carregui, ebenfalls in den Fünfzigern und mit einer *txapela* von der Größe eines schwarzen Lochs und dem Bart eines jüdischen Ultraorthodoxen, diskutierten lautstark über Fisch. Der *freak*, ein deformierter Zwerg, brachte gelegentlich ein paar Einsilber, ein Zischen und Lautmalereien heraus und diente mit seinem teils zerbeulten, teils stufenförmigen Schädel dem Glas des Gastgebers als Tischchen, was dem Pygmäen, auch wenn er eine solche Behandlung gewöhnt zu sein schien, sichtbar gegen den Strich ging.

Antontxu erklärte, dass man sehen könne, ob ein Steinbutt oder ein Wolfsbarsch aus einer Fischzüchterei stammt, weil der Körper im Verhältnis zum Kopf zu groß sei.

»Die Schweinereien, die man ihnen zu fressen gibt, lassen den Körper vor dem Kopf wachsen, der sich normal entwickelt. Das heißt, genau umgekehrt wie im Falle unseres Freundes Varasorda ... Vielleicht wäre es dir ja bekommen, wenn man dich in einer Fischzüchterei anstatt im Waisenhaus aufgezogen hätte«, sagte er scherzhaft zu dem *freak*, der Varasorda genannt wurde, während er erneut das Glas auf seinem Schädel abstellte und es gleich darauf vor dessen wütendem Hieb retten musste.

Der Karlist behauptete allerdings, dass diese Theorie *Blödsinn* sei, wenn er auch keine Begründung dafür hatte –

die schien ihm nicht besonders wichtig zu sein. Danach redeten sie über Seehechte. Antontxu sagte, wobei er absichtlich übertrieb, dass man ein Tier von weniger als zehn Kilo nicht Seehecht nennen könne, und er versicherte, dass in Bilbao, auf dem Markt von La Ribera, lediglich ein paar mickrige Fische zu finden seien.

»Wenn ich richtigen Seehecht will, in der Größe von einem Seehecht, muss ich ihn auf dem Markt La Brecha in San Sebastián bestellen«, schloss er.

Das klang nach Nationalstolz. War er etwa aus Guipúzcoa? Das hätte diesem Grobian gerade noch gefehlt.

Schließlich warf er die beiden hochkant raus und trat mit dem Selbstvertrauen eines Vietcong bei der Tet-Offensive auf mich zu.

Ich zitterte.

– 7 –

Über den Bürgersteig bahnt sich in Richtung Guggenheim ein Notarztwagen den Weg durch den Stau.

Während der ganzen Zeit, die ich hier sitze, hat das von diesem galizischen Holzkopf chauffierte Taxi höchstens achthundert Meter zurückgelegt, womit nichts gewonnen ist, weil wir gerade denselben Weg zurück nehmen müssen und uns vom Krankenhaus entfernen; mühsam haben wir gewendet, um die verstopfte Deusto-Brücke zu umgehen und in entgegengesetzter Richtung zu fahren.

Als wir erneut am Guggenheim vorbeifahren, kann ich nichts Ungewöhnliches auf dem Vorplatz erkennen, aber ich weiß, dass die Krankenwagen von der Rückseite heranfahren, was von hier aus nicht zu sehen ist.

Die Gran Vía, die wir überqueren müssen, ist ebenfalls verstopft, und wir kommen einfach nicht voran. Es ist, als wären wir auf dem Asphalt festgewachsen.

Jetzt bin ich wirklich zu weit weg, um den Weg bis zum Krankenhaus zu Fuß zurückzulegen. Ich hätte längst aussteigen sollen, gleich, als ich das erste Mal daran gedacht habe. Nun stecke ich in der Klemme, weil ich gewartet habe. So eine Scheiße!

Wenigstens quälen mich die Panikattacken nicht mehr; ich habe mich bereits an sie gewöhnt. Jetzt hält mich eher eine tiefe Beunruhigung gefangen, die zugleich meinen Willen lähmt; eine Art Resignation angesichts dessen, was geschehen wird, unabhängig von jeder Initiative, die ich inzwischen sowieso für nutzlos halte.

Oh, mein Gott!

Bei dem Gedanken, der mir gerade in den Kopf schießt, setzt mein Herz erneut mit einer heftigen Implosion aus.

Und wenn diese Willensschwäche von dem Gift herrührt, das bereits mein Gehirn lähmt?

Mal sehen, versuchen wir logisch zu sein. Wenn es so wäre, müsste ich bereits mausetot sein, oder wenigstens kurz davor.

Und wenn es sich genau um das Gegenteil handelt?

Gewaltsam klammere ich mich an den Gedanken, dass die bereits verstrichene Zeit seit der Einnahme des Gifts ohne schädigende Folgen so etwas wie einen Hoffnungsschimmer darstellt.

Und wenn es nichts weiter war als ein letzter Scherz – natürlich einer von der gemeinen Sorte – meines verrückten Freundes?

Doch wenn das Ganze nur ein böser Streich war, warum dann die ganzen Notarztwagen in dieser Richtung?

Vielleicht will das Museum angesichts der Prominenz der geladenen Gäste kein Risiko eingehen, und sie müssen sich lediglich um die Unpässlichkeiten empfindlicher Damen kümmern, denen der Schreck in die Glieder gefahren ist.

Vielleicht fahren die Krankenwagen ja auch ganz woanders hin. Kann sein … oder nicht? Das ist wie das mit dem Bart von Haddock über oder unter dem umgeschlagenen Laken in dem Tim-und-Struppi-Abenteuer *Kohle an Bord*. Ich würde mir die Fingernägel abkauen, wenn ich es nicht schon getan hätte.

Wenn ich nur herausfinden könnte, was dort vor sich geht; ich bin von der Außenwelt abgeschnitten in diesem Sarkophag auf Rädern – herrje, was für ein optimistisches Gleichnis. In dieser Notlage fällt mir mein Handy wieder ein, das bei meinem Sturz im Guggenheim zu Boden gefallen und von dem *frankensteinartigen* Riesenfuß dieses Gorillas vom Sicherheitsdienst mit dem Gesicht eines Steven Seagal zermalmt worden war.

»Verzeihung, haben Sie zufällig ein Mobiltelefon?«, frage ich den unsympathischen Taxifahrer. Ich mache mich auf allerlei schräge oder surrealistische Antworten gefasst.

Ich werde nicht enttäuscht.

»Mobiltelefon? Ha!«

»Was heißt hier ›Ha‹? Haben Sie eins oder nicht?«

»Natürlich hab ich eins, wie jeder andere auch. Selbst

wenn ich ein armer Schlucker wäre ... So weit ist es schon gekommen.«

»Dürfte ich vielleicht einen Anruf machen? Ich bezahle selbstverständlich dafür.«

»Ach, sieh an; dann sind Sie es also, der so ein Ding nicht hat. Die paar Kröten fürs Taxi kriegen Sie aber hoffentlich zusammen ...«

»Aber ja, natürlich«, erwidere ich und wundere mich, dass mir nicht langsam der Geduldsfaden reißt; nicht einmal der Heilige Franz von Assisi hätte solchen Langmut mit seinen Lämmchen gehabt. »Ich habe ein Mobiltelefon, aber es ist kaputt. Sonst würde ich Sie nicht fragen, ob ich mit Ihrem telefonieren darf ...«

»Das geht nicht. Unmöglich. Es ist nämlich dort, wo es hingehört: in meiner Nachttischschublade, und nie an. Soll ich mir denn noch mehr Kosten ans Bein binden? Haben Sie eine Ahnung, wie viele Taxilizenzen es in Bilbao gibt?«

»Schon gut. Vergessen Sie's.«

»Sie sagen es.«

Ah! Vielleicht ging das einfacher.

»Würden Sie freundlicherweise einen Lokalsender suchen, der Nachrichten bringt? Ich möchte gerne wissen, was im Guggenheim los ist.«

»Sonst noch was? Um diese Zeit gibt es keine Nachrichten.«

Ich spüre, dass wir in das nächste schwarze Loch fallen, aber diesmal werde ich nicht klein beigeben.

»Schon, ich weiß ... Aber wenn irgendetwas Wichtiges passiert, wie ein Attentat oder ein schwerer Unfall, wird das Programm unterbrochen. Suchen Sie danach, tun Sie mir den Gefallen.«

»Nicht dass ich es nicht tun würde, verstehen Sie mich recht, mir ist es eigentlich egal, aber Sie liegen falsch. Wenn etwas passiert wäre, wäre auch dieses Programm schon unterbrochen worden, und sie spielen weiter Weihnachtslieder«, argumentiert er und dreht sich, glücklich über den platten Syllogismus, nach mir um. Ich muss gestehen, dass er mich überrascht hat. »Jetzt hab ich Sie erwischt, was?«

»Ich geb's auf ...«, seufze ich und stehe kurz vor einem Heulkrampf.

Wieder schaut er mich an, diesmal argwöhnisch.

»Sagen Sie, Sie haben doch nicht irgendwas verbrochen, oder? Sie haben kein Handy, haben es eilig, ins Krankenhaus zu kommen, ohne dass Ihnen sichtbar etwas fehlen würde ... Und Sie wollen wissen, ob in der Spargeldose was passiert ist ...«, er wird auf einmal wütend und hebt die Stimme, »Sie steigen augenblicklich aus meinem Taxi aus, ja? Ich lass mich weder von diesen Eta-Fritzen noch von den Bullen einschüchtern, nicht einmal von meiner Mutter, die endlich in Frieden ruhen mag, verdammt.«

Meine prekäre Lage erlaubt es mir nicht, mich mit diesem Geisteskranken anzulegen – der er in bestimmten Momenten gar nicht zu sein scheint, so als hätte er noch ein As im Ärmel – und in diesem Stau ein anderes Taxi auftreiben zu müssen. Jedenfalls geht er mir dermaßen auf den Sack, dass ich einen aggressiven Ton nicht vermeiden kann.

»Wenn ich Eta-Mitglied wäre, hätte ich Ihnen schon längst den Kopf weggepustet, das kann ich Ihnen versichern.«

»Nur für den Fall ... Ich mache Sie darauf aufmerksam, dass es gar nicht so einfach ist, mir den Kopf wegzublasen.«

»Okay. Lassen wir das.«

Als ob die Situation nicht schon verfahren genug wäre, fängt es auch noch mit tropischer Heftigkeit an zu regnen. Was ist bloß aus dem sanften Nieselregen von Bilbao geworden? Resigniert sehe ich durch das Seitenfenster, wie die Leute rennen, um sich ausgerechnet unter dem Vordach des Corte Inglés, wo dieser Idiot am liebsten hingehen würde, vor dem Wolkenbruch in Schutz zu bringen, und tauche wieder ein in die Erinnerungen an meine Geschichte mit Antontxu Astigarraga.

– 8 –

Der Grund, warum Astigarraga mich an jenem Abend sprechen wollte, war, dass er sich für sein unschickliches Benehmen in der Kneipe der Rigoitia-Zwillinge entschuldigen wollte, was ich weitestgehend – noblesse oblige – annahm. Trotz der Äthylvergiftung konnte er sich an mich und an alle Einzelheiten des Zwischenfalls erinnern, und obwohl ich Struppi diesmal nicht dabei hatte, erkannte er mich augenblicklich, als er mich in seiner Kneipe sah. Er entschuldigte sich mit höflichen Worten und ohne jeden Anflug von Stolz, was ich von einem Typen mit solchen Anwandlungen überhaupt nicht erwartet hatte.

Dieser Mann bereitete mir eine Überraschung nach der anderen; in diesem Moment ahnte ich ja nicht, dass dies noch nicht einmal das Vorspiel zum eigentlichen Drama war.

»Ich hatte ziemlich viel Wein intus, und manchmal benehme ich mich dann sogar bei Leuten daneben, die mit meinen Geschichten nichts zu tun haben. Falls Sie irgendwann einmal wieder in meine Kneipe kommen sollten, können Sie Ihren Hund gerne mitbringen, er ist willkommen. Ich mag Tiere, vor allem Hunde ... Ich hatte auch einen, vor langer Zeit ...«, sagte er wehmütig, beinahe traurig.

»Ich danke Ihnen, wegen mir ist die Sache vergeben und vergessen«, – wie wird man doch für die eigene Großmut belohnt – »aber mal was anderes, ich freue mich, dass ich Ihre Kneipe entdeckt habe. Ich war nur zweimal hier und habe bereits ein halbes Dutzend dieser köstlichen Kreationen der gehobenen Tapasküche probiert, die aus Ihrer schöpferischen Hand stammen, und es gibt nur ein Wort dafür: sublim.«

»Schöpferisch, na ja, ich glaube, nur der Zufall ist schöpferisch, oder zerstörerisch, je nachdem. Doch ich danke Ihnen für die Schmeichelei.«

Bemerkenswerter Gedanke. Er hatte Sinn für Humor, wie er bereits kurz zuvor im Umgang mit dem stammelnden *freak* bewiesen hatte, er war nicht dumm, und mit seiner Bildung musste er sich wohl auch nicht verstecken. Bei jemandem, der fähig war, sich solche ausgeklügelten kulinarischen Arrangements auszudenken, konnte es nicht anders sein.

Die Inkarnation von Kapitän Haddock war also einer von jenen seltenen Fällen von kultiviertem und ehrenhaftem Doktor Jekyll, den reichlicher Weingenuss in einen gewalttätigen und primitiven Hyde verwandelte.

Er war nicht der erste, den ich kennen lernte. Mein früherer Freund Pipo Pernera zum Beispiel, ehemals Proktologe und heute verblödeter Schizophrener, ging beim vierten Whisky von einer Sekunde zur anderen von scheinbarer Nüchternheit dazu über, wie Donald Duck in Originalversion zu reden; beim fünften verwandelte er sich in ein sonderbares Wesen, einer Mischung aus dem Mädchen aus *Der Exorzist* und Doktor Mengele; und beim sechsten ließ er die Erfinder der Koprophagie und Sodomie wie winzige Milben erscheinen.

»Ich glaube, Sie übertreiben mit Ihrem Lob. Ich koche einfach mit ein wenig Phantasie, wie heutzutage übrigens viele Leute; das ist alles«, fügte er mit einer Bescheidenheit hinzu, die echt klang.

»Es ist mehr als das, glauben Sie mir. Ich halte mich für einen ausgewiesenen Gourmet, und ich versichere Ihnen, dass in ganz Bilbao niemand ein Angebot von solchem Raffinement, solcher Qualität und Originalität zu bieten hat. Sie können es locker mit den besten Tapas-Bars von San Sebastián aufnehmen.«

Ich wusste, dass ihm der Vergleich mit den feinen Tresen von Donostia gefallen würde; sein breites Lächeln verriet es mir. Eitelkeit ist nun mal der Motor der Welt, und obwohl er kein Prahlhans war, war Astigarraga nicht frei davon.

»Sehr liebenswürdig. Sie scheinen ein *connaisseur* zu sein, und davon gibt es nicht viele. Haben Sie es eilig?«

»Eigentlich nicht«, der französische Begriff des *connaisseur*, mit dem er meine Wenigkeit bedachte, machte mir Laune.

»Wenn Sie erlauben, möchte ich Ihnen gerne ein paar Dinger zum Probieren geben und Ihre Meinung dazu hören. Hier versteht sonst keiner was davon; das ist eine richtige Bande von Eichelfressern.«

Mir fielen Tiberius VIII. und seine Gefolgschaft ein.

»Ganz im Gegenteil, es ist mir eine Ehre«, erwiderte ich und war bemüht, den Jubel meiner Papillen zu dämpfen, die sich zum Klang von Louis Armstrongs Trompete zur Attacke bereitmachten.

Er reichte mir seine baggerschaufelgroße Hand, quetschte kraftvoll meine Datteln, und wir stellten uns offiziell einander vor, was wir bisher nicht getan hatten.

»Antón Astigarraga Iramendi, geboren in Donostia, gemeldet in Bilbao und mit dem Herzen in Bordeaux.«

Meine Intuition, dass er seine Wurzeln in Guipúzcoa und französische Bindungen hatte, stimmte also.

Dann trat er hinter den Tresen und bewirtete mich großzügig mit Kostproben von seinem Speiseplan.

Er wollte, dass ich etwas probierte, das ich noch nicht von seiner Häppchentafel kannte, etwas von den Neuheiten der Woche und eines seiner jüngsten Experimente.

Zuerst nahm er aus dem Kühlschrank ein hübsches Dreihundertfünfundsiebzig-Milliliter-Fläschchen Château D'Yquem – die beste Marke aus dem Sauternes –, das mir als perfekter Begleiter der ersten erlesenen Kostprobe dienen sollte: der meisterhaften Gänseleber in Gelee von Tempranillo mit köstlicher karamellisierter Birne.

»Ein Sauternes aus der legendären Ernte von sechsundachtzig, der im Jahr zweitausend nicht einen Hauch von seinem Körper verloren hat. Hab ich nicht Recht, Pacho?«

Es war mir angenehm, meinen Spitznamen aus seinem

Munde zu hören. Und natürlich stimmte ich dem vortrefflichen Erhalt dieses sündhaft teuren, samtigen und lieblichen Weißen zu, obwohl ich nicht die Gelegenheit hatte, mehr als ein halbes Glas davon zu trinken; der Rest verschwand kurzerhand in Antontxus weitem Rachen.

Er war jemand, der ständig in Bewegung sein musste und einen rüden Ton anschlug, sobald er sich einen hinter die Binde gekippt hatte; ein typischer Zwangscharakter oder, um genauer zu sein, die Karikatur eines Zwangscharakters.

Er konnte nicht einen Moment stillhalten; unzählige Male ging er in die Küche, um mir vom ausgefallenen Korkenzieher bis zur wunderschönen weißen Trüffel – der Preis lag nur wenig unter dem eines Diamanten –, konserviert in einem beinahe durchsichtigen Öl aus Lérida, alles Mögliche zu zeigen; er rannte hin und her, damit ich ein paar zarte rote Algen probierte, die er aus Japan importiert hatte, oder ein köstliches Eis aus Tintenfischtinte mit einem überraschenden Meeresschaum, den er aus dem Saft von Entenmuscheln und Austern hergestellt hatte.

Er war mehr als bewandert in sämtlichen gastronomischen Disziplinen. Er genoss es, mir sein Spielzeug und seine Entdeckungen vorzuführen, und ich, ehrlich gesagt, auch.

Seltsamerweise rührte er von den Köstlichkeiten, die er mir servierte, keine an – anders verhielt es sich mit den anregenden Weinen, die er zu den Speisen auftrug – und kaute trotzdem die ganze Zeit auf irgendwelchem Zeug herum, das er aus seinen Taschen hervorkramte: iranische Pistazien, geschälte Sonnenblumenkerne, getrocknete Aprikosen, Cashewnüsse und irgendeine kalifornische

Nusssorte … Scheinbar war er unfähig, seinem Mund auch nur eine Minute Pause zu gönnen.

Das erinnerte mich an mich selbst, wenn mich irgendwas nervös macht und mich auf einmal das Bedürfnis befällt, augenblicklich etwas Leckeres zu vertilgen.

Möglich, dass seine Nervosität chronisch war.

Er bekannte, dass er früher geraucht hatte; er musste es aufgeben, weil er keine Luft mehr bekam und der Arzt ihm ein Emphysem in weniger als drei Jahren vorhergesagt hatte, wenn er sich nicht einschränkte; er hatte an die siebzig Zigaretten am Tag geraucht.

Außer dem Sauternes verputzten wir zwei Dreiviertelliterflaschen: einen interessanten weißen Martivilli aus Rueda aus reiner Verdejo-Traube und einen Roten aus Ribera del Duero, einen 91er Protos Reserva, kräftig und vollmundig wie ein ordentlicher Fluch; zum Dessert, einem Stück Birnenstrudel, gab es schließlich noch mehrere Gläser süßen Noé; es war ein uralter Pedro Ximénez, bei dem man fast spüren konnte, wie einem die Trauben die Gurgel hinabglitten. Nachdem ich festgestellt hatte, in welchem Tempo Astigarraga sein Glas leerte, versuchte ich, mich seinem Rhythmus anzupassen, um nicht das Nachsehen zu haben. Kurz gesagt, am Ende der Verkostung waren wir beide voll wie die Haubitzen.

Es war fast Mitternacht; ich war schon eine Ewigkeit dort. Der Wiederkäuer und die Köchin waren bereits gegangen, und den Schlussakt genossen wir allein und hinter verschlossenen Türen.

Bevor ich meinen Besuch beendete, erfuhr ich zwei weitere Dinge über Haddocks Doppelgänger.

Natürlich war er kein Fan von Tim und Struppi; das mit der »Nährflüssigkeit« war purer Zufall gewesen. Ich erzählte ihm von seiner Ähnlichkeit mit der Figur; er kannte sie und die Comicgeschichten, interessierte sich aber nicht sonderlich dafür.

Er lebte allein in der Wohnung über dem Lokal. Dort musste auch das Weinlager sein, da er über eine Treppe in der Küche hinaufgestiegen war, um die Flasche Protos zu holen. In Wirklichkeit war es eine wackelige Trittleiter, die an der Wand der voll gepfropften Küche lehnte und die er an der Decke einhängte, um mühsam durch eine kleine Falltür in sein Domizil zu gelangen, wie ich von meiner Ecke am Tresen beobachten konnte.

Während der Verkostung geizte ich nicht mit aufrichtigem Lob für die Speisen und erlaubte mir sogar, ein paar Vorschläge zu machen, die Antontxu zu schätzen wusste. Ich erinnere mich, dass ich mich trotz des unruhigen Wesens meines Gastgebers ausgesprochen wohl in seiner Gesellschaft fühlte. Ich erbot mich, ihn woandershin auf ein Glas einzuladen, um mich für seine großzügige Bewirtung erkenntlich zu zeigen. Da wurde er auf einmal mürrisch und sagte zu mir:

»Lieber nicht. Ich trinke außer Haus keine harten Sachen; es bekommt mir einfach nicht ... Und ich will mich heute Nacht weder mit Ihnen noch mit sonst jemandem in die Haare kriegen. Außerdem ist es schon ein wenig spät ...«

Ich begriff, dass er die gemeinsam verbrachte Zeit als beendet betrachtete. Ich überlegte noch, ob ich ihm anbieten sollte, ihm beim Aufräumen zu helfen, doch nachdem er sein Verhalten so brüsk geändert hatte, schien es mir nicht ratsam zu sein. Mein Radar registrierte, dass der Alkohol in der für mich noch unbekannten Psyche von Antontxu Astigarraga seine Wirkung tat und er lieber so schnell wie möglich allein sein wollte, bevor Hyde mit dem Stockknauf an seine Hirnrinde klopfte und um Einlass bat.

Er verabschiedete mich mit verhaltener Höflichkeit.

– 9 –

Der Februar kam. Die restlichen Januartage waren mit der erschreckenden Schnelligkeit verflogen, mit der die Zeit verrinnt, wenn man die Vierzig überschritten hat.

Meine wirtschaftliche Lage war noch immer düster. Die hunderttausend Peseten im Monat reichten gerade mal für den Hundefrisör, ein paar Leckereien und wenig mehr.

Wie können ganze Arbeiterfamilien von so einer lachhaften Summe leben? Ich begreife es nicht.

Wie heißt es noch bei John Updike: Mit Geld ist es wie mit Sex; man kann nicht genug davon haben.

Glücklicherweise fuhr meine Mutter, die wegen der Flucht des Alten deprimiert war, zu einer langen Schlafkur – will heißen, sie würde mehr gedopt als ein Pferd auf der Rennbahn von Cincinnati –, das Spezialgebiet der Klinik El Resplandor in Mundaka, eines Draculaschlosses, das von seinen Hauspsychiatern, zwei Feinden der Menschheit namens Elektrode und Pillchen, geleitet wurde; Letzterer war dem einen Doktor aus *Reiseziel Mond* verdächtig ähnlich.

Ich nutzte ihre Abwesenheit, um ein paar Bilder aus der Eingangshalle zu versetzen; einen Darío de Regoyos und einen Arteta – an den Iturrino im Wohnzimmer traute ich mich nicht ran, Don Leonardo hätte mich mit einer Klaviersaite erwürgt –, die ich pfundweise an einen Hehler mit der Seele eines Scrooge verscherbelte.

Ich betrog meinen Bruder Josemi, was einfacher war als einen Blinden zu ohrfeigen, indem ich ihn davon überzeugte, dass sein Beuteanteil nicht mehr als fünfzigtausend Peseten betrug.

Doch die Verschnaufpause währte nicht lange. Nachdem ich eines Abends beim Blackjack aus nächster Nähe erschossen, am nächsten beim Roulette gesteinigt und am dritten bei einer Pokerrunde, die der gierige Cris Cardeñosa und seine Mätresse, das Schielauge Mocha Barbacana, im Hinterzimmer vom Babuino's organisierten, gepfählt worden war, war ich völlig abgebrannt.

In dieser Zeit sah ich meinen Vater ein einziges Mal, und das, nachdem ich wie ein Zuave in der Halle vom Hotel Carlton Wache geschoben hatte – die Lakaien von der Rezeption nahmen mich in Manndeckung, falls ich versuchen sollte, zu seiner Suite vorzudringen. Ich traf ihn in Begleitung einer gewissen Barbara, die natürlich barbarisch gut aussah: eine Blondine mit ausladendem Hintern, der perfekt eingepasst war und der nur noch hätte sprechen müssen, und einem Vorbau, der besser konstruiert war als der Tresen in Harry's Bar in Venedig; eine Aufsehen erregende Nutte von der ganz teuren Sorte.

Es kratzte meinen Alten überhaupt nicht, dass ich ihn in flagranti ertappte; er hatte offensichtlich beschlossen, sich ins pralle Leben zu stürzen und sich um das Gerede einen feuchten Dreck zu scheren. Er, der immer ein Ausbund an Diskretion gewesen war. Wahrscheinlich war er nicht mehr ganz richtig im Kopf; ich erwog die Möglichkeit, ihn entmündigen zu lassen, doch schien mir das eine recht gewagte Maßnahme zu sein.

Er besaß nicht einmal die Liebenswürdigkeit, mich zu einer schnellen Nummer mit seiner Tussi einzuladen, obwohl er sehen musste, dass ich ziemlich ausgehungert war. Nicht einmal die Uhrzeit verriet er mir und hatte mich nach fünf Minuten abserviert.

In jener Zeit unternahm ich auch ein paar halbherzige Versuche, um in der finsteren Arbeitswelt Fuß zu fassen.

Per E-Mail schlug ich meinem Freund Pepo Sandio – was für ein Segen, überall so viele gute Freunde zu haben –, der direkt aus der Hand des Chefredakteurs der Tageszeitung El Correo frisst, vor, mir bei dem Blatt eine Tätigkeit als freier Mitarbeiter zu verschaffen. Etwas, das mit meinem zarten Gemüt, meiner Vorbildung und Empfindsamkeit in Einklang stand: Kolumnen über das Göttliche und Allzumenschliche, eine Essayreihe über Leben und Werk von Hergé oder, noch besser, der Posten des Gastrokritikers.

Der arme Pepo muss bis zum Hals in Arbeit stecken, denn er hat bis heute nicht geantwortet.

Wer mir deutlich seine Meinung kundtat, ohne dass ihn jemand darum gebeten hätte, war Néstor Arroba, *Der Schreckliche*, der unerklärlicherweise Restaurantkritiker auf Lebenszeit war und wie der Papst im Pluralis Majestatis spricht und schreibt.

Ich traf ihn zufällig auf der Straße, und er schleuderte mir entgegen:

»Als man uns erzählt hat, dass du Quälgeist in die Zunft eintreten willst, haben wir einen solchen Lachanfall gekriegt, dass uns die gebratene Kartoffel, gefüllt mit iberischen Speckscheiben, reichlich Kaviar und Ziegenjoghurt mit Schnittlauch, die wir gerade verspeisten, wieder hochkam und wir beinahe erstickt wären. Die Schnapsidee hat uns so amüsiert, dass wir zur Feier des Tages die Bewertung des Restaurants um anderthalb Punkte gesenkt haben.«

Ähnlich überlastet wie Pepo musste der diensteifrige Benito Pirindello sein, eine fleißige Stütze des städtischen Kulturamtes, dem ich ein komplettes Festspielprogramm mit klassischer Grundnote schickte, das von einer Naumachie zwischen den Stadtvierteln mit Kuttern mit Artillerie auf der Plaza Nueva – ich hatte keinen Trip geschmissen, etwas Ähnliches wurde veranstaltet, als der kurzlebige Monarch Amadeus von Savoyen Bilbao besuchte; die Bögen der Plaza wurden verschlossen und diese mit Flusswasser gefüllt – über ein Wagenrennen in San Mamés bis zu einem Wettbewerb im Zubereiten von Rehkeule am Grill mit Feigenkonfitüre reichte. Das komplette Programm gegen einen schlecht bezahlten Auftrag, um der Siebenhundertjahrfeier zur Stadtgründung Glanz und Gloria zu verleihen.

Der viel beschäftigte Benito fand keine freie Minute, um ans Telefon zu gehen, und statt meiner bedeutenden Beiträge hat man eine Hand voll billiger Einfälle, die einem Dorffest würdig waren, umgesetzt. *Sic transit gloria mundi.*

Nachdem die kärgliche Zuteilung vom Februar verpufft war, blieben mir nur noch März und April. Ich musste dieses Floß der Medusa, das auf eine Tragödie zusteuerte, verlassen, und zwar schleunigst.

Im selben Monat gab es ein schauerliches Ereignis, das

mir an die Nieren ging. Obwohl ich nie ein Fußballfan war – außer dem Roulette kommen mir alle Spiele mit Bällen oder Kugeln wie ein Zeitvertreib für Dummköpfe vor –, kannte ich das Opfer, weil wir uns häufig im Kasino begegnet waren. Es handelte sich um eine stadtbekannte Person: Josean Aulkitxo, ehemaliger Spieler und späterer Trainer von Athletic Bilbao, der bereits im Ruhestand war.

Der arme Josean, ein ungeschliffener, aber leutseliger und sympathischer Kerl – er hat mir mal ein paar Jetons spendiert, nachdem er einen Volltreffer gelandet hatte –, war tot in seinem einsam gelegenen Haus auf dem Berg Umbe aufgefunden worden.

Er war seit ein paar Monaten verwitwet gewesen und hatte seither allein gelebt. Seit dem Tod seiner Frau hatte er unter einer schweren Depression gelitten und kaum noch das Haus verlassen.

Man hatte ihn gefoltert und ihn schließlich mit ungewöhnlichen Techniken getötet. Wegen dieser Methoden wurde anfänglich darüber spekuliert, ob es sich um einen Racheakt aus Fußballerkreisen handelte, da man ihm einen Tod zugefügt hatte, den man durchaus fußballmäßig nennen konnte.

Die Leiche von Josean wurde in der Garage gefunden. Man hatte ihn auf Knien mit verschränkten Armen gefesselt. Er hatte einen Knebel im Mund, trug sein altes Athletic-Trikot und war von der Taille abwärts nackt. Man hatte ihm einen Fußball Hunderte, wenn nicht Tausende von Malen an den Kopf geworfen, bis er eine Gehirnerschütterung erlitten hatte. Doch der Tod war von einem anderen Gegenstand verursacht worden: einer Handpumpe, um Bälle aufzublasen – man hatte es nicht einmal für nötig gehalten, sie dem Ärmsten aus dem Anus zu entfernen, nachdem man ihn getötet hatte –, mit der man so viel Luft in ihn hineingepumpt hatte, dass der Darm geplatzt war.

Es wurde weder ein Motiv festgestellt noch fand man irgendeine Spur von dem oder den Tätern.

Wer hätte damals schon sagen können, dass ich heute, am Vorabend von Heiligabend, der Erste sein würde, der von der Identität des brutalen Mörders von Josean Aulkitxo erfahren würde.

Zur selben Zeit nahm meine Beziehung zu Antontxu ihren unerbittlichen Lauf.

– 10 –

Nach beschriebenem nächtlichem Imbiss ließ ich ein paar Tage verstreichen, bis ich mich wieder in der Kneipe blicken ließ; ein bisschen, um mich rar zu machen, und um ihm anzudeuten, dass mich die schroffe Verabschiedung gekränkt hatte.

Genau eine Woche nach unserem Zusammentreffen tauchte ich dort wieder auf, in Begleitung von Struppi und mit einem ganz persönlichen Geschenk, *Die Juwelen der Sängerin*, natürlich in einer Ausgabe mit Stoffeinband, die ich bei Quincy Magoo, dem Comicladen von Borregar, der blind wie ein Maulwurf war, entwendet und persönlich in Geschenkpapier eingewickelt hatte.

Ich traf Antontxu bei der undankbaren Aufgabe an, einen randalierenden Betrunken rauszuwerfen, und es dauerte eine Weile, bis er mich begrüßte.

Die einfältige Schnapsnase bestand darauf, dass man ihr noch einen Wein einschenkte; die Wiederkäuerin hinterm Tresen, die an diesem Tag ohne ihren Gegenpart Dienst tat – sie wechselten sich ab; nur an den Wochenenden und Feiertagen rackerten sie gemeinsam – hatte den Anfängerfehler begangen, ihm ein erstes Glas einzuschenken, und inkonsequenterweise weigerte sie sich nun, ihm ein zweites zu geben, was selbstverständlich Ungläubigkeit und Wut bei dem Säufer auslöste, der sie »hässliche Nutte« nannte und seinen Durst und den Wunsch nach Unabhängigkeit der Grafschaft Treviño, von der er ein Ureinwohner sein musste, lauthals kundtat. Man hörte aus der Küche eine phantasievolle Verwünschung, und Asti – bald fand ich Gefallen daran, ihn so zu nennen – kam mit der Geschwindigkeit, in der Milch überläuft, und mit dem Ausdruck eines Piraten beim Entern aus dem Kabuff geschossen; der Zeigefinger seiner linken Hand war blutig und in der Rechten hielt er ein großes Kochmesser von Sabatier aus Stahl mit Kohlenstoffanteil. Dem Betrunkenen blieb gerade noch Zeit, ein angsterfülltes »O« mit seinem Mund voller Pferdezähne zu formen. Asti hob das Messer über seinen Kopf, und ohne hinzuschauen, stieß er es in den Tresen, zwischen den Ring- und den Mittelfinger der Hand, die der Saufbold auf die hölzerne Oberfläche gelegt hatte. Ich werde wohl nie erfahren, ob genau das seine Absicht war oder ob er den armen Kerl eigentlich verletzen wollte.

»Arschloch! Jammerlappen! Wegen deinem blöden

Gemecker hab ich mich geschnitten!«, tobte er und hob den verletzten Finger in die Höhe, um ihm gleich darauf den Mund mit Blut zu beschmieren. »Raus aus meiner Kneipe, und zwar auf der Stelle, du Misthaufen!«

Doch der Besoffene war verwegen und antwortete ihm mit Sinn für die klassische Tragödie:

»Ich will nicht dein Blut, du Wichser! Ich will Wein!«

Asti ließ das Messer los, das im Tresen stecken blieb, und spannte seinen Arm wie ein Katapult, um ihm eine rechte Gerade zu verpassen, doch er hatte ausgesprochenes Pech und versetzte dem Zinken der stillen Wiederkäuerin, die unglücklicherweise hinter ihm stand, einen Stoß. Im gleichen Augenblick, in dem der Säufer die Rechte auf seinen Kolben kriegte, schlug die Wiederkäuerin mit dem Nacken gegen das Schnapsregal. Während eine Flasche Gordon's, eine JB und eine mit Cacique-Rum zu Bruch gingen, geriet der Betrunkene ins Taumeln, bis er mit einem der bereitstehenden Stammgäste zusammenstieß, der ihn mit einem kräftigen Schubs hinaus auf die schmale verkehrsberuhigte Straße beförderte, die er stolpernd im Rückwärtsgang überquerte, bis er mit dem Kopf an ein Plakat des Innenministers mit Dreispitz und dem Gesicht von Tiberius VIII. knallte, das an der gegenüberliegenden Wand klebte, wo er schließlich sein spärliches Bewusstsein verlor.

»Entschuldigen Sie die Störung, meine Herrschaften«, wandte sich Asti an das Dutzend Gäste, die dem Aussehen nach aus dem Viertel sein mussten und bestimmt nicht zimperlich waren. »Die nächste Runde geht aufs Haus, bestellen Sie, was Sie wollen … Du! Räum das da weg und kümmre dich um die Gäste …«, befahl er der folgsamen Wiederkäuerin, die, ohne sich über den ungewollten Schlag zu beklagen, angefangen hatte, die Scherben zusammenzufegen, und über der Oberlippe eine Röte aufwies, als hätte sie sich mit einer Rolle Stacheldraht geschneuzt.

Wenn man davon absieht, dass er sich in betrunkenem Zustand in ein reizbares Wesen verwandelte, legte Astigarraga nüchtern gegenüber denen, die er für Seinesgleichen hielt – das waren ich und wenige andere –, ausgefeilte Manieren an den Tag und ein rüdes, despotisches und demütigendes Verhalten gegenüber Untergebenen und Angestellten.

Nachdem Asti die harmlose Wunde am Finger versorgt hatte, gesellte er sich zu mir.

»Schön, Sie zu sehen, Pacho. Tut mir Leid, dass Sie diesem unwürdigen Spektakel beiwohnen mussten. So, wie wir uns kennen gelernt haben, und mit dieser Sache eben müssen Sie ja einen großartigen Eindruck von mir haben.«

Während der ganzen Zeit unserer Bekanntschaft – den heutigen Tag ausgenommen – hörten wir nicht auf, uns zu siezen.

»Keineswegs, mein Freund. Ich halte mich an den vom letzten Abend, als wir geschmaust haben ... Es war ausgesprochen angenehm, und es hat mir großen Spaß gemacht.«

Überrascht zog er die Augenbrauen hoch, doch ich glaube, er war geschmeichelt, dass ich ihn einen Freund genannt hatte, was ihm wahrscheinlich nicht allzu häufig passierte.

»Wie ich sehe, haben Sie den Hund mitgebracht, den Foxterrier. Wie heißt er denn?«

Als er den Namen wusste, rief er mein geliebtes Maskottchen zu sich und streichelte es liebevoll. Dann richtete er sich auf, nahm den bereits vertrauten Ausdruck des Menschenfressers wieder an und wandte sich erneut an die Wiederkäuerin, deren Zinken stendhalianisch von Rot nach Schwarz wechselte.

»Bring ein Häppchen Geflügelbrust für das Tier. Ich bin mir allerdings nicht sicher, ob die Dinger überhaupt genießbar sind, so, wie diese Schlampe sie heute zubereitet hat ...«, sagte er mit dröhnender Stimme.

Die Schlampe, das heißt die Köchin, hörte ihn – nur ein Toter hätte das nicht gehört –, zeigte ihren Kopf an der kleinen Öffnung der Durchreiche, stellte das Tellerchen auf die Ablage und warf ihm etwas an den Kopf, das sich mir damals nicht ganz erschloss.

»Schlampe also, was? Komm nachher nur, und bettle um einen Gefallen, du Kastrat.«

Ein paar Monate später begriff ich, was mit dem »Gefallen« gemeint war, als ich Asti bei einer Nummer mit der Dicken erwischte.

Ich erklär's.

Es war ein Werktag, an dem ich mich ausnahmsweise erboten hatte, den Tresen zu machen – wer hätte sich nur ein Vierteljahr früher vorstellen können, dass Pacho Murga Bustamente sich in aller Öffentlichkeit hinstellen würde, um Wein in einer Kneipe der *Kasbah* auszuschenken –, da die beiden Wiederkäuer zum Begräbnis eines Neffen nach Zeberio, ihrem Heimatdorf, mussten; er war am Splitter eines Rinderknochens erstickt, der ihm in der Kehle stecken geblieben war.

Eines Tages bekam ich mit, wie ein gewisser Txomin Kastu, der aus dem gleichen Dorf wie die Wiederkäuer stammte und Schatzmeister der kulinarischen Gesellschaft *Zeberier, Intelligenz 0, Appetit 180* war, die besondere Eigenschaft dieses Ortes beschrieb.

»Zeberio? Das enthaltsamste Dorf im Tal von Arratia. Dort gibt es die meisten *mutilzaharrak* – Alleinstehenden – von ganz Biskaya. So ist das dort!«

Asti und seine Gehilfin waren in der Küche beschäftigt. Ich trat ein, um Bescheid zu sagen, dass der Laden leer und es Zeit für die Mittagspause sei. Asti erwiderte, dass sie noch bleiben würden, um zu kochen, und dass ich die Tür selber mit dem Zweitschlüssel abschließen sollte, der unter einer Marienfigur lag, einer verkleideten Vogelscheuche, die in der schrecklichen Marienfestwoche von Bilbao als Totem fungiert.

Kaum war ich gegangen, als ich feststellte, dass ich meine Armbanduhr vergessen hatte, die am Hals einer Flasche Cynar, dem legendären Artischockenaperitif, hing. Also ging ich noch mal zurück.

Asti und die Dicke hatten mich nicht gehört. Als ich hinter den Tresen schlüpfen wollte, um meine Uhr zu holen, hörte ich ein paar verdächtige und wenig kulinarische Geräusche.

Die Küchentür stand offen; ich kauerte vor dem Tresen und konnte so die Szenerie beobachten.

Asti stand hinter der Dicken und hatte ihr den weiten Rock hochgehoben, was mir zu der Feststellung verhalf, dass sie keinen Slip trug, und steckte drei oder vier Finger in die beinahe unzugängliche Vulva eben erwähnter Person.

»Gleich fängt es an zu kochen. Jetzt«, sagte die Gezärtelte.

Asti holte seinen Schwanz aus dem Hosenschlitz – und bei Gott, das war eine ordentliche Stange – und rieb ihn mit ein paar Tropfen kaltgepresstem Olivenöl mit höchstens null Komma vier Grad Säure ein. Mit den Händen schob er die enormen wächsernen und schlaffen Fleischmassen auseinander, was mich an Charlton Heston erinnerte, wie er in *Die zehn Gebote* das Rote Meer teilte.

Während er sie durchbimste, wechselte ich heimlich meinen Blickwinkel.

Die Küchenhilfe starrte abwesend in einen Topf, in dem ein halbes Dutzend rohe, aufgeschlagene Eier schwammen, die mit Wasser bedeckt und mit Räuchersalz und Essig aus überjährigem Sherry gewürzt waren, wobei sie aufpasste, dass es nicht zu kochen anfing.

Nach genau einer Minute kam Asti unüberhörbar in dieser Grotte der Küchenhilfe, die rasch den Tiegel vom Feuer nahm.

Während Asti seine Pferderute verstaute, die selbst in schlaffem Zustand beeindruckend war, nahm seine *partenaire* eines der Eier mit einem Schaumlöffel aus dem Wasser, trennte das Eiweiß vom Dotter und konnte sich davon überzeugen, dass dieses genau richtig war, das Epithel fest und das Innere flüssig.

»Perfekt, wie immer …« stellte die Dicke befriedigt fest.

Ohne Lärm zu machen, ging ich hinaus.

Asti war scharf auf dicke Frauen – wenn man sich die Köchin mit viel Phantasie schlanker vorstellte, war sie nicht einmal hässlich –, auf diese und fast jede andere auch.

Seine heftige vorzeitige Ejakulation auf die Minute genau hatte bestimmt etwas mit seiner Zwanghaftigkeit zu tun; dies aber als verlässliche Stoppuhr für ein paar köstliche flüssige Eidotter zu nutzen, die das Herzstück seiner wohlschmeckenden geschichteten Tortilla waren, kam mir vor wie der Einfall eines Geistesgestörten.

Kehren wir zurück zu der Nacht mit dem Betrunkenen, genauer gesagt, den Betrunkenen … und anderen dicken Frauen …

Asti tat so, als hätte er das mit dem »Kastraten« nicht gehört, legte das Häppchen auf seine Handfläche und gab es Struppi, der es bis auf den letzten Krümel verputzte. Ich schaute auf die Tafel, wo das Häppchen beschrieben war, und beneidete mein Maskottchen: *Ringeltaubenbrüstchen mit Apfelkompott.*

»Ich geh ein bisschen frische Luft schnappen. Seht zu, dass ihr ohne mich zurechtkommt«, sagte er in barschem Ton zu seinen Angestellten. »Wollen wir einen Spaziergang machen?«, fragte er mich. »Mir ist die Lust am Kochen vergangen.«

Bevor wir aufbrachen, gab ich ihm das Geschenk, den Band, der für mich das absolute Meisterwerk der Reihe ist.

»Ah! Tim und Struppi … Die Sie so mögen … Vielen Dank, ich werde es mit Freuden lesen«, bedankte er sich mit schlecht gespielter Begeisterung und reichte es der Wiederkäuerin, damit sie es weglegte.

Wir verließen die Altstadt – der Besoffene war verschwunden und an seiner Stelle war ein getrockneter Blutfleck auf dem albernen Plakat – und überquerten den Fluss. Ich bot ihm an, Struppi an der Leine zu führen, eine Aufmerksamkeit meinerseits, die ihm zu gefallen schien.

Wir gingen ins Twins. Die Rigoitia-Zwillinge waren überrascht, uns zusammen zu sehen, doch sie verkniffen sich jeden Kommentar. Wir setzten uns an das hintere Ende des Tresens, Antontxus Lieblingsplatz, obwohl es nach Toiletten stank.

»Der Streit mit diesem Säufer hat mich wirklich auf hundertachtzig gebracht; ich muss sagen, es war mir nicht unangenehm. Und ich habe davon Durst bekommen, richtigen Durst. Wenn Sie Lust haben, werden wir es gemeinsam begießen ... Ich mache eine Ausnahme und trinke mal keinen Wein.«

Im Kopf überschlug ich den Rest in meinem Portemonnaie: um die dreißigtausend. Für mich bedeutete das, mehr auf den Hund gekommen zu sein als Henry Fonda in *Früchte des Zorns*. Ich war dran mit Zahlen, und ich kannte ja bereits seine Trinkfestigkeit. Mir wurde angst und bange.

»Falls ich ..., Sie wissen schon ..., irgendwie ausfallend werden sollte ..., lassen Sie mich einfach links liegen, und fühlen Sie sich zu nichts verpflichtet. Abgemacht?«

Ich machte eine zustimmende Geste. Jetzt bekam ich es wirklich mit der Angst.

Bis man uns – im wörtlichen Sinne – aus der Kneipe hinauswarf, trank Astigarraga, als wollte man ihm gleich das Glas wegnehmen; eine üble Mischung, dass es einen schüttelte, wirklich wie ein Eimer Schmutzwasser: einen Cubalibre mit Captain Morgan, einen Gintonic mit Tanqueray, eine Margarita mit Herradura, eine Bloody Mary mit Absolut Vodka und einen Alexander mit Hennessy.

Ich blieb meinem Thema treu, allerdings ebenfalls mit Ausdauer, und pfiff mir vier Dry Martinis rein.

Während wir tranken, unterzog ich ihn einer subtilen Befragung, getarnt als lockere Konversation und unterbrochen von mehreren Versuchen seinerseits, einen Streit vom Zaun zu brechen.

Er wurde ganz Haddock: Einen der Gäste nannte er »Analphabet« und »Vegetarier«, steckte einen Finger in den Gimlet eines anderen und tätschelte lüstern die Rubensschen Hinterbacken einer kleinen Dicken – sie besaß durchaus Charme –, die glücklicherweise in Begleitung eines Muttersöhnchens war.

So erfuhr ich, dass er seine Kochkünste in Bordeaux, wo er eine Zeit lang gelebt hatte, bei einem Schüler des großen Paul Bocuse erlernt hatte; und dass es ihn nicht reizte, ein Restaurant zu führen, er begnügte sich mit dem, was er am Tresen verkaufte.

Ich wagte den Einwand, dass es doch schade sei, wenn er seine ungewöhnlichen Fähigkeiten praktisch im Verborgenen entfaltete, versteckt in einer kleinen Kneipe der Altstadt und zu moderaten Preisen, die kaum Gewinn abwerfen konnten.

»Ich bin felsenfest davon überzeugt, dass der Laden mit ein bisschen Werbung und einem größeren und zentraler gelegenen Lokal ein Bombengeschäft wäre«, fügte ich hinzu, »eine der ersten Adressen von Bilbaos Gastronomie; und man könnte die Preise wie Schaum in die Höhe treiben ... Eine kleine Goldgrube, wirklich ...«

»Schon möglich ... Allerdings bin ich an Geld nicht besonders interessiert ..., ich habe eine andere Einkommensquelle ... Das mit den Häppchen ist mehr ein Hobby.«

Trotz seiner Gleichgültigkeit versuchte ich, ihn für meine Expansionspläne zu begeistern. Ich nehme an, ich sah unbewusst bereits, dass bei der Umsetzung dieser Idee etwas für mich herausspringen würde.

»Denken Sie nur, wie das bei den Touristen ankommen würde ... Das sind keine Rucksacktouristen, die kommen, um sich das Guggenheim-Museum anzuschauen. Das sind Leute mit einer gewissen Bildung und Solvenz, die Qualität zu schätzen wissen ... Wenn die schon scharf sind auf die üblichen mittelmäßigen Tapas, dann stellen Sie sich vor, wie das mit Ihren wäre ...«

»Seit diese Bande von ETA-Fanatikern wieder Leute umbringt, ist der Tourismus ganz schön zurückgegangen.«

Unleugbares Argument, das mir allerdings dazu diente, einen weiteren Verdacht bezüglich seiner Person auszuräumen: Er war kein Fürsprecher der Sekte.

»Sie haben Recht. Trotzdem kommen noch immer ein paar, genug jedenfalls, um ein Lokal mit solchen Leckereien zu füllen ... Außerdem bin ich sicher, dass man ohne weiteres Leute aus den Institutionen, Würdenträger, Politiker und die übrige Schmarotzerbande, die süchtig nach Kanapees sind und die Szenekneipen bestimmen und in die Stadtführer bringen, anlocken könnte. Vielleicht könnte man sogar irgendeine öffentliche Förderung als gastronomisches Forschungs- und Entwicklungsprojekt oder so was abgreifen.«

Auch wenn es das am meisten an den Haaren herbeigezogene Argument war, schien ihn das mit den Politikern zu interessieren. Seine Augen leuchteten, und er kam noch einmal darauf zurück.

»Glauben Sie wirklich, dass solche Leute kommen würden?«

»Dafür lege ich die Hand ins Feuer«, log ich.

Und bevor die *Bloody Mary* seine Worte in Gestammel verwandelte, machte er noch eine wichtige Bemerkung, und mir ging ein Licht auf, das sich am Ende der Nacht in einen grellen Scheinwerfer, in eine Vision verwandelte, die seinen und meinen Weg für den Rest des Jahres erhellen würde.

»Ich werde langsam alt, fast alles, was zu tun war, habe ich erledigt; mir fehlt nur noch eine einzige Sache ...« – diese »Sache« musste wichtig sein, denn er sagte es mit Nachdruck – »Ich bin träge geworden und drücke mich vor Veränderungen ... Trotzdem bin ich für einen brauchbaren Vorschlag offen ... Es mag widersprüchlich klingen, aber ich langweile mich, ehrlich gesagt, in letzter Zeit ein wenig; und es stört mich, von Idioten umringt zu sein, die eine Kartoffel genauso schätzen wie Foie ... Wenn jemand mir etwas wirklich Reizvolles vorschlagen würde, wäre ich sogar bereit, mitzumachen und mich in irgendein Abenteuer zu stürzen ... Natürlich nur, wenn ich eine genaue Vorstellung davon hätte.«

Der Genuss des süßlichen Alexander, das heißt, das Aufeinandertreffen von Cognac und der Mischung aus Wodka, Tequila, Gin und Rum im Magen, zerrte am Hochseil von Dr. Jekyll und platzierte Hyde an seiner Stelle.

Antontxu stierte mit flackerndem Blick auf das appetitliche Dickerchen, das noch einmal hereingekommen war und wütend und zielstrebig direkt auf uns zusteuerte; zu dem Milchbart in ihrer Begleitung hatte sich ein Schwergewicht gesellt, ein Fettkloß, aber von der Größe des Yogi Bären, der wegen seiner ähnlichen Konstitution und seiner Visage der Bruder von besagtem Wesen sein musste.

Asti stieg von seinem Barhocker, als wäre er John Wayne, fiel dabei hin, rappelte sich wieder hoch und stellte sich vor den Yogi Bär, der ihn schweigend, aber herausfordernd anglotzte, während der Milchbart meinen Freund davor warnte, es noch einmal zu wagen, den Fettarsch seiner Frau anzufassen.

Asti sagte kein Wort. Der Yogi Bär war blöd und stand, die Hände in die Seiten gestützt, ohne den geringsten Schutz direkt vor ihm. Asti verpasste ihm eine wie aus dem Bilderbuch: ein kurzer Haken mit der Linken in die rechte Seite. Der Sohlengänger sah verblüfft zu, wie sich die Faust des Grabschers, der seine Schwester angemacht hatte, in seine gut gepolsterte Leber grub. Bevor der Schlag automatisch seine Wirkung zeigte, blieb ihm noch Zeit, Asti mit beiden Händen am Hals zu packen; eine Sekunde später fiel er wie ein Sack Bohnen aus Tolosa um und wand sich vor Schmerz, wobei er sich an die Seite griff.

Asti blieb noch Zeit, dem Zwerg eine Ohrfeige zu verpassen und der Dicken die Titten zu befummeln, bevor Julián oder Josemari mit dem »Beschwerdebuch« auf ihn losging – einem Knotenstock, der laut Inschrift auf dem Haselholz länger war als der Schwanz von John Holmes –, das er wie ein Schwert umklammert hielt, und Josemari oder Julián eilig bei mir kassierte.

Als wir auf der Straße standen – Asti hätte das »Beschwerdebuch« um ein Haar zu spüren bekommen – wurde mir klar, dass der Moment gekommen war, meinen angriffslustigen Begleiter sich selbst zu überlassen und gemeinsam mit Struppi so schnell wie möglich das Weite zu suchen. Zwei Kneipenschlägereien an einem einzigen Abend waren mehr als genug. Ich musste meinen tadellosen Ruf schützen, und da aller guten Dinge drei sind, lief ich außerdem Gefahr, beim nächsten Zoff selbst was abzukriegen.

Mit diesem Streithammel war einfach nichts anzufangen.

Besser ich vergaß das Ganze.

Doch plötzlich veränderte sich Antontxus Ausdruck, der eben noch mitten auf dem Bürgersteig stand und über den Zwischenfall schallend lachte. Das Drachenkopfrot in seinem Gesicht wich einem Aschgrau, als wäre der

Sensenmann im Anmarsch. Er griff sich mit beiden Händen an den Magen, als hätte ihn der Fausthieb selbst getroffen, und krümmte sich vor Schmerzen über der Motorhaube eines geparkten Wagens. Ich wollte Hilfe holen, doch mit vor Pein gebrochener Stimme sagte er zu mir, dass ich nichts tun solle, dass es gleich vorbei sei.

Und so war es auch, ein paar Sekunden später, die mir wie eine Ewigkeit vorkamen, war der Anfall vorüber. Asti richtete sich wieder auf, trocknete sich mit einem Taschentuch den kalten Schweiß ab und redete mit normaler Stimme.

Scheinbar war er wieder nüchtern.

— 11 —

Das Taxi schafft es schließlich, die Gran Vía zu überqueren. Hier ist der Verkehr nicht mehr so dicht. Wenn wir in dieser Geschwindigkeit weiterfahren, kann ich in wenigen Minuten im Krankenhaus sein.

Natürlich stehen alle Ampeln auf Rot.

Es regnet noch immer, aber nicht mehr so heftig wie bei einem Tropengewitter.

Sirenen hört man keine mehr, weder von der Polizei noch von Notarztwagen.

Und der Dummkopf am Steuer hat schon seit einer Weile nichts mehr gesagt.

Nur der Lärm aus dem Radio hört nicht auf. Das infernalische Weihnachtsliederprogramm plärrt ununterbrochen; nicht einmal Werbepausen gibt es. Genau in diesem Augenblick wird folgender Krawall angekündigt: das *Judasbäumchen*, gesungen von Sol y Sombra, dem Singverein von Sestao, begleitet von Trommeln und *txalaparta*.

Doch ein Ende ist abzusehen, noch in der Ferne, aber ich sehe es vor mir, wenigstens das Ende des langen Tunnels, in den sich diese Fahrt verwandelt hat.

Und was die eigentliche Sache angeht, bin ich tatsächlich immer mehr davon überzeugt, dass er mich nicht vergiftet hat. Wenn ich noch immer versuche, allen Widerständen zum Trotz das Krankenhaus zu erreichen, dann hauptsächlich aus übermäßiger Vernunft und übertriebener Vorsicht.

– 12 –

Ich ging nicht nach Hause. In jener denkwürdigen Nacht der Gewalt, des Suffs und des ausschweifenden Sex – es hätte genug Stoff für einen Tango gegeben – begleitete ich Astigarraga bis zum Morgengrauen.

Beunruhigt von dem Schmerzanfall, den er gerade erlitten hatte, wagte ich es nicht, ihn allein zu lassen, obwohl er mir versicherte, dass es ihm ausgezeichnet ginge. Ich fragte ihn, sofern es ihm nicht zu indiskret erscheine, was mit ihm los sei und ob er krank wäre.

»Es ist nichts; nur Darmwunde ... Das passiert mir manchmal ...«, antwortete er widerstrebend.

Ich dachte, dass es sich bei der Heftigkeit, mit der er sich gewunden hatte, mindestens um einen Taifun gehandelt haben musste, doch ließ ich die Sache auf sich beruhen.

»Ich fühle mich großartig; der Rausch ist mit einem Schlag verschwunden ... Trinken wir ein letztes Glas? Ich verspreche Ihnen, dass ich mich von jetzt an anständig benehmen werde.«

»Wo?« Ich bin ein Trottel.

»Ganz in der Nähe, in der Kneipe einer Freundin. Sie werden überrascht sein.«

Ich fand vor allem Besorgnis erregend, dass wir, anstatt belebte Straßen entlangzugehen, den düsteren Steig von Iturriza zur Calle de San Francisco erklommen, die an La Palanca, dem früheren Chinesenviertel von Bilbao, entlangführt, das heute ein düsteres Getto ist.

In der Calle de San Francisco gingen wir an der Bar Linaje vorbei, die einem lebendigen Chaos glich; sie war voll mit Junkies, Dealern, Schwarzen und Arabern.

Wir gingen ein gutes Stück die Straße entlang, wobei wir diversen Gespenstern vor dieser traurigen Kulisse auswichen.

Struppi war in einen vorsichtigen Trott gefallen und hielt sich dicht an den Hauswänden.

»Wohin gehen wir, Antón?«

»In die Hölle, Pacho«, erwiderte er mit einem mephistophelischen Lächeln.

Ich hätte augenblicklich auf dem Absatz kehrtgemacht, wenn ich nicht eine furchtbare Muffe davor gehabt hätte, mitten in diesem gefährlich Kiez mit dem

Hund allein zu sein. Von der San Francisco bogen wir in eine der Seitenstraßen ein, die zum Fluss führen, und liefen weiter, bis wir die Kneipe erreichten, die auf halber Höhe der abschüssigen Straße lag. Als ich das schmuddelige Schild über der kleinen schwarzen und verschlossenen Eingangstür las, der nur noch eine Axt gefehlt hätte, die im Türschild steckte, begriff ich die satanische Anspielung.

DIE HÖLLENKÜCHE

So hieß der Schuppen also. Asti drückte eine unhörbare Klingel neben der Tür. Es dauerte, bis man uns aufmachte.

»Lassen Sie uns gehen. Die haben schon zu …«, meinte ich hoffnungsfroh.

»Die machen nie zu«, erwiderte er und drückte erneut auf die Klingel.

»Bestimmt lassen sie den Hund nicht rein …«, dankbar blickte ich zu Struppi.

»Keine Sorge, hier darf alles rein, was sich bewegt.«

Die Tür öffnete sich eine Handbreit, und in dem Spalt tauchte die Fresse von Lon Chaney in der Rolle von Quasimodo auf.

»Mach schon, verdammt noch mal, und zwar heute noch! Wir haben Durst …«, das Ungeheuer in Antontxu erwachte wieder; er war nicht einmal so lange genießbar wie der Kugelfisch aus dem Japanischen Meer, der frisch gefangen eine Köstlichkeit darstellt und dessen Gift tödliche Wirkung hat, sobald er über drei Stunden aus dem Wasser ist.

Mit Quasimodo, der voranging, stiegen wir die ausgetretenen Stufen des Tower von London in den Keller hinunter, wo sich die Höllenküche befand.

Das Mobiliar der Kneipe war abgenutzt und die Farben von der Zeit und den diversen Schmutzschichten so ausgebleicht, dass es ein Ensemble in Schwarz und Weiß bildete, das von spärlich verstreuten Fünfundzwanzig-Watt-Birnen beleuchtet wurde.

Die Kundschaft bestand aus einem halben Dutzend weiblicher Stammgäste, die Klamotten trugen wie arbeitslose Seeleute: schlabberig und dunkel, ganz im Einklang mit der Farbgebung des Lokals.

Sie waren allesamt hässlicher als die Bewohner von Ondarroa, falls das überhaupt geht. Wenn stimmt, was Konfuzius oder einer seiner Akolythen behauptet, dass nämlich selbst ein Armer hin und wieder eine Nummer schiebt, musste ein solcher Akt von Nächstenliebe mit dieser Truppe eine Aufgabe für Titanen sein.

Was war ich doch für ein Einfaltspinsel!

Es gab überhaupt keine Belüftung. Der Geruch nach Schimmel und Millionen zerfallender Mikroorganismen passte zu den dichten und stehenden Schichten aus Zigarettenqualm.

Dieses eine Wesen aus dem Moor hätte sich wie zu Hause gefühlt.

Als Musikbeschallung wurde ein alter Song von Mari Trini gespielt; verdammte Hacke!

»Was sehen meine Augen, alter Gauner! Wie lange bist du nicht hier gewesen!«

Die »liebevolle« Begrüßung kam von der Tresenbedienung, eine Stimme wie der Chef der Brummi-Gewerkschaft; es war die Dicke aller Dicken dieser Nacht, ein Naturwunder von über einem Meter achtzig und mit mindestens einhundertzwanzig Kilo, bekleidet mit einem schwarzen dekolletierten T-Shirt, das dem Zirkus Price als Zelt hätte dienen können und aus dem Brüste von den Dimensionen eines Everest und K2 hervorquollen. Ihre herkulischen Arme waren mit Tätowierungen versehen; »Mutterliebe« stand auf dem einen, und das Wappenschild der zweiten Kompanie der Legion Guzmán de Alfarache war auf dem anderen abgebildet.

Ich dachte, dass hier das »Beschwerdebuch« die Kettensäge aus *Texas chainsaw massacre* sein musste.

Asti und die Exlegionärin warfen sich über den Tresen, um sich in einer Umarmung zusammenzufinden, die dem Zusammenfluss von Atlantik und Pazifik am Kap Hoorn glich; als Nächstes knutschten sie nach allen Regeln der Kunst, was sogar mich erröten ließ.

Sobald der Speichelaustausch beendet war und die Häupter sich wieder getrennt hatten, zog Asti seinen Mantel mit derselben Hast wie an dem Tag aus, an dem wir uns kennen gelernt hatten und er mir ein paar verpassen wollte, und ohne Überleitung trat er gegen die Chefin im Armdrücken an, ein Duell, das die Aufmerksamkeit des ehrwürdigen Publikums erregte und zum Abschluss einiger Wetten sexueller Natur führte, deren Inhalt ich nicht wiederzugeben wage.

Nach vier oder fünf Minuten verbissenen Kampfes, mit Bizepsen und Trizepsen, die kurz vor dem Platzen waren, geschwollenen Stirnadern, die nach Schlaganfallgefahr aussahen, und nachdem beide mehrmals kurz davor gewesen waren, den Arm des anderen ganz niederzudrücken, verlor Asti. Die Tatze der Exlegionärin drückte die Pranke des Gegners in Zeitlupe herunter, bis die Fingerknöchel das Holz berührten.

Der Sieg muss die stattliche Dame erregt haben. Unter der schwarzen Baumwolle zeichneten sich Brustwarzen von der Größe der Stahlnieten der Hängebrücke von Portugalete ab. Es ist mir peinlich, es einzugestehen, aber bei dem Anblick regte sich was bei mir in der Hose.

Das Ungewöhnlichste an der Exlegionärin war, dass ihre, nennen wir es Morphologie, gekrönt war von einem Kopf mit platinblond gefärbten Haaren, den irgendeiner ihrer Feinde mit der Heckenschere bearbeitet hatte, doch sie hatte ein schönes Gesicht; sie war aufgedunsen von Alkohol, Übergewicht und einem exzessiven Lebenswandel, und trotzdem so lieblich wie Shelley Winters in *Winchester 73*, als sie noch jung und frisch war.

Das Wettkampfergebnis wurde unter Hochrufen und schrillen Pfiffen mit tosendem Beifall bedacht. Haddock und Megashelley Winters lachten begeistert und umarmten sich noch einmal. Als er wieder nach Luft schnappen konnte, stellte mir der stolze Verlierer das Zwitterwesen vor.

»Pacho, darf ich dir meine beste Freundin *Juana, die Mitschwiegermutter* vorstellen ... Frag sie nicht, woher das mit der Mitschwiegermutter kommt, denn das weiß nicht einmal ihre Freundin.« Asti nickte zu Lon Chaney hinüber, die ein paar Schritte von uns entfernt stand und dem Geschmuse ihrer Geliebten vergnügt zugesehen hatte.

Ich sah mir Lon Chaney genauer an; unter dem braunen Schweißhemd, das sie trug, waren vielleicht irgendwelche weiblichen Rundungen verborgen, es konnte aber auch der Körper eines Elefantenmenschen sein.

Was danach passierte bis zu meiner Erleuchtung, erinnere ich nur noch vage. Merkwürdig daran ist nicht der

Filmriss, sondern dass ich in jener Nacht nicht gestorben bin.

Wir tranken dasselbe Gebräu wie die Mitschwiegermutter: Gin Larios mit Zitronenlimonade, ich weiß nicht, wie viele es waren – allein beim Gedanken daran bekomme ich Schüttelfrost –, und wir snifften dasselbe wie sie; Kokslinien, gemischt mit Speed und synthetischem Meskalin – bestimmt verschnitten mit Kalkstaub von den Wänden, wenn man die vielen Krümel bedachte –, die alles und alle mit einem zweiten oder dritten Lichthof versahen und machten, dass der Lärm, die Songs von Mari Trini, das Einzige, was in dieser wahren Höllenküche anscheinend gespielt wurde, einem in Dezibelschüben in die Ohren peitschte.

Ein Joint aus zwei kreuzförmig zusammengeklebten Blättchen mit nigerianischem Marihuana und libanesischem Haschisch, der selbst Bob Marley umgehauen hätte, vervollständigte mein Befinden.

Lon Chaney selbst rauchte Berge von Heroin mit den sechs Macbeth-Hexen, die sich mit einem Krug Orujo, gemischt mit warmem Cava Delapierre, den ich, glaube ich, ebenfalls probierte, erfrischten.

Von dem Crescendo der Polyintoxikation sind mir nur noch Lichtblitze und ein paar einzelne Szenen in Erinnerung; als ich pinkeln gehen wollte, verwechselte ich die Tür und betrat im Dunkeln einen Raum, der als Lager oder Leichenraum dienen musste, wo mich etwas im Gesicht berührte, das Spinnweben hätten sein können, und noch etwas anderes, Fleischiges, von unbekannter Herkunft und das irgendwie zahlreich war; Lon Chaney mitten im romantischen Delirium; Asti, wie er die riesigen Titten aus dem Dekolletee ihrer Freundin holte und genüsslich leckte; die Brustwarzen erinnerten wirklich an die alten Fernbedienungen; zufällig fand ich die Toilette doch noch, aber dort stolperte ich über zwei der Nymphen, die sich gegenseitig die Möse bearbeiteten – ich konnte mich nicht mehr beherrschen und pinkelte in das durchgebrochene Waschbecken und ertränkte eine Küchenschabe; eine andere Harpyie, die von der Hüfte abwärts nackt war und behaart wie ein Bär, tanzte – zum Rhythmus der Lieder von Mari Trini! – eine Mischung aus Ballett und Cancan und setzte dann zu einem *grand écart* an, bei dem sie, wie in einem klassischen Slapstick, zu Boden ging; Asti, wie er Lon Chaney hochstemmte und hinter den Tresen warf; die Dicke, die Asti ausgezogen hatte und sich wie der Zauberberg nach seiner Sprengung über den Tresen verteilte; Lon Chaney, unter deren Schweißtuch sich, welche Überraschung, ein Körper mit kleinen Zitzen, aber einer einladenden Kruppe verbarg, wie sie sich von der Hübschesten die rasierte Feige lecken ließ; diese wiederum hielt in ihrer Zimmermannshose eine Überraschung bereit; der nackte Asti mit einem Leopardenslip auf dem Kopf, der aus dem Fell des gesamten Tieres zu bestehen schien, wie er auf die Dicke kletterte und sie trotz der Dröhnung, die er intus hatte, nicht länger als die kanonischen sechzig Sekunden fickte …

Und mitten in diesem grotesken Fest der Sinne kam mir die zündende Idee.

Ich weiß nicht, wie es geschehen konnte, aber schließlich landete ich gemeinsam mit einer der Hexen auf einem schmuddeligen Sofa. Sie zog sich aus. Sie war hässlich wie ein Affe, doch sie hatte ein paar prächtige Titten, und von ihrem Gefummel bekam ich einen Steifen. Wie Lon Chaneys Freund hatte sie ebenfalls eine Rute.

Und da geschah es.

Während ich ihre Siliconausstattung betastete, blies mir dieser Affe einen, wie ich es ihm Leben nur selten erlebt hatte; dem König, was dem König gebührt.

Kurz bevor ich kam, hatte ich die Vision: eine göttliche Offenbarung nur für meine erweiterten Pupillen.

Lon Chaney hatte sich ganz in meiner Nähe mit dem Rücken zu mir an den Tresen gelehnt – die Spelunke war lang und schmal wie ein Rattenschwanz; ich lag auf dem Sofa, den eifrigen Primaten über mir. Lon Chaney war noch immer nackt; sie küsste ihre Freundin, die Mitschwiegermutter, die noch immer auf dem Tresen lag, mit Asti über ihr, der eingeschlafen war und dröhnend schnarchte. Ich starrte auf Lon Chaneys Hintern: Er war perfekt! Wunderschön und perfekt, zwei weiße, straffe Halbkugeln, die mein Gehirn auf der Stelle mit der Weltkarte auf der Doppelseite meines Schulatlasses assoziierte … Eine zweigeteilte Erdkugel verschmolz mit einem überzogenen Lokalpatriotismus; Resultat war die Idee eines Stadtplans von Bilbao in den Dimensionen der Erdkugel:

DIE WELTKARTE VON BILBAO

Ich sah die leuchtenden Lettern in einer eleganten englischen Schrifttype und in weißem Neon auf hellrotem Grund vor mir. Mit einundvierzig Jahren, in einer Latrine und inmitten einer Orgie mit Schießbudenfiguren, offenbarte sich mir meine Lebensaufgabe: die Weltkarte von Bilbao zu eröffnen, die beste Tapas-Bar der Welt.

Vor Glück über den Einfall kam ich. Ich kam so heftig, dass mich ein weißes und reines Licht blendete. Ich glaube nicht, dass es eine Halluzination war, sondern die Energie, die von ein paar Millionen Neuronen beim Vernetzen freigegeben wurde.

Der fleißige Affe spuckte meinen Liebessaft mit wenig Eleganz auf den Boden, drehte mir seine Fresse zu und sagte:

»Hast es genossen, was, Schätzchen … Bist gekommen wie ein König, stimmt's? … Dann mal los, du bist dran, ich lass es mir nämlich auch gerne besorgen …«

Ich dachte an das Gespräch zwischen Laurence Olivier und Tony Curtis in *Spartacus*, als es darum geht, welche Austern – immer die Austern, zum Teufel – und Schnecken sie bevorzugen … Und auch daran, dass sich selbst ein puristischer Gourmet manchmal einen Hamburger mit Ketchup einverleibt.

Die Lesebrille, die ich mir aufgesetzt hatte, um meine empfindlichen Augen vor dem beißenden Nikotinnebel zu schützen, beschlug.

– 13 –

Am 19. Oktober wurde das Neonschild – das genauso aussah, wie ich es in jener verderbten Nacht vor mir gesehen hatte – der Weltkarte von Bilbao eingeschaltet, und gemeinsam mit Asti stand ich bereit, um die ausgewählten Gäste zu empfangen, die wir zur Eröffnung eingeladen hatten.

Aus gegebenem Anlass trug ich eine Krawatte aus der Reihe *Der geheimnisvolle Stern*, mit Tim und Struppi auf smaragdgrünem Grund, wie sie verblüfft den rotweißen Champignon anstarren.

Die Creme von tutto Bilbao war meiner Einladung gefolgt.

Der Führungsstab meiner Freunde: Julito Currutaca und seine Frau, Merche Chanfradas, der ich es vor Begeisterung über den gelungenen Abend mit einem rauen Putzhandschuh auf den makellosen Toiletten besorgte; Cris Cardeñosa, der sich endlich von der schieläugigen Mocha Barbacana befreit hatte und jetzt mit der hübschen Maruchi Frijitegui zusammen war; die von mir verachteten Tato Escarola und Nacho Totela; die Schwestern Candado mit ihrer Mutter Doña Panchineta; Tuti Ferroso und ihr Mann, der Architekt Nano Retama; die Galeristin Zulema Lombarda mit ihrer Tochter, dem Model Cuca Fermento; Dr. Fletán, ein angesehener Arzt für künstliche Befruchtung; Monsignore Gravilla und der durchtriebene Theologe Horacio Mitosis; der Konsul der Kaimaninseln, der Komiker Franklin Bananarama; Pipa Siluro, die lokale Louella Parsons, die das Ereignis mit lobenden Worten und schmeichelhaften Fotos auf einer halben Seite in *La Alcantarilla*, ihrer viel gelesenen Rubrik Gesellschaftliche Ereignisse im *Correo,* brachte; der pathetische Ander Canasta, die eingebildete Chusa Clepsidra, der Schlappschwanz Ibon Tegumento, der einfältige Toni Espeso, das Schandmaul Ina Castrato, die langweilige Mamen Ladrillo und, und, und …

Auch die angesagten Intellektuellen und Künstler fehlten nicht: die Maler Eloy Pulpo und Francis Tuba; der Schriftsteller Troy Ajenjo; die Bildhauerin Chusa Migraña; der Drehbuchautor und Goyapreisträger Borja Pendón de Gabarra und sein Regisseur, der gefeierte Emérito Colocón; der Soziologe Chisco Burlete; die Schauspielerin Mirta Santabárbara; der Comiczeichner Joanes Palimpsesto und drei Mitglieder von El Economato, dem berühmten Vokalensemble aus Bilbao.

Die Welt des Sports war vertreten durch den Exspieler von Athletic, Bolo Cantera, den Steinheber Txintxorta Garabi, und, *last but not least*, Bosco Zapaburu, den Weltmeister im Froschspiel in allen Kategorien.

Außerdem eine ordentliche Ansammlung von Politikern, ganz vorn dabei der zweite Bürgermeister, Don Txomin Julagaray; Joseba Josu Simaurtegi, Kulturstadtrat *in pectore*, in Begleitung seines Schöngeists, des hochmütigen Benito Pirindola; Karmelo Konifera, Günstling des Präsidenten der Regionalregierung; Nicanor Destajo, der einfältige Hoffnungsträger des linken Flügels der Sozialisten, und María de la Insolación Macero de la Balaustrada, weiblicher Dauphin der spanischen Rechten.

Wir hatten sogar illustren Besuch von außerhalb: Jordi Triceratops i Tortell, Medienbeauftragter der Generalität von Katalonien, der gekommen war, um seinen ebenfalls anwesenden baskischen Kollegen Txutxi Kurda wegen der Koproduktion einer Fernsehserie »von allgemeinem nationalem Interesse« über Sabino Arana, Gaudí, Lope de Aguirre und El Tambor del Bruch zu treffen.

Unter Astis früherer Kundschaft und seinen Kumpeln aus der Altstadt hatte ich eine strenge Auswahl getroffen: Die Reinkarnation von Zumalacárregui – das Abstelltischchen – und ein Dutzend nicht allzu verwahrloster Typen hatten Zutritt. Die *Mitschwiegermutter* und ihre Truppe dort mit der Creme auf Du und Du zu sehen, um ein extremes Beispiel zu nennen, hätte mir eine Angina Pectoris verursacht.

Ebenfalls dezimierte ich die Anzahl der Freunde vom *spindelförmigen Spritzgebäck* und dem Dummkopf von meinem Bruder, der im Gegensatz zu mir den Arsch nicht hochgekriegt hatte und bei unserer Mutter am Tropf hing.

Tania Triquinosis und Fede Cárcava, zwei frühreife Lyriker der Gruppe, hatten zu unseren Ehren *Häppchen und Schnäppchen* gedichtet, eine zweistimmige Ode mit Zimbel, deren Vortrag mir anzuhören ich mich standhaft geweigert hatte.

Sogar mein Vater Don Leonardo kam in Begleitung einer anderen Aufsehen erregenden Dame. Er war natürlich nicht nach Hause zurückgekehrt, doch zeigte er sich stolz auf den beruflichen Erfolg seines Erstgeborenen und ging mir nicht mehr andauernd aus dem Weg.

Meine sitzen gelassene Mutter kam ebenfalls, doch erlitt sie eine Panikattacke – damit sie nicht hyperventilierte, steckte man ihr den Kopf in eine Mülltüte, womit sie aussah wie ein Verbrecher am Galgen –, gekrönt von einem spektakulären Ohnmachtsanfall, als sie den Alten am Arm der reizenden Hetäre sah. Glücklicherweise wurde sie von Epifanio und Blas, den beschränkten Fußabtretern aus La Bilbaina, die ich schriftlich gebeten hatte, sich bei der Eröffnung um die Gäste zu kümmern, eilig in ein Taxi verfrachtet.

Kurz und gut, über zweihundert geladene Gäste füllten das schöne und zentral gelegene Lokal und waren hingerissen von Antontxus kulinarischem Angebot, der für diesen entscheidenden Tag über sich selbst hinausgewachsen war.

Es gab sage und schreibe sechzehn verschiedene Häppchen, alle neu komponiert und genial. Einfach zum Reinsetzen. Ich glaube, nur ein Vielfraß wie Julito Currutaca war dazu in der Lage, alle zu probieren.

Natürlich verwendete er auch bei dieser Waffensammlung, die ich hier nicht komplett aufzählen kann, seine geliebten Grundlagen: die Foie in zwei köstlichen Varianten, in Gelatine aus einem Muskateller Casta Diva – wie ich eben erst feststellen konnte, war die Wahl des Weins eine finstere Hommage – und in einem Bett aus Kichererbsenpüree; die Austern in einer gewagten Brühe aus Spinatsaft und eine seiner einfallsreichen Tortillakreationen.

Er zauberte zwei köstliche Fischtatars, das eine aus Thunfisch aus dem Norden und das andere aus wildem Wolfsbarsch; eine visionäre Phantasie aus Kräutern und Wildblumen in Eistee aus weißen Brennnesseln; eine Variation von Bloody Mary mit geeisten Herzmuscheln; Seespinne, getränkt in der Seele des Dry Martini, nämlich einem Schuss Wermut Noilly Prat; einen glänzenden Einfall mit Stockfischinnereien – es handelt sich eigentlich um die Schwimmblase des Fisches –; eine gelungene Pastete aus Kalbsschinken mit Trüffeln; drei Nachspeisen: ein ungewöhnliches Meerretticheis, ein undefinierbares Sabayon aus holländischem Pfeifentabak und für den konservativen Gaumen einen schmackhaften Zimtblätterteig mit Milchreis.

Sämtliche Speisen wurden mit den entsprechenden edlen Tropfen gereicht: französischer Champagner von Ruynart und Deutz, ein *Txakoli* von Guetaria Txomin Etxaniz, die magyarische Perle Tokay Oremus mit sechs *puttonyos* der Marke Aszú zur Foie, Albariño Veigarades,

Viña Pedrosa und Dominio de Conté, beide Reservas, und zu den Nachspeisen der großartige Dolç de L'Obac aus dem Priorat.

Serviert wurde in edlen Riedelgläsern, die so teuer waren, dass mir jedes Geräusch von zerbrechendem Glas einen Stich in der Magengrube versetzte.

Mein bescheidener kreativer Beitrag war ein Sorbet aus Gintonic, das, serviert im strategisch passenden Moment und in minimaler Dosis, dazu diente, zwischen den einzelnen Häppchen den Gaumen zu reinigen.

Später erfuhr ich, dass meine Mutter mindestens ein Dutzend von den Sorbetkugeln vertilgt hatte, die mit der Ansammlung von Barbituraten in ihrem Magen kollidiert sein mussten, was ihren Aufsehen erregenden Zusammenbruch erklärte.

Man kann sich vorstellen, dass der Festschmaus eine Stange Geld gekostet hatte, doch es lohnte sich. Vom ersten Tag an war Die Weltkarte von Bilbao gut besucht und genoss einen hervorragenden Ruf, ohne dass die exorbitanten Preise die Begeisterung der Gäste hätten dämpfen können.

Doch zwischen dieser denkwürdigen Eröffnungsfeier des Traumlokals und Lon Chaneys inspirierendem Hintern lagen ein ordentliches Stück Arbeit, eine entscheidende und unerwartete schicksalhafte Fügung und zwei beunruhigende Entdeckungen, die irgendwie unter einen Hut gebracht werden mussten und denen ich unglücklicherweise nicht die nötige Aufmerksamkeit zollte.

– 14 –

Das Taxi biegt schließlich in eine breite und lange Straße mit vier Spuren ein, die Calle Autonomía, an deren anderem Ende wir auf die Allee stoßen, an der das Krankenhaus von Basurto liegt.

Der Verkehr ist noch immer dicht, zu dicht, und wir kommen nur langsam voran, aber von einem Stau kann technisch gesehen nicht die Rede sein.

An einer roten Ampel halten wir vor einer Kneipe. Neben dem Eingang sehe ich einen Zigarettenautomaten. Ich könnte kurz rausspringen und ein Päckchen ziehen, auch wenn es Winston oder Marlboro wären. Ich möchte so gerne eine rauchen.

Wenn ich es mir recht überlege, steige ich lieber nicht aus. Ich habe keine Lust, mich mit diesem Penner von Taxifahrer rumzustreiten. Bestimmt denkt er, ich wolle abhauen, ohne zu zahlen; und selbst wenn ich Zigaretten hätte, würde er mir am Ende nicht erlauben, in seiner Schrottmühle zu rauchen.

In Wirklichkeit ist mir die Lust auf eine Zigarette vergangen. Ich sollte endlich damit aufhören. Ich hatte versprochen, dass mit vierzig Schluss sei mit der Qualmerei, und ich bin schon beinahe zwei Jahre überfällig.

Irgendwie amüsiert mich der Gedanke, dass meine Situation hier in dem Taxi beinahe so surreal ist wie die

Situation der Figuren in Buñuels *Würgeengel*, die das Zimmer nicht verlassen können oder wollen, ohne zu wissen, warum.

Obwohl das nicht eigentlich der Fall ist.

Ich glaube, ist steige doch lieber aus und gehe den Rest des Weges in aller Ruhe zu Fuß.

Da springt die Ampel um.

Schade.

– 15 –

Kehren wir zum Februar zurück.

Nach dem Exzess in der Höllenküche wurde ich Stammgast in Antontxus Kneipe.

Wir verloren kein Wort über jene ausschweifende Nacht; der Kater hatte die Ausmaße eines Poltergeistes und dauerte drei Tage. Ich war kurz davor, den heiligen Bernhard um Hilfe anzurufen; er war der Schutzpatron der Verkaterten, der in die Märtyrerkategorie erhoben worden war, nachdem man ihm einen Bronzenagel in die Stirn geschlagen hatte.

Mit der Zeit wurden Asti und ich Freunde; gute Freunde. Wir tauschten weder Vertraulichkeiten noch Geheimnisse aus, wie es so viele Menschen tun, für die Freundschaft darin besteht, sich gegenseitig Geständnisse zu machen – bessere Umgangsformen und weniger Aufrichtigkeit braucht die Welt –, sondern wir zollten uns gegenseitig wachsenden Respekt und Anerkennung und teilten unsere gemeinsame Leidenschaft für die gehobene Küche und die vielfältigen Disziplinen, die mit ihr verbunden sind.

Wie ich war er ein Steppenwolf und ziemlich einsam.

Ich gewann das volle Vertrauen meines hoch geschätzten Haddock und wurde vom Dauergast zu einer Art Beauftragtem für Public Relations für den Laden. Anfangs nahm ich nichts für meine Dienste; meine Pläne – zur damaligen Zeit noch ein Geheimnis – waren, wie wir bereits wissen, ehrgeiziger. Doch sobald ich für die neue Ausrichtung des Lokals unverzichtbar geworden war, akzeptierte ich einen fast symbolischen Monatslohn, der allerdings umfangreicher war als die Almosen meines Vaters: fünf Prozent der Bruttoeinnahmen. Wie ich vermutet hatte, waren diese nicht allzu üppig, doch als Resultat meiner Unternehmungen stiegen sie um sieben Prozent.

Asti ließ mir freie Hand und zeigte kein allzu großes Interesse an meinen Ideen, kritisierte sie aber auch nicht und mischte sich bei der Umsetzung nicht ein.

Eingezwängt in der Altstadt und in dieser Kaschemme konnte ich keine Partys vom Typ Palast der Grimaldi veranstalten, doch mit ein wenig Phantasie und mithilfe meiner vielfachen Beziehungen und meiner Fähigkeit, Leute um mich zu scharen, erzielte ich ein paar bescheidene Erfolge.

Die erste Maßnahme wurde im Bereich der Dekoration durchgeführt. Selbstkritisch muss ich bekennen, dass ich damit falsch lag und uns der Einfall beinahe ins Unglück gestürzt hätte; doch selbst der besten Nutte entfährt irgendwann ein Furz.

Ich ersetzte die geschmacklose und hässliche Kneipendekoration ausschließlich durch Tim-und-Struppi-Motive. Da die Originalobjekte, die in Barcelona und Brüssel verkauft werden, ein Vermögen kosten, half ich mir mit Perico Perro Monchino, auch *Verrückter Hund* genannt, einem Ölmaler aus dem Viertel, der für freien Rum von allen Figuren der Serie Ölgemälde im Format vierzig mal vierzig malte – am schlechtesten war ihm Nestor gelungen, der einer Haubitze ähnelte. Er fertigte außerdem von der Mondrakete, dem Unterseeboot, Ottokars Zepter, dem Arumbaya-Fetisch und Schloss Moulinsart und anderen Sachen Pappmachémodelle an, die an der Decke und in den Nischen hingen.

Eines Tages betrat ein Tourist mit seiner Familie die Kneipe. Sie sprachen französisch. Sie waren ganz verrückt nach den Häppchen und probierten die gesamte Karte durch. Dann wollte der Mann, eine Brillenschlange, die Tim wie aus dem Gesicht geschnitten war, Mochinos Arbeiten fotografieren. In meinem Schulfranzösisch fragte ich ihn, ob sie ihm gefielen. Er antwortete, nicht besonders, aber er sei Rechnungsprüfer beim Verlag Casterman, und seine Bosse würden sich für die Raubkopien bestimmt interessieren … Rasch übernahm ich die Rechnung des verdammten Belgiers und seiner Brut von Muschelfressern, und noch in derselben Nacht warf ich zur bitteren Enttäuschung des verrückten Hundes die gesamte Tim-und-Struppi-Ikonographie in den Müll.

Etwas besser verlief die Präsentation des Buches *Das Leben ist ohne Musik* des mäßig begabten Schriftstellers Chisco Jarababa, das beim Verlag Okerkor in Durango erschienen war. Die Lokalzeitung mit der geringsten Auflage berichtete von der Veranstaltung, aber die kleine Horde von Mitgliedern der hiesigen Literaturszene versuchte mitgehen zu lassen, was nicht niet- und nagelfest war.

Bei der interaktiven und antirassistischen Performance der Obdachlosentheatergruppe AK-47 musste eine träge und maskierte Antiterroreinheit der *ertzaintza* eingreifen, was die entsprechende Publicity zur Folge hatte.

Über die Ausstellung von Bildern und Riechobjekten des Hobbykünstlers Merlín Jumento, die aus »vorurteilsfreiem organischem Material« gefertigt waren, sage ich lieber nichts. An einem Abend im April, an dem Antontxu ausnahmsweise ausging, weil er im Hotel Nervión zur Weinprobe eines Txakoli von der Biskaya eingeladen war – »Ich komme spät zurück und bin bestimmt hinüber«, warnte er mich –, wurde ich damit betraut, den Laden dichtzumachen. Ich wartete, bis die Wiederkäuerin ging. Sobald ich allein war, wollte ich endlich meine Neugier stillen und die Wohnung meines Freundes Asti, in die er mich nie eingeladen hatte, in Augenschein nehmen.

Ich erwähnte bereits, dass er über der Bar wohnte; hinein kam man über einen Eingang in der Parallelstraße, aber auch über die Falltür an der Küchendecke; und ich hatte aufgepasst, wo er den Schlüssel dafür versteckte; er lag in einem Glas mit Moosflechten.

Die Wohnung war höchstens fünfzig Quadratmeter groß und unterteilt in ein Wohnzimmer, das mit Möbeln vollgestopft war, ein karg eingerichtetes Schlafzimmer, ein typisches Junggesellenbad, eine kleine Küche und eine Kammer über der Küche des Lokals, das als Weinlager diente; die besten Flaschen lagen in einer Truhe, in der Temperatur und Feuchtigkeit reguliert waren.

Tageslicht fiel lediglich durch die Balkontür im Wohnzimmer und ein kleines Fenster in der Küche herein, das auf einen Innenhof ging. Die Küche war sogar noch kleiner als die in der Kneipe, aber versehen mit einem multifunktionalen Roboter, der bestimmt auch ein Orgasmotron besaß. Es herrschte eine gewisse Unordnung, doch es war sauber. Die Regale im Wohnzimmer waren voll gestopft mit Büchern: unterschiedliche Belletristik – viel auf Französisch –, ein Sammelsurium, doch von hoher Qualität, keine Lyrik und sämtliche Bände einer Gastronomiereihe.

Vor den Regalen stand ein schlichter Schreibtisch mit einem Laptop. Ich schaltete das Gerät ein, doch musste man ein Passwort eingeben, um an die Dateien zu kommen. Eine seltsame Vorsichtsmaßnahme für jemanden, der allein lebte und keinen Besuch zu empfangen schien.

Ich ging weiter ins Schlafzimmer. Auf dem Nachttisch stapelte sich die Bettlektüre: die *Geschichte der Gastronomie* von Néstor Luján, eine abgegriffene Ausgabe des *Larousse gastronomique*, *Der Graf von Monte Cristo* auf Französisch und ... *Die Juwelen der Sängerin*, mein Geschenk. Ich war überrascht und geschmeichelt. Ich hätte geschworen, dass er nicht einmal einen Blick hineingeworfen hatte.

Gegenüber vom Bett stand eine hübsche Kommode aus Walnussholz. Auf dem Möbel waren vier Schwarzweißfotografien in silbernen Rahmen aufgestellt.

Auf der ersten saß ein Paar mit einem Kind von ungefähr fünf Jahren vor einem Bauernhof. Die Kleidung, die altmodischen Gesichter und die Papierstruktur verrieten mir, dass es ein Schnappschuss aus den vierziger Jahren sein musste. Obwohl der Mann keinen Bart trug und ein viel gröberes Gesicht hatte als Asti, ähnelte er meinem Freund; das Kind war zweifellos er; die widerspenstigen Haare und dieser Ausdruck eines Zyklons, der bereits vorhanden war, verrieten ihn. Die Frau war eine langnasige und unscheinbare Bäuerin. Das also waren seine Eltern.

Die zweite Fotografie war das Halbporträt eines jungen Mädchens von sechzehn oder siebzehn Jahren in Sonntagskleidern Ende der fünfziger oder Anfang der sechziger Jahre. Die Atmosphäre ländlicher Rückständigkeit wurde von den lächelnden Augen und den klaren Gesichtszügen abgemildert; sie war nicht hübsch, aber anmutig. Wer konnte das sein? Eine unvergessene Liebe aus früher Jugendzeit? Damals wusste ich kaum etwas über Astis Vergangenheit. Nur einmal gab er mit einem melancholischen Seufzer von sich, dass er nie geheiratet und keine Kinder habe.

Die gleichen Fragen stellte ich mir, als ich die dritte Fotografie betrachtete. Es war das Porträt einer schönen jungen Frau mit kurzen dunklen Haaren, einem Mund wie Anna Galiena und funkelnden Augen. Sie musste etwas über zwanzig sein. Wegen dieser bestimmten sinnlichen Art hätte ich geschworen, dass sie Französin war; im Bildhintergrund konnte man die Großbuchstaben »BOUL« erkennen. Bestimmt eine *boulangerie*. War das seine Liebe in den Jahren in Bordeaux gewesen?

Das vierte Bild überraschte mich. Es war ein Hund, der weder groß noch klein war und ein kluges Gesicht besaß; ein weißer oder sehr heller baskischer Schäferhund, der auf den Hinterpfoten saß und in die Kamera blickte. Der Hund, den er einmal erwähnt hatte und der in seinem Herzen einen wichtigen Platz einnehmen musste, wenn er sein Porträt neben das der ihm nahe stehenden Personen gestellt hatte.

Ich öffnete die Schubladen der Kommode, und dort entdeckte ich beunruhigende Dinge. Zwischen der Unterwäsche fand ich eine Schuhschachtel mit einer Pistole drin: einer schweren Astra Automatik A-80, die erst vor kurzem geölt worden war, das Magazin lag daneben, war aber voll, und weitere fünfzehn Patronen vom Kaliber neun Millimeter Parabellum lagen verstreut in der Schublade herum. Ich schnupperte an der Kanone – ich schwärzte mir mit einem lächerlichen Ölfleck die Nasenspitze, worauf ich auf der Straße hingewiesen wurde –, nach Pulver roch sie nicht; laut dem, was ich aus Gangsterfilmen gelernt hatte, bedeutete das, dass die Knarre länger nicht benutzt worden war.

Die zweite Schublade barg eine Sammlung scharf geschliffener Messer unterschiedlicher Herkunft und Zweckbestimmung, die auf granatrotem Samt lagen. Es gab ein großes Klappmesser aus Albacete, das aufgeklappt dalag, einen krummen maurischen Dolch aus dem Rif, einen schlangenförmigen malaiischen Kris, ein riesiges Gurkhamesser und – ein Schauer überlief mich, als ich die drei letzten erkannte und betastete: ein Chirurgenbesteck, einen bedrohlichen Genickfänger für den tödlichen Stoß beim Stierkampf und eines der Schlachtermesser, die man zum Auslösen des Fleischs benutzt.

Ich achtete peinlichst darauf, dass ich an dieser ausgefallenen Sammlung nichts veränderte und schloss die Schublade. Ein Gefühl von Missbehagen und Unwohlsein befiel mich. Um es wieder loszuwerden, versuchte ich mir einzureden, dass es zu einem so merkwürdigen Typen wie Antón Astigarraga passte, eine so kunterbunte Sammlung an einem so ungewöhnlichen Ort aufzubewahren, und dass es eben nur das sei: eine Sammlung …

Vielleicht war ja das Schlachtermesser nur aus Versehen dort hineingeraten.

Außerdem kam ich zu der Feststellung, dass viel mehr Leute, als man glaubte, heimlich Schießprügel besaßen, und nicht ohne Grund in einer so rachsüchtigen und grausamen Region wie dieser, wo ein Großteil der Bevölkerung Angst davor hatte, einen Genickschuss verpasst zu bekommen.

Jedenfalls betrachtete ich von diesem Tag an den bewaffneten Koch mit einer gewissen Befangenheit.

Ich durchsuchte die restlichen Schubfächer und Regale für den Fall, dass sie weitere beunruhigende Gegenstände bargen; glücklicherweise war dem nicht so. Allerdings entdeckte ich in der Bibliothek vor den gesammelten Werken von Edgar Allan Poe einen ungewöhnlichen Gegenstand: einen prunkvollen Orden. Ich weiß nicht viel über diesen militärischen Schnickschnack, aber ich hätte schwören können, dass es das Lorbeerkreuz von San Fernando war – später sollte es sich bestätigen –, eine Auszeichnung, ich glaube die höchste, die ausschließlich an Soldaten und nur für besonders heroische Taten verliehen wird.

Asti war Soldat gewesen? Erst konnte ich es mir nicht so recht vorstellen. Vielleicht handelte es sich ja um ein Familienerbstück. Jedenfalls war es ein weiteres geheimnisvolles Element, was seine Person und Biografie anging.

– 16 –

Ein Zwischenfall, der Anfang Mai das trinkende Bilbao – das heißt, ganz Bilbao – erschütterte und meine Pläne unerwartet beschleunigte, führte dazu, dass ich meine Vorbehalte gegen Asti zwar nicht vergaß, sie aber zumindest in schwer zugängliche Regionen meines Gehirns verbannte.

Die Rigoitia-Zwillinge waren tot in ihrer Kneipe, dem Twins, aufgefunden worden; alles wies darauf hin, dass sie sich gegenseitig umgebracht hatten.

Man fand sie hinter dem Tresen, jeder in seiner gewohnten Ecke. Im Moment des gegenseitigen Brudermords, der gegen sechs Uhr abends stattgefunden haben musste, hatten die Zwillinge gerade bei verschlossenen Türen einen Imbiss zu sich genommen. Josemari hatte einen Teller mit ein paar Stückchen Idiazabal-Käse, einen mit Salamischeiben aus Salamanca, ein paar Stücke Rundbrot aus Lemona und ein Glas Rotwein vor sich stehen, am anderen Ende des Tresens Julián das gleiche. Die Flasche, aus der sie nachschenkten, ein Gran Feudo von Julián Chivite, ein Crianza von fünfundneunzig, stand in der Mitte des Tresens, gleich weit von den beiden entfernt.

Julián hatte einen zertrümmerten Schädel, neben ihm lag die schwere Skulptur eines *harrijasotzaile*, der einen kubischen Stein hochhielt, dessen scharfe Kanten die Zerstörung angerichtet hatten ... Josemari war durchbohrt von Messerstichen, die ihm – so die Vermutung – sein Bruder mit dem Messer zugefügt hatte, mit dem sie den Käse und die Salami geschnitten hatten.

Genau wie die Ursache für die gegenseitige Ächtung, die sie über so viele Jahre aufrechterhalten hatten, blieb der Grund für den tödlichen Streit ein Geheimnis, das sie mit ins Grab nahmen.

Wer weiß, ob der Geist von Ava Gardner irgendetwas damit zu tun hatte.

Doch das Seltsamste an der Geschichte waren die beiden Testamente, die jeder bei einem anderen Notar hinterlassen hatte, sie waren überraschenderweise fast völlig identisch.

Mit jeweils eigenen Worten brachten beide ihre Verachtung für die gesamte Menschheit zum Ausdruck. Da sie weder Kinder noch sonstige Erben hatten, vermachten sie ihre Besitztümer Personen, die sie nicht leiden konnten und die sie für nichtswürdig hielten, damit sie davon üblen Gebrauch machten. Eine merkwürdige Auffassung von Misanthropie.

Julián Rigoitia vermachte seinen Anteil an der Kneipe, seine alte Wohnung im Viertel Zurbaran und seine paar Kröten in Wertpapieren an Olegario Mamporra, einen unangenehmen Gast des Twins, der andauernd Streit vom Zaun gebrochen hatte, und Antontxu Astigarraga, den er für einen Unmenschen und Idioten hielt.

Josemari Rigoitia war zwar etwas fleißiger als sein Bruder gewesen, besaß aber trotzdem außer der Bar keine weiteren Immobilien und hatte in einer Pension gewohnt. Er vererbte die anderen fünfzig Prozent des Twins und beinahe dreißig Millionen in bar und Wertpapieren direkt an Antontxu, den er seinerseits als Säufer, Raufbold und lästige Schmeißfliege bezeichnete.

Wirklich erstaunlich, dass die beiden großen Schweiger sogar in der Wahl der Begünstigten dieser seltsamen Testamente beinahe übereinstimmten. In der praktischen Umsetzung war diese dann sogar absolut, da der andere, der gerne zu tief ins Glas schaute, Olegario Mamporra, in der Nacht des ersten Mai besoffen in den Fluss fiel und ertrank.

Antón Astigarraga war also Alleinerbe des Rigoitia-Vermögens.

Zuerst hatte Asti vor, das Twins zu verkaufen, was ich zu verhindern wusste. Die Gelegenheit war einzigartig.

Doch es war ein Leichtes, ihn davon zu überzeugen, genau das Gegenteil zu tun, nämlich mit der Bar Antontxu in das viel zentraler gelegene Twins umzuziehen, nachdem er das Lokal entsprechend renoviert hätte.

Das war der Moment, um ihn an meiner fast mystischen Vision teilhaben zu lassen und ihm zu verkünden, wie die Weltkarte von Bilbao aussehen sollte.

Nachdem ich meinen glänzenden Vortrag beendet hatte, wartete ich gespannt auf seine Reaktion.

Er hatte mich kein einziges Mal unterbrochen, obwohl ich mindestens eine Viertelstunde gebraucht hatte, um alles zu erzählen. Nachdem ich geendet hatte, schwieg er zwei endlose Minuten und dachte nach. Dann lächelte er mich einfach an, knuffte mich gegen die Schulter, die davon ganz taub wurde, und sagte lediglich:

»Na, dann los.«

– 17 –

Josemaris üppiges Kapital und der Verkauf von Juliáns Wohnung machten das Wunder möglich. Ich wurde offiziell mit dem Titel Projektleiter und mit einer Vollmacht von Asti versehen, der ohne Murren die Schecks unterzeichnete, verwandelte ich das Twins, das geräumig, aber schlecht genutzt worden war, in nur vier Monaten in Die Weltkarte von Bilbao; was nur gelang, weil ich mehr Leute beschäftigte als man zum Bau einer Pyramide benötigte.

Ich geizte nicht mit der Qualität der Materialien: große geschliffene Spiegel, edle Hölzer – Eiche für die Wandpaneele – üppiges Messingdekor, hohe Grünpflanzen und warme indirekte Beleuchtung.

Obwohl es mir mein Körper befahl, übte ich Selbstzensur beim Einsatz von Tim-und-Struppi-Merchandising. Lediglich eine Figur von Kapitän Haddock, die über einen halben Meter groß war und sich an einer Flasche Loch Lomond und einem Laternenpfahl festhielt, stellte ich in den Eingangsbereich. Und nichts da von wegen verpfuschter Nachbildungen; ich fuhr persönlich nach Brüssel, um sie dort zu erwerben.

Natürlich erregte Antontxus Ähnlichkeit mit dem Kapitän aus Pappmaché Aufsehen, und er ließ einen Satz des großen Brillat-Savarin auf die Skulptur gravieren:

WENN SICH DER MENSCH MIT WASSER
ZUFRIEDEN GEBEN WÜRDE, HÄTTE ER NIE
ÜBER SICH SAGEN KÖNNEN, DASS ES
EINES DER MENSCHLICHEN PRIVILEGIEN IST,
ZU TRINKEN, OHNE DURST ZU HABEN.

Das Ergebnis war ein geschmackvolles, elegantes und zugleich schlicht gehaltenes Lokal der gehobenen Klasse und mit einem britischen Touch; eine von diesen Kneipen Bilbaos, die fürs ganze Leben sind, zeitlos und fern von flüchtigen Moden.

Asti überließ seine Bude in der Altstadt den Wiederkäuern, womit ich sie los war; sie hätten einfach nicht in mein puristisches Konzept gepasst.

Ich erfuhr, dass die Wiederkäuer die Kneipe umbenannt hatten – jetzt hieß sie Taverne Apatxiki – und sich auf Tapas aus Blutwurst aus Villarcayo – das einzige Zugeständnis an Spanien – *txistorra*, eingelegte Sardinen und Stockfischhäppchen spezialisiert hatten.

Ich weiß, dass die *Osakidetza*, das baskische Gesundheitsamt, ihnen den Laden zweimal dichtgemacht hat.

Ich bin nie wieder dort gewesen.

Allerdings nahm Asti seine willfährige Küchenhilfe und Titanin mit, erlaubte mir aber, das Personal mit einer weiteren Küchenhilfe aufzustocken, die wir vom Restaurant Jatazo de Atxuri abwarben.

Die Suche nach der passenden üppigen Kandidatin war langwierig, da sie zu Astis Erbauung sexueller Belästigung am Arbeitsplatz – mit Vollzug – nicht abgeneigt sein sollte.

Später dachte ich, dass es vielleicht keine gute Idee war und es zu Reibereien kommen könnte, aber die drei verstanden sich prächtig.

Die neue Küche war ein echtes Schmuckstück mit ausreichend Platz, Arbeitsflächen aus Marmor, rostfreiem Stahl überall und sämtlichem neumodischem Schnickschnack, den es auf dem Markt gab. Wenn Asti dazu in der Lage gewesen war, in dem alten und finsteren Loch wahre Meisterwerke zu zaubern, würde er hier über die Grenzen des Erhabenen hinauswachsen.

Und so war es.

Auch die Kellner stellte ich ein; zwei junge Burschen und ein Mädchen, die adrett, umsichtig und fleißig waren und anständige Umgangsformen hatten.

Die Arbeit war strapaziös, machte aber Spaß. Zum ersten Mal in meinem Leben war ich mit dem Resultat einer Sache zufrieden, für die ich mich hatte anstrengen müssen und die nicht dazu gedient hatte, Müßiggang und Genuss zur Lebenskunst zu erheben; das Einzige, was bis dahin meinem Dasein Antrieb gegeben hatte.

– 18 –

Wie gesagt, war seit der Eröffnung von Die Weltkarte von Bilbao im Oktober alles eitel Sonnenschein. In meiner Eigenschaft als Alleinbevollmächtigter für Public Relations handelte ich mit Asti ein wirklich angemessenes Gehalt aus. Was für ein seltsames Gefühl, seinen Lebensunterhalt selbst zu bestreiten!

Zum Erstaunen der Gäste wechselten die Kreationen

der gehobenen Tapas-Küche von Woche zu Woche. Die Mundpropaganda funktionierte. Das Lokal war immer gut besucht und nicht selten brechend voll.

Presse, Funk und Lokalfernsehen berichteten über uns und machten Interviews; sogar der Sender Euskal Telebista, den ich seither nicht mehr Telebestie nenne … Um genau zu sein, gab ich die Interviews, da Asti sich standhaft weigerte, in den Medien zu erscheinen. Noch eine von seinen Schrulligkeiten, hatte ich gedacht; jetzt kann ich es mir erklären.

Und heute, am 23. Dezember 2000, ist alles den Bach runtergegangen.

Heute, wo wir beruflich den Zenit erreicht hatten, denn wir waren allein mit der Verköstigung der baskischen Regierung anlässlich des Weihnachtsempfangs im Guggenheim-Museum beauftragt worden. Tausend geladene Gäste aus den höchsten Kreisen.

Aus diesem Anlass sollten ein paar der herausragendsten und beliebtesten Kreationen der Weltkarte gereicht werden.

Selbstverständlich haben wir ganz im Einklang mit dem weihnachtlichen Ambiente dem Foie und den Austern die Glanzrolle zugewiesen.

Flaggschiff war ein Häppchen, das seit seiner Erfindung wachsende Begeisterung auslöste: gebackene Auster auf Croutons (in Öl, Knoblauch und Pfeffer gebraten).

Die frisch aus der Schale ausgelöste Auster wird in ein gedünstetes Spinatblatt eingewickelt, in einer hauchdünnen Panade, deren Zusammensetzung Asti nie preisgeben wollte, gewendet – ich vermute, sie beinhaltet einen Schuss Grand Marnier – und zwanzig Sekunden in hochwertigem Pflanzenöl bei einhundertachtzig Grad gebacken. Das Ergebnis, das einem Lunch im Olymp würdig ist, ist eine Krokette, in deren Inneren die Auster völlig roh bleibt. Das Ganze wird gereicht mit ein paar hübschen und rustikalen Croutons und einer Kugel cremigem Kartoffelpüree, zubereitet mit kaltgepresstem Olivenöl und verfeinert mit Sahne, aromatischen Kräutern und Kerbel, bestreut mit Pilzflocken und übergossen mit einer Vinaigrette aus dem Saft des Schalentiers, Cavaessig, Schnittlauch, Estragon und Salz.

Die *vicelehendakari*, Nekane Olagarro, hatte diesen Gaumenschmaus bei einem Besuch in der Weltkarte probiert und vor Genuss die Augen verdreht. Von ihr erging der Vorschlag an das Festkomitee des Guggenheim, uns den Auftrag zu geben.

Höhepunkt war Astis Neuschöpfung einer Tortilla, extra für das Ereignis: Makellose Kartoffeln aus Álava, die pro Stück ein Kilo wogen und von einheitlicher Größe waren, wurden so lange mit Messer und Reibe bearbeitet, bis sie vollständig ausgehöhlt waren und das Äußere die gewundene Form von Frank O. Gehrys genialem Bau aufwies. Das Gehäuse wurde mit Eigelb gefüllt – Asti wird seinen Spaß gehabt haben, für so viele Eier die Stoppuhr zu spielen –, in ein Bett aus marinierten Zwiebeln gestellt und die Knolle mit Trüffelöl besprenkelt.

Bescheidenheit beiseite, es war eine großartige Idee dieses Sterblichen, die Kartoffeln wie eine Skulptur zu formen, aber eine echte Knochenarbeit.

Wir mussten die Kneipe drei Tage lang schließen, um die Unmengen von Tapas und anderem Fingerfood vorzubereiten, viele davon nur vorläufig, da das Backen oder Braten erst kurz vor dem Servieren stattfinden durfte.

Die Küche des Museumsrestaurants hatte uns freundlicherweise ihre volle Unterstützung zugesichert.

Für die drei Tage stellte ich zwei weitere Helfer ein, und alle packten in der Küche mit an, ich eingeschlossen, und das will etwas heißen.

Die pausenlose Betriebsamkeit half mir ein wenig, den nagenden Schmerz zu verdrängen, der mich quält.

Struppi, mein geliebter Struppi, mein vergötterter Hund, ist letzte Woche gestorben.

Stimmt schon, dass er eine Macke hatte; es machte ihm diebischen Spaß, zu Hause auf dem Balkon eingebildeten Flugobjekten nachzujagen. Als er an jenem Tag wieder hinter einer seiner Erscheinungen her war, sprang er über die Brüstung – wir wohnen im fünften Stock.

Der Ärmste.

Kein Hund wird ihn je ersetzen, ich will keinen anderen mehr haben.

Struppi wird in meiner Erinnerung weiterleben, bis ich selbst nicht mehr da sein werde.

Asti schlug dem Protokollchef der baskischen Regierung etwas vor, was den nationalistischen Befehlshabern gefiel: Er wollte sich als *Olentzero* verkleiden und in diesem Aufzug auf einem Fässerwagen mit Wein, der von einem Esel gezogen wurde, der Überraschungsgast der Feier sein.

Ein wenig widerwillig half ich ihm, die Requisiten für diese unsägliche Figur zusammenzutragen: eine riesige Tellermütze, ein Halstuch vom Typ kariertes Tischtuch, weite schwarze Hosen, Sandalen, eine Lammfelljacke und eine Pfeife.

Das ist gerade mal ein paar Stunden her.

Mir kommt es vor, als sei eine Woche vergangen, seit

ich sein Bekenntnis gelesen habe, zum Museum gerannt bin und mich anschließend in dieses Scheißtaxi gesetzt habe.

– 19 –

Alle machten sich auf den Weg zum Guggenheim-Museum und ließen mich in der Kneipe allein zurück.

Asti in seiner grotesken Verkleidung ging als Letzter. Er stieg auf den Wagen, der vor unserer Tür stand und, geführt von einem Wagenlenker, fuhr er los, die Calle de Elcano entlang, wo Jung und Alt ihre Späße über ihn machten, während er Süßigkeiten und *marron glacé* unter den Fußgängern verteilte.

Asti hatte mich gebeten, in der Weltkarte zu bleiben und später nachzukommen. Der Grund war eigentlich absurd; ich sollte eine Pastete aus Foie und grünen Äpfeln in den Ofen schieben, der genau zwei Stunden und keine Minute weniger vorgeheizt werden musste, und sie bei einhundertachtzig Grad backen, bis sie knusprig war. Ich widersetzte mich, bei diesem kulinarischen Spektakel wollte ich von Anfang an dabei sein.

Was zum Kuckuck wollte er nur mit dieser Pastete?

Aber Antontxu wurde böse, und zum ersten – und letzten – Mal, seit wir uns kannten, regte er sich über mich auf und befahl mir in rüdem Ton, gefälligst zu tun, was er mir sagte.

Unglücklicherweise hörte ich nicht auf ihn: Ich heizte den Ofen mit maximaler Temperatur vor und ging schon nach einer knappen halben Stunde die Pastete holen.

Ich wollte mich dieser Aufgabe so schnell wie möglich entledigen, irgendwo ein paar Gläser trinken und schließlich zu der Feier dazustoßen.

Die Pastete stand bei Zimmertemperatur in einem der Schränke. Als ich die Schutzhaube hochhob, um das Tablett in den Ofen zu schieben, sah ich neben der Pastete eine Diskette mit einem Zettel liegen, auf dem schlicht und einfach stand: »Für Pacho«.

Auch wenn ich mich fragte, ob es sich dabei nicht um weitere Zubereitungshinweise handelte, ging ich von einer natürlichen Neugier getrieben in das kleine Büro, das sich neben dem Weinkeller befand, schaltete den Computer ein und steckte die Diskette in den Schlitz.

Es war ein umfangreiches Dokument von einhundertvierunddreißig Seiten; ich begann zu lesen und konnte nicht mehr damit aufhören, bis ich praktisch fertig war.

Antón Astigarraga hatte seinen Namen darunter gesetzt, und überschrieben war das Ganze mit dem seltsamen Titel:

BEKENNTNISSE VON
FRANCOS VORKOSTER

ZWEITER TEIL
Bekenntnisse von Francos Vorkoster

»Besten Dank auch.
Ich hatte das Vorkosten sowieso satt.
Das vergiftet einem das Leben.«

RENÉ GOSCINNY,
Asterix und Kleopatra

– 1 –

Pacho, mein lieber Freund,

ich habe mir erlaubt, Sie zum Empfänger meines Geständnisses zu machen. Ich hoffe, dass diese Last Sie nicht erdrücken wird. Vertrauen Sie es jemandem an, bei dem es gut aufgehoben ist, oder tun Sie damit einfach, was Sie für richtig halten.

Ehrlich gesagt, ist es mir ziemlich egal, was damit geschieht.

Ich hätte diese Zeilen gerne von Hand geschrieben, weil sie sehr persönlich sind, aber mein zwanghafter Charakter erlaubt es mir schon seit langem nicht mehr, flüssig zu schreiben. Deshalb habe ich auf den unpersönlichen Computer zurückgegriffen.

Es interessiert mich nicht im Geringsten, wie andere (Sie eingeschlossen) über meine schrecklichen Taten urteilen, zu denen mich ein quälender und nun beinahe gestillter Rachedurst und bestimmt auch eine Art Wahnsinn getrieben haben; doch für den Fall, dass außer Ihnen jemand diese Zeilen lesen sollte, will ich mich wenigstens verständlich machen.

– 2 –

Mein richtiger Vorname lautet Carlos María, das mit Antón oder Antontxu war ein Beiname oder Spitzname, den mir eine Frau irgendwann gegeben hat, von der ich später noch erzählen werde. Ich habe mich daran gewöhnt und benutze ihn seit damals.

Meinen Nachnamen kennen Sie bereits: Astigarraga Iramendi.

Meine Muttersprache ist Baskisch; Spanisch wurde mir in der Schule eingebläut.

Ich wurde 1944 in Alzo geboren, einem winzigen Dorf, das versteckt in einem engen Tal im Herzen Guipúzcoas liegt, nicht weit von Tolosa und der Grenze zu Navarra entfernt.

Vielleicht haben Sie schon mal von dem Riesen von Alzo gehört, wahrscheinlich das Einzige, was mein Dorf zum Weltgeschehen beigetragen hat. Es soll sich um einen armen Bauern gehandelt haben, der unter Riesenwuchs litt (er war zwei Meter siebenundzwanzig groß, der größte Mensch auf dem Kontinent zur damaligen Zeit) und den man Mitte des 19. Jahrhunderts in ganz Europa in einem Zirkus vorführte. Neben dem Bauernhof, auf dem er geboren wurde, kann man sich noch immer seine Silhouette, die in einen großen flachen Stein gemeißelt wurde, und eine seiner übergroßen Sandalen anschauen.

Als ich zur Welt kam, bestand das Dorf aus knapp hundert Bauernhöfen. Auf jedem lebten zwei Familien, und mindestens auf neunzig Höfen redeten die Nachbarn nicht miteinander.

Mein Vater, der wie sein Vater ebenfalls auf den Namen Carlos María getauft worden war, stammte aus Alzo.

Meine arme Mutter, Asunción Iramendi, war eine schweigsame Bäuerin aus Oreja (einem nahe gelegenen Dorf) und geistig vielleicht ein wenig zurückgeblieben.

Ich habe keine Geschwister. Meiner Mutter hatte man, kurz nachdem sie mich zur Welt gebracht hatte, wegen einer Entzündung die Eierstöcke entfernt.

Mein Vater stammte aus einer Karlistenfamilie (sein Großvater starb 1874 in Bilbao). Er war ein begriffsstutziger, einfacher und seinen wenigen Grundsätzen treuer Mann. Und er war streng; ich erinnere mich, dass er den Gürtel oder einen Lederriemen benutzte. Im Bürgerkrieg war er bei den Requetés aus Navarra, in der Nordarmee von General Mola.

Nur damit Sie sich eine Vorstellung von seiner primitiven Art machen können: Er erzählte mir ganz stolz, dass ihm meine Mutter bei einer Gelegenheit Geld gab, damit er sich beim Zahnarzt in Tolosa einen Zahn ziehen ließ, der ihm Schmerzen bereitete. Er beschloss, sich im Dorf lieber den Bauch voll zu schlagen und sich anschließend selbst den Zahn zu ziehen, dort in der Kneipe, indem er zwei Kuchengabeln als Hebel benützte.

Ich habe mich meinem Vater nie sehr nah gefühlt, aber ich respektierte und liebte ihn auf meine Weise; erst viele Jahre nach seinem Tod merkte ich, wie sehr.

Gerne hätte ich es ihm zu Lebzeiten gesagt.

Als der Krieg vorbei war, kehrte mein Vater nach Alzo

zurück, um sich um die Saatfelder und seine paar Kühe zu kümmern.

Doch 1940 trat er aufgrund einer Reihe unseliger Umstände, die nicht hierher gehören, in den persönlichen Dienst Francos ein; er wurde einer seiner beiden Vorkoster.

Es ist bekannt, dass Franco, nachdem er in Burgos zum Generalissimus ernannt worden war, ab September 1936 die Sicherheitsvorkehrungen rund um seine Person verschärfte. Nach dem Tod seines Freundes Emilio Mola am 3. Juni 1937 allerdings, der, wie nur wenige glauben wollten, bei einem Flugzeugabsturz ums Leben gekommen war (von da an setzte Franco keinen Fuß mehr in einen Flieger), war er regelrecht besessen von seiner Furcht vor Mordanschlägen.

Zu dieser Zeit beschloss er, zwei Vorkoster anzustellen, die im Abstand von einer Stunde sein Essen probieren und ihm als Versuchskaninchen für einen möglichen Giftanschlag dienen sollten. Sie probierten alles, was er zu sich nahm, von mehrgängigen Mittagsmenüs mit seinem Generalstab bis zum Wasser.

Der erste Vorkoster erfüllte seine Pflicht, wie bereits erwähnt, eine Stunde vor dem Essen und in Gegenwart eines Offiziers der Leibgarde; der zweite kostete die Mahlzeiten stets unter den aufmerksamen Blicken des Diktators, normalerweise vom bereits servierten Teller.

Mehr als einmal habe ich gedacht, dass die Stunde zwischen der Zubereitung und dem Auftragen der Mahlzeiten, was das Kulinarische betraf, mehr als einen Koch in Not gebracht haben musste. Obwohl sich Franco, außer beim Wein, nicht gerade durch einen empfindsamen Gaumen auszeichnete.

In seiner Enthaltsamkeit war er konsequent bis zum Erbrechen und trank ausnahmslos ein einziges Glas am Tag.

Allerdings setzte er die Vorkoster nicht zu dem Zwecke ein, den man aus der Renaissance als *salva* kennt, was bedeutet, die Speisen mit dem Besteck der zu schützenden Person zu schneiden und zum Mund zu führen, um sicher zu gehen, dass die Esswerkzeuge nicht vergiftet waren. Bei Franco muss diese traditionelle Vorgehensweise, die ihn dazu gezwungen hätte, mit dem Speichel des Vorkosters in Berührung zu kommen, Ekel erregt haben. Er vermied es, indem er verlangte, dass man ihm das Essbesteck auf einem Silbertablett vorlegte, es mit Alkohol einrieb und erhitzte, bis der hochprozentige Alkohol verdunstet war. Die Serviette wurde unter Dampf gereinigt und noch dampfend gebracht, als handele es sich um ein Rasiertuch, und die Gläser wurden mit kochendem Wasser gefüllt, was häufig dazu führte, dass die feineren zersprangen. Nach dieser grotesken Zeremonie reinigte der Caudillo wie ein Gast in einem Restaurant mit zweifelhaften hygienischen Bedingungen persönlich das Besteck mit einer sterilisierten Serviette.

Von meinem Vater erfuhr ich, dass bis April 1939, also während des Bürgerkrieges, ein Obergefreiter der Guardia Civil, der bei der Verteidigung des Alcázar von Toledo das Augenlicht verloren hatte, und ein fettleibiger Falangist seine Vorkoster gewesen waren. Es hätte auch jeder andere sein können. Scheinbar war für die Tätigkeit keinerlei Qualifikation erforderlich. Diese Vorkoster waren Lichtjahre von denen entfernt, die Louis XIV. in Frankreich gehabt hatte, die, wie Julio Camba schreibt, wenn sie in einen Fasanenschenkel bissen, aufgrund der Festigkeit des Fleisches unterscheiden konnten, ob es sich um das Bein handelte, das der Vogel zum Schlafen einzog, oder um das, auf dem er sein gesamtes Gewicht trug.

Nach Kriegsende entließ Franco die beiden Vorkoster. Nachdem er sich im Palast El Pardo verschanzt hatte, fühlte er sich anscheinend sicherer und verzichtete auf diese Vorsichtsmaßnahme. Allerdings benutzte er bis zu seinem Tod das Geschenk, das ihm der türkische Präsident, der Autokrat Menderes, 1954 gemacht hatte. Es handelte sich um eine Schüssel aus dem Topkapi-Palast in Istanbul, deren Keramik sich dunkel verfärbte, wenn man vergiftete Speisen hineintat (allerdings kenne ich das Prinzip nicht). Auch wenn es nur bei Arsen, Zyankali und anderen konventionellen Giften funktionierte, wurde es von Franco und seiner Frau Carmen Pola von da an täglich in ihrem privaten Speisezimmer des Pardo verwendet.

Nachdem er Spanien in sein persönliches Quartier verwandelt hatte, lockerte Franco die Sicherheitsmaßnahmen. Ein Attentat gegen ihn war nicht unmöglich, aber nur mit einer Kamikazetechnik zu verwirklichen; ein wirkliches Opfer wäre nötig gewesen, was nicht sehr gut zum Überlebensdrang des Spaniers passt.

Allerdings verbrachte der Staatschef seine ausgiebigen Sommerfrischen seit dem Jahr 1940 meistens im Palast Ayete in San Sebastián, und wieder beschäftigte er Vorkoster. Das tat er nur hier, im Baskenland. Weder auf dem Herrensitz von Meirás in Galizien, wo er den Rest des Sommers verbrachte, noch bei seinen Jagdpartien oder Angelausflügen an verschiedenen Orten innerhalb Spaniens gebrauchte er sie. Vielleicht hatte diese Sonderregelung etwas mit seinem ausgeprägten Misstrauen gegenüber den Basken zu tun, die er in der Mehrzahl für gefährliche Separatisten hielt.

Mein Vater verbrachte also anderthalb oder zwei Monate im Jahr in Ayete, wo er dieser ungewöhnlichen Tätigkeit nachging. Sein Kollege, Feldwebel Cilleruelo aus Burgos, der in der nahe gelegenen Kaserne in Loyola stationiert war, war ebenfalls Unteroffizier (mein Vater hatte seine Stellung und das Gehalt eines Requetés-Unteroffiziers behalten). Wenn Franco am Ende des Sommers nach Madrid zurückkehrte, erhielten beide eine nicht gerade üppige Sondervergütung und kehrten zu ihrer gewohnten Arbeit zurück.

Über zwanzig Jahre, bis 1962, geschah nie etwas Ungewöhnliches.

– 3 –

Was mich betrifft, so verbrachte ich meine Kindheit praktisch ohne je aus Alzo herauszukommen; wie alle Dorfkinder in einem unterentwickelten Land führte ich ein verwahrlostes Leben.

Als Jugendlicher besuchte ich in Tolosa eine Berufsschule.

1961, mit siebzehn, begann ich, bei verbotenen Zirkeln baskischer Patrioten mitzumischen. In meinem Kopf brodelte eine konfuse Mischung nationalistischer Ideen mit einem Anstrich von Marxismus-Leninismus.

Zwei Jahre zuvor, 1959, hatte sich auf Initiative von Studenten der Universität Deusto und des Technikums von Bilbao mit Unterstützung der unvermeidlichen Seminaristen und Priester die ETA gegründet. Es waren unzufriedene Aktivisten der Baskischen Nationalistischen Partei PNV, die fanden, dass Francos Staatsapparat eine direktere und unmissverständlichere Antwort verdiente.

1961 war die einzige Aktion, die von einer gewissen Tragweite war, ein Anschlag auf die Bahnlinie zwischen Madrid und Barcelona. Erst 1968 sollte ihr langer und noch immer nicht beendeter blutiger Kampf mit dem ungeplanten Tod des Polizisten José Pardines während einer Straßenkontrolle und der späteren, in diesem Fall geplanten Eliminierung eines Polizeiinspektors, des Folterers Melitón Manzanas, beginnen.

Doch viel früher, 1962 nämlich, versuchten neue Mitglieder der ETA und Aktivisten der PNV Franco zu vergiften, ein bis zum heutigen Tag unbekanntes historisches Ereignis, das ich hiermit der Öffentlichkeit preisgebe.

Mein Onkel, der ehemalige Seminarist und Söldner Patxi Iramendi, Bruder meiner Mutter, war einer der Mitbegründer der ETA und spielt die entscheidende Rolle in diesem Stück.

Ich unterbrach meine Lektüre am Bildschirm für einen Moment. Wenn ich mich recht erinnerte, war Patxi Iramendi alias Tartalo *der Anführer von ETA gewesen, der in Algier mit der Regierung der Sozialistischen Arbeiterpartei PSOE verhandelt hatte und, ich glaube Mitte der achtziger Jahre, nach offiziellen Angaben auf einer algerischen Straße bei einem mysteriösen Autounfall ums Leben gekommen war.*

Es gab Gerüchte, dass ihn sowohl Hardliner unter seinen eigenen Gesinnungsgenossen als auch Leute vom spanischen Militärgeheimdienst CESID ermordet haben könnten; Letztere, weil aus unerfindlichen Gründen eine Fortsetzung der Auseinandersetzungen mit der ETA für sie von Vorteil gewesen wäre.

Meine Lust, so schnell wie möglich zu dem Fest im Guggenheim zu gehen, war verflogen wie Haddocks Whiskydurst angesichts des antialkoholischen Gesöffs, das ihm Professor Bienlein in »Tim und die Picaros« reicht. Meiner allerdings nicht. Ich stand auf und ging zur Bar, um mir die Flasche mit dem fünfzehn Jahre alten Glenmorangie und eine Schachtel Benson&Hedges zu holen. Ich rannte fast zum Computer zurück, um mit der – vielleicht zum ersten Mal im Leben fehlte mir das passende Adjektiv, um etwas zu benennen – Geschichte fortzufahren.

– 4 –

Der Zufall verhalf uns zu den notwendigen Rahmenbedingungen, um den Plan auszuhecken und in die Tat umzusetzen.

Feldwebel Cilleruelo, Kriegskamerad und Kollege meines Vaters, bekam Mumps, was, weil er erwachsen und von schwacher Konstitution war, eine längere Krankschreibung erforderlich machte.

Ich war gerade achtzehn geworden, hatte die Berufsschule abgeschlossen und keine Arbeit. Mein Vater hatte entschieden, dass ich im darauf folgenden Jahr als Freiwilliger zum Militär gehen sollte. Es passte ihm nicht, dass ich nicht in Lohn und Brot war, meine Zeit verplemperte und mit Catalina, meiner Freundin, in Tolosa herumturtelte. Es war seine Idee, in Ayete seinen Sohn als Vertretung vorzuschlagen, bis der Feldwebel wieder genesen wäre, da er nach zweiundzwanzig Jahren als Vorkoster im Dienst des Generalissimus zu der Überzeugung gelangt war, dass es kein bisschen gefährlich sei. So hätte er ein Auge auf mich, und ich könnte außerdem meiner Mutter ein wenig Geld nach Hause bringen.

Da an Gesinnung und Loyalität meines Vaters nicht im Geringsten gezweifelt wurde und die Polizei nichts von meinen heimlichen Sympathien wusste, gingen der Chef der Leibgarde und Franco persönlich auf den Vorschlag ein.

– 5 –

1962 war der Diktator siebzig geworden. Im Jahr davor war bei einem Jagdunfall sein Gewehr explodiert (viele dachten, dass es in Wirklichkeit ein Attentat war); seine linke Hand war dabei schwer verletzt worden, und er konnte sie nicht mehr richtig bewegen. Im selben Jahr sah er sich einem langen Lohnstreik der Industriearbeiter gegenüber, vor allem in Asturien und dem Baskenland, der den endgültigen Niedergang der franquistischen Gewerkschaften einleitete. Außerdem hielten ihn Umtriebe gegen das Regime in Atem, die als Münchner Abkommen bekannt geworden und in Wirklichkeit ziemlich harmlos waren; lediglich ein schüchternes Klopfen an Europas Toren.

Ich begegnete dem Diktator zum ersten Mal im Palastgarten von Ayete. Er war ein unsympathischer alter Mann, ein Wicht mit einem Schildkrötengesicht und einer lächerlichen Kastratenstimme.

Er war ganz vertieft in seine neue Leidenschaft, die Malerei. Er hatte sich darauf kapriziert, Stilleben in Öl zu malen. Es waren nichts sagende Gemälde ohne jeden Reiz; nicht einmal auf dem Madrider Trödelmarkt wäre man sie losgeworden.

An diesem Tag malte er eine Ananas, einen Salatkopf, ein Rinderkotelett, ein halbes Rundbrot, ein Jagdmesser und eine Kupferschüssel. Die einzelnen Gegenstände, die vor ihm lagen, waren in einer zweifelhaften Harmonie angeordnet.

Er wollte gerade einen ungenießbaren Tee zu sich nehmen, den mein Vater eine Stunde vorher probiert hatte, und dazu drei Kekse (selbstverständlich angeknabbert). Während der Tee auf einem Spirituskocher an Ort und Stelle auf einem Beistelltisch aufgewärmt wurde, wechselte er ein paar Worte mit mir, die einzigen, die er während der kurzen Zeit, in der ich seine Speisen vorkostete, direkt an mich richtete. Ich habe sie folgendermaßen in Erinnerung:

»Das ist also Ihr Sohn, Astigarraga … Lerne von deinem Vater, mein Junge; immer zuhören und schweigen …, schön den Mund halten …, außer natürlich, wenn es um die Arbeit geht … Wie sollte man sie sonst auch bewerkstelligen … – entweder er amüsierte sich über seinen idiotischen Einfall oder er musste plötzlich husten. Spanien kann man auf viele Arten dienen, und diese ist genauso wichtig und bedeutsam wie andere auch … Die Freimaurerei ruht nicht einmal an Feiertagen …«

Das war's.

– 6 –

Onkel Patxi, der mich in das Umfeld der antifranquistischen Aktivisten eingeführt hatte, war auf die Idee gekommen, meine Stellvertretertätigkeit als Vorkoster zu nutzen, um ein Attentat auf Franco zu verüben.

Wie viele andere glaubte ich damals, dass wir sowohl gegen Francos Faschismus als auch für die Befreiung des Baskenlandes kämpften.

Jahre später, als ich bereits in dem Alter war, in dem man weiß, dass es Gott nicht gibt, dass alles eine Lüge ist und dass ein Armer nur Seehecht isst, wenn entweder der Arme oder der Seehecht schlecht ist, musste ich feststellen, dass es egal war, wer die Macht innehatte: ETA kämpfte und kämpft noch immer mit Gewalt und Erpressung gegen Spanien und gegen alles, was nicht Teil von ihr und ihrer Mörderbande ist. Das einzige Ziel ist, die Organisation am Leben zu erhalten.

Allerdings möchte ich vorausschicken, dass nichts davon mich zu meinen Taten bewogen hat. Mein Rachefeldzug gegen verschiedene Personen über einen Zeitraum von fünfundzwanzig Jahren geschah aus rein persönlichen Gründen, die ich im Folgenden schildern möchte.

Ich konnte ein Frösteln nicht unterdrücken und musste an die gut geölte Pistole in dem Schuhkarton und die Sammlung gefährlicher Messer denken, deren Besitz sich angesichts dieser düsteren Andeutungen als so gar nicht harmlos erwies.

Außerdem fiel mir ein, dass er auf dem Nachttisch den Roman Der Graf von Monte Cristo liegen hatte, dessen Hauptfigur, Edmond Dantés, sein Leben und Schicksal ebenfalls der Rache an denen verschreibt, die ihn zu Unrecht ins Gefängnis werfen ließen.

– 7 –

Franco aß mittags und abends fast immer in Ayete. Dort fing ich übrigens an, mich für das Kochen zu interessieren. Ich verbrachte viel Zeit in Gesellschaft von Luis Itsaskabra, dem gesprächigen Palastkoch, der mir zeigte, wie man die wichtigsten Gerichte der traditionellen baskischen Küche zubereitete und die vier dazugehörigen Soßen anrührte: die schwarze Tintenfischsoße, die Stockfischsoße auf baskische Art, die rote Soße aus Paprikawurst von der Biskaya und die feine grüne Soße zum Seehecht.

In diesem Sommer fuhr Franco lediglich ein paarmal nach Bilbao. Dort aß er in dem berühmten Restaurant des Hotels Torróntegui oder im Segelclub von Abra, der sich damals im ersten Geschoss im Theater Arriaga befand.

Doch es gab einen Ort, den Franco mit gewisser Regelmäßigkeit aufsuchte: den Aranzadi-Hof, ein schlichtes Gasthaus, das in der Nähe des Dorfes Villabona lag, nicht weit von San Sebastián entfernt.

Auch wenn er einfaches Essen bevorzugte und bei dem, was man ihm vorsetzte, nicht sehr wählerisch war, hatte der enthaltsame General eine Schwäche für Tintenfische im eigenen Saft, die das Lokal auf seiner Speisekarte hatte.

Dort sollte der Giftanschlag stattfinden.

– 8 –

Zu der Gruppe der Verschwörer gehörten außer meinem Onkel Patxi und mir drei Männer, eine Frau und ein Jesuitenpriester.

Onkel Patxi und der Priester waren mit ihren dreißig beziehungsweise zweiunddreißig Jahren die Ältesten in der Gruppe. Die anderen waren noch jung, kaum ein paar Jahre älter als ich.

Onkel Patxi, das Mädchen und einer der Männer

stammten aus Guipúzcoa; der Priester und einer von den Jüngeren waren aus Bilbao; der sechste kam aus Arceniega in der Gegend von Álava.

Ich wusste nur von Patxi Iramendi, dass er der neu gegründeten ETA angehörte und in der Gruppe das Sagen hatte. Bei den anderen war ich mir nicht sicher, ob sie Mitglieder der Organisation waren oder einfach nur nationalistische Aktivisten.

Ich fragte nicht nach, und niemand hielt es für nötig, mir irgendwelche Erklärungen zu geben.

Damals konnte ich nicht wissen, dass mir die fehlenden Informationen über die Verschwörer es später erschweren würden, sie ausfindig zu machen.

– 9 –

Patxi Iramendi brach seine Priesterausbildung in Saturrarán mit neunzehn Jahren ab, leistete seinen Militärdienst bei den regulären Streitkräften in Sidi Dris, dem spanischen Protektorat von Marokko, und probierte danach sein Glück in Lateinamerika. Er nahm mehrere Anläufe in verschiedenen Ländern; er war Diamantensucher bei den *Garimpeiros* in Brasilien, der Mann fürs Grobe bei einem reichen venezolanischen Großgrundbesitzer, Söldner im kolumbianischen Bürgerkrieg, Waffenschmuggler in Panama und Mörder für die CIA in Guatemala, wo er bei einer Prügelei in einer Kneipe durch den Schlag mit einer Flasche das linke Auge verlor. Dort in Guatemala hatte er von dem Gift erfahren, das den längst überfälligen Tod des Diktators herbeiführen sollte.

Offensichtlich war Onkel Patxi nicht gerade ein Mann mit festen Grundsätzen; er diente unter jeder Flagge und verdingte sich bei jedem Geldgeber. Ich nehme an, er hätte sowohl bei der ETA als auch bei der Fremdenlegion landen können. Wirklich interessant, wie es ihm gelingen konnte, bei der Terroristenbande eine solche Spitzenposition zu ergattern. Übrigens war das Jahr 1962 das der Unabhängigkeit Algeriens, des Landes, wo Patxi Iramendi fünfundzwanzig Jahre später sein Leben lassen sollte, wenn auch auf andere Weise, als offiziell verlautbart wurde.

– 10 –

Wie bereits erwähnt, hatte ich in Tolosa eine Freundin, Catalina Irazoqui, in die ich sehr verliebt war, und sie auch in mich.

Sie war ein einfaches Mädchen, sanft und bezaubernd; eine von diesen Frauen, die jeden normalen Mann im Leben glücklich machen können (und ich war es damals noch). Wir wollten heiraten und nach meiner Rückkehr vom Militär in Tolosa oder San Sebastián leben.

An meinen revolutionären Aktivitäten nahm sie weder teil noch wusste sie davon. Ich verriet ihr auch nicht, was wir vorhatten.

– 11 –

Der Plan, den Diktator zu töten, war einfach, aber nicht ganz ohne für mich.

Mein Vater fungierte stets als erster Vorkoster, dann war ich unter Francos aufmerksamen Blicken eine Stunde später dran.

Das Gift sollte ich ihm heimlich auf seinen Teller fallen lassen, kurz bevor ich eine Kostprobe nahm. Natürlich würde ich auch vergiftet werden, hatte aber zehn Minuten Zeit, um das Gegengift einzunehmen.

Das Gift stammt aus winzigen Pilzen, die von den Ceiba-Indios, den Ureinwohnern Guatemalas, die von den Mayas abstammen, an der Sonne getrocknet und zu Pulver zermahlen werden. Sie benutzen es zur Jagd. Das Gift lähmt innerhalb kürzester Zeit das zentrale Nervensystem des Tiers und tötet es sogar. Nach der Verabreichung dauert es einen Moment, bis es seine Wirkung entfaltet. Doch das Beste daran ist, dass der Pilz nicht die geringste Spur im Organismus hinterlässt. Onkel Patxi kannte sich aus, er hatte es in Guatemala schon einmal eingesetzt; bei einem aufmüpfigen Politiker, der nicht mit den Interessen der United Fruit Company übereinstimmte.

Die Autopsie würde nichts ergeben, und niemand würde an eine Vergiftung denken, zumal die beiden Vorkoster gesund und munter wären.

Francos Tod würde als plötzliches Ableben in die Geschichte eingehen, verursacht von einem unerklärlichen Herzstillstand.

Onkel Patxi hatte aus Guatemala ein paar giftige Pilze und das Gegenmittel mitgebracht, das kurioserweise ein anderer Pilz derselben Familie war.

Um mich zu beruhigen, nahm Onkel Patxi vor meinen Augen von dem Gift, wartete ganze acht Minuten und schluckte dann das Gegengift.

Beklommen probierte ich es kurze Zeit später selbst aus. Nichts war zu merken; mein Körper zeigte keinerlei Reaktion, weder auf die Einnahme des Gifts noch auf die des Gegengifts.

— 12 —

Franco hatte beschlossen, am darauf folgenden Donnerstag, dem 16. August 1962, im Aranzadi-Hof zu Mittag zu essen.

Die Verschwörer trafen sich am Abend vorher bei Onkel Patxi in Tolosa, der unverheiratet war und allein lebte. Eigentlich konnte nichts schief gehen, und ich war nur schwer zu enttarnen, doch für alle Fälle hatten sie mir Instruktionen und Kontaktadressen für die Flucht nach Frankreich gegeben.

Wir hatten bereits alles besprochen, und das Treffen war mehr ein symbolischer Akt: ein Toast der sechs Verschwörer, um mir Glück zu wünschen und auf das Gelingen des Tyrannenmords.

Am nächsten Morgen kam wie immer der Dienstwagen, der meinen Vater und mich in Alzo abholte, um uns direkt zu dem Gasthof in Villabona zu bringen.

Franco hatte sich für zwei Uhr mittags angekündigt.

Um Viertel nach eins probierte mein Vater die Gerichte für den Caudillo: *marmitako*, Thunfischeintopf, die berühmten kleinen Tintenfische im eigenen Saft (die man ihm später auf denselben Tellern im Wasserbad aufwärmen würde), eine Schale Milchreis und eine Flasche Wein, ein Reserva Marqués de Riscal.

Pünktlich um zwei erschien Franco mit seiner kleinen Gefolgschaft, die sich abgesehen von der Leibgarde auf drei weitere Tischgenossen beschränkte: seinen anhänglichen Neffen Pacón, Nicolás Lasarte (den Bürgermeister von San Sebastián) und den Zivilgouverneur, dessen Namen ich nicht kenne oder nicht erinnere.

Sobald die hohen Herrschaften Platz genommen hatten, betrat ich zitternd wie Espenlaub die Gaststube.

Ich probierte den Wein und danach den Eintopf.

Ich erinnere mich, dass ich noch dachte, dass der unvergleichliche kantabrische Thunfisch saftig und bei geringer Hitze genau richtig gegart war. Es ist eigenartig, was für verrückte Gedanken einem in Momenten höchster nervlicher Anspannung durch den Kopf schießen.

In den Pausen zwischen den einzelnen Gängen blieb ich die ganze Zeit in der Gaststube und wartete darauf, dass die Tintenfische gebracht würden.

Franco trank ein Drittel von seinem Wein und aß nicht mehr als fünf Löffel von dem köstlichen Fischsud, von dem sich Pacón, der stets einen guten Appetit hatte, eine zweite Portion nahm.

Ich hatte rasendes Herzklopfen, und der zweite Gang wurde aufgetragen.

Man stellte die dampfende Tonschale mit den acht kleinen Tintenfischen, die jeweils nicht größer waren als ein Daumen und in einer dickflüssigen schwarzen Soße schwammen, vor ihn hin, dazu gab es ein Stück frittiertes Brot.

Das Gift in Form einer winzigen gepressten Kugel war in meiner rechten Hand verborgen, zwischen dem Ringfinger und dem kleinen Finger.

Es kam mir so vor, als beobachte mich der Diktator mit besonderer Aufmerksamkeit, als ich meine Hand mit der Gabel dem Teller näherte, so als würde er etwas Ungewöhnliches ahnen; ich dachte, er würde gleich mein Herz pochen hören.

Ich war kurz davor, die Nerven zu verlieren, und senkte den Blick; ich hielt die Hand dicht über den Teller, rieb einen Finger gegen den anderen, damit das Kügelchen nicht am Schweiß haften blieb, und es fiel herunter und tauchte augenblicklich in die gebundene, aber flüssige Soße ein.

Nicht einmal ein Adler hätte das Manöver registriert.

In der Wärme löste sich das Gift schnell auf, und obwohl das Kügelchen nicht größer als ein Senfkorn war, steckte mehr tödliche Kraft darin als in einer ganzen Skorpionfamilie. Onkel Patxi hatte dafür gesorgt, dass die Dosis nicht zu gering ausfiel.

Ich nahm das Messer in die linke Hand, schnitt ein Stück Tintenfisch ab, kaute es ein paar Mal und schluckte mühsam. Als Nächstes nahm ich einen Löffel, zwang mich unter größter Anstrengung, die Hand ruhig zu halten, tauchte den Löffel vorsichtig in die Soße ein (natürlich an der von dem Gift entferntesten Stelle) und probierte. Franco machte mit seiner rechten Hand eine mürrische Bewegung, die andere, die bei dem Jagdunfall versehrt worden war, hielt er kraftlos wie die eines Gelähmten oder Schlaganfallpatienten an die Brust seines marineblauen Jacketts gepresst.

Ich durfte mich zurückziehen.

Das Gegengift, ein Pulver, befand sich seit geraumer Zeit in einer winzigen Plastikkapsel unter meiner Zunge, die ich zerbiss, sobald ich dem Tisch den Rücken zugekehrt hatte.

Der Plan sah vor, dass ich die Gaststube nicht verlassen sollte, um nachträglich ja keinen Verdacht auf mich zu lenken. Dass ich blieb, war normal, manchmal tat ich es bis zum Dessert. Ich ging zu einem der Personaltische, wo ein Krug Wasser und Gläser für die Vorkoster bereitgestellt waren, und trank etwas, um das Pulver und die zerkaute Kapsel leichter hinunterzuschlucken.

Als ich mich ein wenig beruhigt hatte, wollte ich Franco heimlich beobachten. Nicht jeden Tag sieht man einen Tyrannen sterben. Mein Name würde in der Geschichte einen Platz neben Marcus Iunius Brutus, Gavrilo Princip, Mateo Morral oder John Wilkes Booth bekommen, doch einen ehrenvollen. Carlos María Astigarraga Iramendi, der Mann, der Francisco Franco Bahamonde tötete, einen der schlimmsten Diktatoren des zwanzigsten Jahrhunderts. Ich persönlich würde dafür Sorge tragen, dass die Welt es im rechten Augenblick erfuhr (man stelle sich vor, wie einfältig ein junger Kerl sein kann).

Doch wie Sie und jedes Kind wissen, kam es anders.

Franco stocherte mit der Gabel ein wenig in den Tintenfischen herum, aber er probierte sie nicht einmal. Er wandte sich an die Wirtin, die sich in der Gaststube aufhielt und jede Bewegung des Generalissimus aufmerksam verfolgte, und sagte zu ihr:

»Glauben Sie bloß nicht, dass es mir nicht schmecken würde, Amparo, Sie wissen ja, wie sehr ich dieses Essen schätze … Aber mir ist von der kurvenreichen Fahrt ein wenig übel, das hat mir den Appetit verdorben. Ich habe Angst, die Tintenfische könnten mir im Magen liegen … Vielleicht nehme ich lieber ein Stück frittierten Seehecht oder ein Omelette …, aber lieber etwas später.«

Mir blieb nicht einmal Zeit, zu begreifen, dass der Anschlag gescheitert war. Ich spürte plötzlich, dass ich starb; um mich herum erlosch alles, und in meinem Kopf wurde es dunkel.

Ich erinnere mich daran, dass ich meine Lektüre von Astigarragas Geständnis an dieser Stelle unterbrach.

Kaum scheint die Strecke endlich frei zu sein, gibt es den nächsten Stau, und wie es aussieht, noch dichter als die anderen, weil der Verkehr völlig zum Erliegen gekommen ist.

Ein Unfall ist die Ursache, ein Bus und ein Pkw sind zusammengestoßen. Leicht verdientes Geld für Blechschmieden und Versicherungen; die beiden Fahrzeuge stehen mitten auf der Straße und blockieren beide Fahrbahnen; die anderen müssen sich durch eine schmale Lücke vorbeizwängen.

Es ist nicht zum Aushalten … Ich sitze schon über eine Stunde in dieser muffigen Kiste und habe ununterbro-

chen den schrumpligen Hinterkopf mit den schwarzen Borsten – sie sehen aus wie Nägel – meines unerwünschten und nervtötenden Begleiters auf dieser Odyssee vor Augen.

Ich habe den Eindruck, dass wir das Krankenhaus nie erreichen werden und ich diesem Taxi nicht mehr entkomme.

Als wir an der Unfallstelle vorbeifahren, sehen wir, wie sich die Fahrer eher zögernd als wirkungsvoll gegenseitig ein paar runterhauen. Schwer zu sagen, ob der anwesende Polizist die beiden tolpatschigen Streithammel zu trennen versucht oder die Wetten für den Sieger bei der gaffenden Menge organisiert.

»Jawoll, das gefällt mir! Schlagt euch nur die Rübe ein! Los, gebt's euch! … Steck ihm einen Finger in den Arsch, einen in den Mund, und stülp ihn einmal um! Mal sehen, mit ein bisschen Glück blast ihr euch gegenseitig das Licht aus!«, kräht plötzlich dieser verdammte Schwachkopf gut gelaunt.

»Das hat mit dem Beruf zu tun, ich kann nichts dafür«, erklärt er mir wenig später mit unerwarteter Würde für einen solchen Analphabeten.

Nachdem wir uns an dem Hindernis vorbeigeschlängelt haben, fahren wir weiter.

An der nächsten Ampel stehen wir ganz vorne. Ich sehe, dass unter den Passanten, die über die Straße gehen, Epifanio und Blas sind, die servilen Portiers aus La Bilbaina. Da ihnen jeder Sinn für Lächerlichkeit abgeht, sind sie gleich angezogen: marineblaues Jackett, dunkelgraue Hosen, weißes Hemd und schwarze Krawatte. Wie zwei nette Brüder in der Francozeit, wie meine Mutter Josemi und mich anzogen hatte, als wir Kinder waren. Noch im-

mer erinnere ich mich mit Entsetzen an unsere identischen und haarsträubenden beigefarbenen Sommermäntelchen.

Ich stecke den Kopf durch das Seitenfenster und rufe den beiden Psychopathen etwas zu, doch sie sehen und hören nichts.

Das Angstgefühl ist nicht nur verschwunden, sondern hat sogar einem ausgeprägten Wohlgefühl Platz gemacht.

Schon seltsam.

Irgendwie merkwürdig.

Die Avenida de la Autonomía ist mir noch nie so lang vorgekommen.

Doch kehren wir zu meinen Erinnerungen zurück.

Ich unterbrach die Lektüre in der Weltkarte, um einen Augenblick diese wirklich sonderbare Lebensgeschichte zu überdenken.

Ich konnte nicht glauben, dass der Mann, den ich kannte oder zu kennen glaubte und mit dem ich den Rolls Royce unter den Tapas-Bars eröffnet hatte, der die Verkörperung von Captain Haddock und mein Freund war, dieselbe Person sein sollte, der diese schier unbegreiflichen Dinge widerfahren waren und die dabei selbst eine so finstere Rolle gespielt hatte.

– 13 –

Ich weiß nicht, wo ich erwachte und wie viel Zeit vergangen war.

Ich benutze das Wort erwachen aus reiner Gewohnheit. In Wirklichkeit war das Einzige, was erwachte, mein Geist, die Fähigkeit, zu denken. Um mich herum herrschte völlige Dunkelheit oder Leere, wie man es auch nennen will, und ich hatte kein Empfinden für meinen Körper, ich wusste nicht einmal, dass ich noch einen hatte.

Lediglich zwei Sinne funktionierten und verbanden mich passiv mit der Außenwelt: der Hörsinn und der Geruchssinn.

So erfuhr ich, dass ich mich in einem Krankenhauszimmer befand und im Koma lag; das war jedenfalls die Diagnose eines Arztes mit versoffener Stimme, der mit meiner Mutter sprach.

Er war nicht gerade der Inbegriff von Diplomatie.

»Wissen Sie, er kann jeden Moment erwachen, oder in einer Woche, oder in einem Jahr ..., oder nie wieder. Mit anderen Worten, das Gift hatte eine ungewöhnliche Wirkung auf seinen Organismus, und die Folgen sind unabsehbar ... Und wenn er erwacht, kann es sein, dass er nicht mehr weiß, wer er ist, oder er hat sich in eine ganz andere Persönlichkeit verwandelt ... In einigen Fällen von lang anhaltendem Koma haben die Patienten alles vergessen, sogar das Sprechen oder wie man sich anzieht ... Oder im Gegenteil: Sie können auf einmal Aramäisch ... Soll ich Ihnen die Wahrheit sagen? Wir können es drehen und wenden, wie wir wollen, aber wir haben einfach nicht die geringste Ahnung, wie das Gehirn funktioniert.«

Das Schluchzen meiner Mutter traf mich fast genauso wie die Perspektive, die dieser Unmensch entwarf.

Ich verlor das Zeitgefühl.

Zum ersten Mal in meinem Leben vermisste ich meinen Vater. Seit ich nicht mehr bewusstlos war, hatte ich kein einziges Mal seine Stimme vernommen. Das war seltsam.

Ein Gespräch zwischen meiner Mutter und einer der wenigen umgänglichen Nachbarinnen in Alzo, die gekommen war, um mich zu besuchen, verschaffte mir Klarheit.

Mein Vater war am sechzehnten August gestorben, am selben Tag also, an dem ich ins Koma gefallen war.

Die vergifteten Tintenfische, die Franco verschmäht hatte, hatte er in der Küche aufgegessen.

Die Leibgarde des Diktators zog die nahe liegenden Schlüsse daraus und verhaftete die Wirtsleute und das gesamte Personal des Aranzadi-Hofs.

Jahre später erfuhr ich, dass die Frau, die Franco Amparo genannt hatte, noch immer im Gefängnis saß und dass man ihren Mann hingerichtet hatte. Noch mehr Opfer dieser gescheiterten Farce, die natürlich weiterhin geheim gehalten wurde.

Mit einem bitteren Lächeln im Geiste erinnerte ich mich an das Brimborium, das mein Onkel veranstaltet hatte, als er so tat, als würde er das Gift und dann das Gegengift einnehmen, und das Ganze dann mit mir wiederholte.

Das Gegengift, das es offensichtlich gar nicht gab.

Es war klar, dass er von Anfang an vorgehabt hatte, mich zu opfern.

Der Verlust war zu verschmerzen; der Zweck heiligte die Vernichtung des Mittels.

Als mir das klar geworden war, erwachte mein tödlicher Hass auf Patxi Iramendi, und bis auf eine Unterbrechung von fünf Jahren nährte ich ihn über ein Vierteljahrhundert.

Ich glaube, dass durch den Hass, den ich auch bald für die anderen fünf Verschwörer empfand, der Wunsch, zu sterben, um mich aus dieser grauenhaften Vorhölle zu befreien, verdrängt wurde von dem Wunsch, eines Tages in die Welt zurückzukehren, um mich an ihnen zu rächen.

Mein Geisteszustand war normal; ich konnte klar denken (so dachte ich jedenfalls). Ich sollte nicht als Außerirdischer oder Gemüse erwachen, wie dieser Vollidiot von Arzt behauptet hatte, sondern mit dem festen Entschluss, diese sechs unbarmherzigen Schweinehunde zu richten und dies zu meiner Lebensaufgabe zu machen.

Es war eine Obsession, die meine Seele auffraß.

Erst nach dreizehn Jahren, drei Monaten und fünf Tagen gelang es mir, diesem Nichts aus Gerüchen und Geräuschen zu entkommen. Es geschah am 21. November 1975; wie das Schicksal es wollte, einen Tag nach Francos Tod.

Während dieses scheinbar endlosen Tortur, die mir die

beste Zeit meines Lebens geraubt und für mich die schlimmste Form von Psychoterror bedeutet hatte, wurde ich verrückt.

– 14 –

Vom Krankenhaus brachte man mich nach Hause, auf den Hof in Alzo, wo ich in mein Bett gelegt wurde (der Geruch der Laken und des Zimmers war unverwechselbar).

Dort besuchte mich Onkel Patxi in Begleitung von Crescencio Aizpurua, dem Jesuitenpriester.

Crescencio Aizpurua, der Name kam mir irgendwie bekannt vor. Ich versuchte mich zu erinnern.

Na klar! Bischof Aizpurua. Crescencio Aizpurua war in den achtziger Jahren Bischof von Bilbao gewesen. Er war sogar einmal bei uns zu Besuch, auf Einladung meiner Mutter, dieser Betschwester.

Wieder wurde der Erinnerungsblitz von einem gewissen Unbehagen begleitet; mir fiel nämlich ein, dass der Bischof und sein junger Sekretär auf Menorca verschwunden waren, ohne dass man jemals eine Spur von ihnen gefunden hätte.

Meine Mutter muss die beiden Dreckskerle mit mir allein gelassen haben, da sie kein Blatt vor den Mund nahmen. Sollte ich noch irgendeinen Zweifel daran gehabt haben, dass sie mich benutzt und zu diesem Leben verdammt hatten, war es nun damit vorbei.

»Armer Junge! Es macht einen ganz krank, ihn so zu sehen … Es wäre besser gewesen, wenn der Herr ihn zu sich genommen hätte«, bemerkte der verlogene Priester.

»Glaubst du etwa, dass mir das gefällt? Er ist der einzige Sohn meiner Schwester …, und dann haben wir auch noch ihren Mann, meinen Schwager, auf dem Gewissen … Es ist wirklich zum Kotzen … Aber so ist das Leben; wo gehobelt wird, da fallen Späne.«

»Wovon redest du … Es hat ja nicht einmal was gebracht … Franco ist noch immer da, gesund und munter, und dieser Junge hier, wie er in diesem Bett liegt, wie in einem Sarg, schlimmer, als wenn er tot wäre.«

»Komm mir jetzt nicht mit so was, Aizpurua, schieb es nicht mir in die Schuhe …, darin bist du ja Experte, wie alle Pfaffen.«

»Keine Gotteslästerung in meiner Gegenwart, Patxi.«

»Rutsch mir doch den Buckel runter … Wir sechs waren damit einverstanden, oder nicht? Es war die einzige Möglichkeit, den *Kurzbeiner* zu vergiften. Es ist schief gegangen, fertig, aus. Man muss auch verlieren können und aus seinen Fehlern lernen.«

»Wir haben ihn belogen … Ich hätte es niemals hinnehmen dürfen, dass ein Unschuldiger geopfert wird.«

»Aber du hast es getan; was geschehen ist, ist geschehen.«

Onkel Patxi besuchte mich nie wieder. Crescencio kam ein paar Mal.

Das Gemurmel so nah am Kopfende meines Bettes, während er seine Rosenkränze betete, und sein Zwiebelgeruch waren unerträglich.

– 15 –

Eines Tages erschien eine ganze Besuchergruppe, und in meinem sonst so ruhigen Zimmer entstand ein gewisser Aufruhr.

Sie waren aus Madrid gekommen. Angeführt wurden sie von keinem Geringeren als Admiral Luis Carrero Blanco, Francos rechter Hand. Auf Beschluss des Caudillo sollten mir und meinem Vater posthum das Lorbeerkreuz des Heiligen Fernando verliehen werden (das sich Franco selbst zuerkannte, nachdem er zum Generalissimus gekürt worden war).

Carrero Blanco kam mit dem Auftrag, es mir persönlich anzuheften.

Da es sich um eine Auszeichnung handelte, die nur an Soldaten für besonders tapfere und heroische Taten verliehen wurde, ernannte man mich außerdem zum Hauptmann der Reserveinfanterie des Heeres. Währenddessen heftete man das Blech an die Matratze, was der Admiral dem Vernehmen nach für die geeignetste Stelle hielt.

Die Auszeichnung erging zusammen mit einer lebenslangen Pension, in deren Genuss im Falle meines Vaters meine Mutter als Heldenwitwe kommen würde.

Als ich 1975 erwachte, erlaubte mir diese Pension, die Monat für Monat pünktlich an dieselbe Filiale der Bank von Guipúzcoa in Tolosa angewiesen worden war, mich ganz meinen Rachеplänen zu widmen, ohne Zeit und Energie darauf verwenden zu müssen, mir meinen Lebensunterhalt zu verdienen.

– 16 –

Am schlimmsten war das Alleinsein; ich lag im Dunkeln, völlig abgeschnitten von der Außenwelt.

Ich war entweder allein oder meine Mutter war bei mir, was genauso war, als wäre ich allein gewesen. Abgesehen davon, dass sie nicht gerade gesprächig war, glaubte sie, dass ich nichts hören konnte und brachte kein Wort über die Lippen.

Die Abende in meinem Zimmer verbrachte sie mit Radiohören. Was eine Quelle der Zerstreuung in meiner unveränderlichen Vorhölle hätte sein können, war in Wirklichkeit eine Folter, denn das Einzige, was diese arme Frau hörte, waren fürchterliche Hörspielschmonzetten und die Liebessprechstunde von Elena Francis (Jahre später erfuhr ich, dass diese Sprechstunde obendrein ein Betrug war; die Fragen der gramerfüllten dummen Ziegen wurden von ein paar Hallodris männlichen Geschlechts beantwortet.)

Sie aß auch immer in meinem Zimmer zu Abend. Tag für Tag ausnahmslos Kartoffeltortilla (den Gesprächen entnahm ich, dass man mich intravenös mit Flüssignahrung ernährte, über einen Schlauch, der mir tief in den Rachen gesteckt wurde). Diese Kartoffeltortillas hatte ich von Kindesbeinen an gehasst. Sie waren schwer verdaulich, aus halb rohen Kartoffeln und zu viel geronnener Milch, die in Öl von schlechter Qualität gebacken und mit Schweineschmalz und Talg gemischt wurden.

Der Ekel erregende Geruch dieser fettigen Tortillas hat mich mein ganzes Leben verfolgt, und wie Sie selbst feststellen konnten, gehörte es zu meinen kulinarischen Obsessionen, mir einigermaßen schmackhafte Varianten der traditionellen Tortilla auszudenken.

Ich habe Fressanfälle erlebt, in denen ich nur mit den üppigsten Tortillas meinen Hunger stillen konnte. Ich habe unter dramatischen Verdauungsstörungen gelitten, nachdem ich Unmengen von Tortilla Soubise verschlungen hatte, eine Pampe, die ihren Namen Charles de Rohan, Prinz von Soubise, verdankt, französischer Gourmet, Koch und Marschall unter Louis XV. und ein Freund von Madame Pompadour.

Die Tortilla Soubise besteht aus Hahnenkämmen, Geflügelnierchen und Karpfeneiern; diese werden mit Fasanen- oder Rebhuhneiern gemischt und mit einer Schicht Trüffel und einer weiteren Schicht Foie gras bedeckt.

Elend ergangen ist es mir außerdem mit einer Variante davon, dem Omelette Royal (dem noch Sahne beigefügt wird), und mit den konventionellen Tortillas mit sechs Eiern und einem Kilo Kartoffeln, die ich in ein Meer von Knoblauchmayonnaise tauchte oder in frischem Leberfett briet, das sich reichlich sammelt, wenn man die Leber auf den Grill legt, und das ich sammle, bis ich über eine ausreichende Menge verfüge, um eine meiner Völlereien zu veranstalten.

Wegen eines verqueren Reflexes auf eine so harmlose Mahlzeit pflege ich also bis zum heuten Tag eine Hassliebe zur Tortilla.

– 17 –

Catalina, meine untröstliche Freundin, besuchte mich anfangs jeden Tag. Sie war der einzige Mensch, der mit mir redete und mir Sachen erzählte. Ich hätte sonst was dafür gegeben, ihr klar machen zu können, dass ich sie hörte, dass ich sie verstand, dass ich jedes einzelne Wort von ihr aufsaugte.

Ich spürte ihren frischen und reinlichen Geruch, wenn sie neben mich trat, um sich zu verabschieden und, wie ich annehme, mir einen Kuss zu geben.

Mit der Zeit wurden ihre Besuche seltener. Bis sie eines Tages mit einem anderen Mann kam, ihn mir als ihren neuen Freund vorstellte und mich um Verständnis und Verzeihung bat. Das war das letzte Mal, dass ihre Stimme in meinem finsteren Brunnen erklang, auch wenn sie mir eine bittere Botschaft brachte.

Nachdem ich wieder ins Leben zurückgekehrt war, sah ich sie einmal in San Sebastián. Ich glaube, es war 1977. Sie sah mich nicht oder erkannte mich nicht. Sie spazierte mit drei kleinen Kindern, die alle dieselben spießigen Sachen trugen, den Boulevard entlang. Sie war völlig aus dem Leim gegangen.

Sexuell zog sie mich mehr denn je an.

Als wir ein Paar gewesen waren, hatte sie nicht mit mir schlafen wollen; sie wollte sich mir unberührt und erst nach der Hochzeit hingeben.

Wie Sie ja feststellen konnten, habe ich eine Schwäche für dicke Frauen. Das war nicht immer so.

Bevor ich für so lange Zeit in die Dunkelheit eintauchte, waren meine Vorlieben normal. Doch nach dreizehn Jahren in der Leere verwandelte ich mich in ein von Zwanghaftigkeit und Gewalttätigkeit beherrschtes Wesen (dem es nie schnell genug gehen konnte), so als wollte mein Unterbewusstsein die verlorene Zeit aufholen; fresssüchtig, dem Genuss, dem Exzess, der Ausschweifung, der Verschwendung und sogar dem Kitsch verfallen.

So wurde ich auch zum Alkoholiker.

Und seit damals habe ich nur die Dicken begehrt. Besser gesagt, ich habe nur mit dicken Frauen schlafen können; bei Frauen mit normalen Proportionen bin ich völlig impotent.

Mit einer einzigen Ausnahme, einer schmerzhaften und zugleich wunderbaren Ausnahme, von der ich Ihnen noch berichten werde.

Irgendwann einmal habe ich erwähnt, dass ich einen Hund hatte, ein von mir sehr geliebtes Tier. Genauer gesagt, war es eine Hündin, *Trüffel*, eine baskische Schäferhündin und schlau dazu. Ich gab ihr diesen Namen, weil sie sehr gut darin war, auf dem Feld diese köstlichen Knollen zu finden. Einmal nahmen wir in Soria an einem Wettbewerb teil, und *Trüffel* wurde Zweite.

In den ersten Jahren der Isolation leistete mir meine Hündin häufig Gesellschaft. Sie verbrachte viel Zeit in meinem Zimmer; ich hörte das Kratzen ihrer Pfoten auf dem Holzfußboden und merkte an den vertrauten Geräuschen ihrer Zungenschläge, dass sie mich leckte.

Bis sie eines Tages im Februar 1966 (durch das vermaledeite Radio meiner Mutter war mir das Verstreichen der Zeit schmerzhaft bewusst) verschwand.

Ich habe nie erfahren, was mit ihr passiert ist; in meinem Zimmer ließ niemand ein Wort darüber verlauten.

Denen, die mich vergiftet hatten, gab ich ebenfalls die Schuld am Verlust meiner Freundin und der Hündin; die Hassschraube machte eine weitere Umdrehung.

– 18 –

Auch wenn es kaum vorstellbar ist, verschlechterte sich meine Situation drei Jahre später, also 1969, noch.

Ich verlor endgültig das Zeitgefühl. Ich wusste weder, welches Datum wir hatten noch welche Tageszeit herrschte.

Später erfuhr ich, dass ich sechs Jahre in diesem Zustand verbracht hatte.

Wie sehr vermisste ich das Radio meiner Mutter, das wie ein Kalender für mich gewesen und mir zu Hause so auf die Nerven gegangen war! Ich vermisste sogar die Stimme der angeblichen Elena Francis, die wie eine frigide Lehrerin klang.

Meine Mutter war in dem Jahr gestorben. Sie war ins Krankenhaus gekommen, man hatte ein Krebsgeschwür diagnostiziert, und sie hatte diesen Ort nicht mehr lebend verlassen. Doch bis zum Jahr 1975 erfuhr ich nichts von diesem schmerzhaften Ereignis.

Das Einzige, was ich über meine dürftigen Kommunikationskanäle mitbekam, war, dass ich, nachdem meine Mutter die letzte penetrant riechende Tortilla in meinem Zimmer gegessen hatte (das war meine letzte Erinnerung an sie), einige Stunden später abgeholt und in einem Wagen an irgendeinen Ort gebracht wurde, den wir relativ bald erreichten.

Ich war in einer neuen Umgebung, mit völlig unbekannten Gerüchen und (sehr wenigen) Geräuschen.

Kaum zu glauben, aber es stimmt; in diesen sechs Jahren habe ich keine menschliche Stimme, kein einziges Wort von irgendjemandem vernommen.

In dieser Zeit verlor ich restlos den Verstand.

Die Gesichter meiner sechs Todfeinde, meines Onkels (vor allem meines Onkels), der Frau, der drei Männer und des Priesters, beschäftigten meinen Geist rund um die Uhr.

So mühelos, wie ich mich haargenau an ihr Aussehen erinnerte, so schnell vergaß ich es auch wieder. Ich prägte mir die wenigen Informationen ein, die ich über sie besaß, jedes Detail, das ich aus meiner diffusen Erinnerung hervorkramen konnte …

Mich befiel jedes Mal Panik, wenn ich eine Kleinigkeit, und war sie auch noch so unbedeutend, vergaß oder mich nicht gleich daran erinnern konnte. Und ich geriet völlig aus der Fassung, wenn ich sicher war, dass etwas endgültig dem Vergessen anheim gefallen und damit verloren war.

Im Geiste tötete ich sie Hunderte von Malen, einen nach dem anderen, auf viele verschiedene Arten, zu viele.

– 19 –

In dem Zimmer, dem Krankensaal, dem Asyl oder was es auch immer war (obwohl ich natürlich nicht allein war, schien niemand in meiner näheren Umgebung zu leben), bekam ich regelmäßig Besuch.

Ich spürte seinen Atem nah an meinem Gesicht.

Der unangenehme Körpergeruch – es roch irgendwie ranzig oder nach Zwiebeln – war mir nicht vertraut, aber auch nicht völlig fremd.

Es war ein Mann. Jedes Mal, nachdem er eine Weile schweigend bei mir verbracht hatte, atmete er tief durch und machte mit dem Mund Geräusche, wie jemand, der geknebelt worden war und zu sprechen versuchte: das typische »Mmmmm!« der Comicfiguren.

Wenn die Geräusche aufhörten, drang als Nächstes ein schwacher Geruch an meine Nase, ganz schwach und irgendwie vertraut, aber bestimmen konnte ich ihn nicht, obwohl ich mir das Hirn darüber zermarterte.

Es war ein Geruch, den ich manchmal als süßlich empfand, dann wieder erinnerte er mich an das Harz von Pinien oder Kastanien, die gerade vom Baum gefallen sind und die man schält … Sogar an rohes Rinderhackfleisch dachte ich.

Dann hörte ich, wie sich die Schritte des Besuchers entfernten.

Dieser rätselhafte Vorgang wiederholte sich Dutzende, ja, Hunderte von Malen.

Ich dachte, dass man mich vielleicht irgendeiner Kur unterzog und der Geruch von irgendeinem medizinischen Produkt herrührte. Eine andere Überlegung war, ob der Besucher mit einem Baby kam, da ich in einem bestimmten Moment immer dieses vertraute Geräusch vernahm, das kleine Kinder machen, wenn sie am Schnuller saugen.

In dem traumatischen Moment des Erwachens offenbarte sich mir augenblicklich, was da vor sich ging und wer mein Besucher war; ich erlangte das Bewusstsein nämlich in seiner Anwesenheit.

Die Sauggeräusche verursachte nicht eigentlich ein Baby.

Ich fühlte mich ganz plötzlich, als raste ich in einem Aufzug vom Grund eines Brunnens oder einer tiefen Schlucht nach oben, ohne dass sich die Dunkelheit einen Deut veränderte, bis dieses schwindlige Gefühl, in einem Aufzug zu fahren, abbrach. Dann geschah es: Ein weißer Lichtstrahl schoss mir durch den Kopf, und ich erwachte.

Und kaum war ich erwacht, noch immer blind, weil ich meine Augen so lange nicht gebraucht hatte, und ohne richtig Zeit zu haben, mir darüber klar zu werden, dass ich mein Körpergefühl wieder zurückgewonnen hatte, spürte ich, dass mir jemand eifrig den Schwanz lutschte und ich kurz davor war, zu kommen.

Nach und nach konnte ich wieder sehen.

Unter heftigen Nackenschmerzen hob ich ein wenig den Kopf; logischerweise lag ich ausgestreckt da. Ich bekam einen Orgasmus (ich war noch immer stumm und konnte nicht stöhnen, aber damals kam es mir vor wie der heftigste Orgasmus meines Lebens; normal, nach dreizehn Jahren auf dem Trockenen) und zugleich erschrak ich mich zu Tode.

Eine schwarze Masse war über meine Geschlechtsteile gebeugt und bearbeitete meinen Kolben.

Nach und nach konnte ich mehr erkennen.

Es war ein Priester in einer Soutane, der auf Knien verzweifelt meinen Schwanz lutschte und gierig meinen Samen schluckte, während er ungestüm masturbierte, in ein Taschentuch kam und in diesem Augenblick diese »Mmmmmmmmms« hervorbrachte, die nicht von einem Knebel herrührten, sondern davon, dass er den Mund voll hatte.

Ich muss mich bewegt haben. Erschrocken sprang der Priester auf. Wir befanden uns anscheinend in einem kleinen Raum, das Licht war gedämpft. Überrascht blickte er mich an, schluckte und rief: »Ein Wunder, ein Wunder!«, bevor er hinausrannte.

– 20 –

Jene sechs Jahre der Stille und des sexuellen Missbrauchs hatte ich in einem winzigen, fensterlosen Zimmer in einem der Nebengebäude der Kirche St. Ignatius von Loyola verbracht, der imposanten Barockbasilika bei Azpeitia, welche Macht und Einfluss der Jesuiten symbolisiert.

Das Gebäude, in dem ich beherbergt wurde, birgt, wie

die Auster ihre Perle, hinter seinen Quadermauern den mittelalterlichen Turm, in dem der heilige Ignatius, der Begründer des Jesuitenordens, der aus einer Soldatenfamilie aus dem Tal von Azkoitia stammte, geboren worden war.

Das Gebäude dient als Priesterseminar und Altersruhesitz für pensionierte Kirchenmitglieder. Meinem Freund Crescencio war es gelungen, mich in einem Kabuff im obersten Stock unterzubringen.

Als meine Mutter starb, ließ ihn sein Gewissen nicht ruhen; er fühlte sich irgendwie verantwortlich für mein Pflanzendasein, und da er ein einflussreicher Jesuit war, gelang es ihm, die regelwidrige Aufnahme eines Laien im Koma durchzusetzen.

Die Entdeckung, dass ich ziemlich gut gebaut war, muss ihn wohl auf die Idee gebracht haben, es als eine Art Freundschaftsdienst für Betreuung und Unterkunft anzusehen, wenn er mich systematisch abmolk.

Was denn sonst … Er glaubte ja auch, dass ich nichts davon merkte; jedenfalls wäre es eine Sache zwischen ihm und Gott.

Ich konnte mir nicht vorstellen, dass ich in meinem leblosen Zustand ejakulieren konnte. Wenn ich wenigstens die Orgasmen gespürt hätte, aber nicht einmal dieser Trost blieb mir in meinem Unglück.

Ich durfte so lange an der heiligen Stätte bleiben, bis ich mich völlig erholt hatte.

Der Arzt aus Azpeitia, der mich untersuchte, zuckte mit den Schultern und beschränkte sich darauf zu sagen: »Ein ungewöhnlicher Fall.«

Ich brauchte ein paar Tage, um die Stimmbänder zu aktivieren und die Sprache wiederzufinden, und viel länger, um wieder laufen zu lernen und die Muskulatur aufzubauen, die nach dreizehn Jahren Bewegungslosigkeit kaum noch vorhanden war.

Crescencio wich nicht von meiner Seite. Er fuhr mich mehrmals die Woche in seinem Wagen zur Rehabilitation ins Militärkrankenhaus nach Burgos (vergessen Sie nicht, dass ich zum Hauptmann der Infanterie ernannt worden war).

Er gab sich anhänglich und besorgt um mein Wohlergehen.

Zweifellos war er sich nicht sicher, ob ich das letzte Mal, als er mir einen geblasen und sich zum allerletzten Mal (glaubte ich damals jedenfalls) auf meine Kosten einen runtergeholt hatte, mitbekommen hatte. Ich ließ ihn in dieser Ungewissheit.

– 21 –

Es war grausam, mein neues Gesicht zum ersten Mal im Spiegel zu sehen. Das Gesicht eines Jungen von achtzehn, das sich in das eines Mannes von einunddreißig verwandelt hatte, mit vorzeitig ergrauten Haaren und Bart.

Während meines langen Schlafs hatte man mir also einen Bart wachsen lassen, aus Bequemlichkeit. Tatsächlich hatte ich häufig das vertraute Geräusch einer Schere nah an meinem Gesicht gehört, wenn man ihn gestutzt hatte.

Seit damals habe ich ihn nicht mehr abrasiert (bis auf die Zeit in Bordeaux); der Bart ist zu einem körperlichen Symbol geworden, einer Mahnung an meinen Schwur.

An jenem Tag weinte ich vor dem Spiegel verzweifelt um meine verlorene Jugend.

Die Welt um mich herum hatte sich verändert, und ich hatte nichts davon mitbekommen; weder von der Mondlandung 1969 noch von der Erfindung des Minirocks oder der Ermordung Carrero Blancos, den die ETA 1973 in die Luft gesprengt hatte.

Andererseits hatte Franco nach langem Todeskampf endlich den Löffel abgegeben, und zu diesem Zeitpunkt begann eine neue historische und politische Etappe für Spanien und das Baskenland, voller Hoffnungen und blanker Illusionen.

Mich aber kümmerte das alles nicht.

— 22 —

Crescencio schob das Gespräch, um das er nicht herumkommen würde, bis zum Tag vor meiner Abreise aus Loyola hinaus.

Er lud mich zu einem einsamen Spaziergang in der weitläufigen Parkanlage der Kirche ein.

»Als Erstes möchte ich mich bei dir bedanken, mein Sohn, dass du so taktvoll gewesen bist, es mir zu überlassen, das Thema anzusprechen …, Du weißt schon …

Der Moment ist jetzt gekommen…, da du uns morgen verlässt…, was mir, nebenbei gesagt, das Herz bricht. Ich habe dich sehr lieb gewonnen, Carlosmari… Aber nun gut; es ist an der Zeit, dir eine vernünftige Erklärung zu geben und dir die Wahrheit zu sagen über das, was 1962 geschah… Obwohl es eigentlich gar nicht viel darüber zu sagen gibt, so gnadenlos und durchschaubar war dieses schmutzige Manöver«, sagte er, während er sich nervös seine weichen Pfaffenhände rieb, die so gerne onanierten.

»In Ordnung, ich höre Ihnen zu, Pater. Aber bevor Sie irgendetwas sagen, sollen Sie wissen, dass ich für Sie nur Dankbarkeit empfinde und Ihnen keine Schuld gebe. Sie haben sich mir gegenüber großartig verhalten, man merkt einfach sofort, dass sie ein guter Mensch sind«, sagte ich, ohne eine lange Nase zu bekommen.

»Du bist es, der gut ist, mein Sohn, gesegnet seiest du. Du beschämst mich.«

Ich bemerkte, dass am Fuß einer Eiche Geräte von Tontxu, dem Gärtner, auf einem Haufen lagen. Wir waren noch immer völlig allein. Mit der großen Heckenschere hätte ich ihn erstechen, ja sogar enthaupten können (ich hatte Gewichte gestemmt und kräftige Armmuskeln bekommen). Doch ich verwarf die Idee. Wenn ich ihn jetzt ermordete, würde der Verdacht auf mich fallen, was mir eine lange Gefängnisstrafe einbringen und damit verhindern könnte, die anderen ebenfalls zu töten.

»Dein Onkel Patxi ist an allem Schuld«, fuhr er mit unverhohlener Dreistigkeit fort, »er hat dich und die anderen betrogen. Nur er wusste, dass es gar kein Gegengift gab… Er hat uns alle benutzt…, aber dich, Carlosmari, um einen furchtbar hohen Preis! Er hat dich geopfert, ohne mit der Wimper zu zucken ... Und dein armer Vater, der unglücklicherweise die Tintenfische gegessen hat ..., was für ein Verhängnis!«

»In den letzten Wochen hatte ich Zeit, über alles nachzudenken, und ich hatte mir schon so etwas gedacht, Pater ... Mein eigener Onkel, wie schrecklich.«

»Das ist es, zweifellos ... Aber ich bitte dich, ich flehe dich an, mein Junge, sei ein guter Christ und beschmutze deine unsterbliche Seele nicht, die auch noch so rein und schön ist, mit dem Wunsch nach Rache.«

»Ach, woher denn, Pater. Ich möchte einfach nur wieder ins Leben zurück und die verlorene Zeit aufholen; lernen, erwachsen zu sein, ein erfolgreicher Mann sein, vielleicht eine Familie gründen ... Außerdem ist Franco gerade gestorben ... Das alles gehört der Vergangenheit an ... Ich habe nicht die geringste Lust, mir den Rest meines Lebens wegen dieses Schufts kaputtzumachen. Ich schäme mich sogar für ihn, weil er zu meiner Familie gehört!«

»Diese positiven Gedanken ehren dich zutiefst, und sie zeugen von ausgesprochener Klugheit! Ich für meinen Teil habe mich von den politischen Eskapaden schon vor Jahren verabschiedet und mich ganz dem priesterlichen Leben und deiner Pflege verschrieben. Auch wenn mich keine Schuld trifft, habe ich mich für dich verantwortlich gefühlt, vor allem seit deine fromme Mutter nicht mehr da ist.«

»Nochmals vielen Dank, Pater! Erlauben Sie mir, Ihnen die Hand zu küssen.«

»Um Gottes willen! Nein! Ich bin es, der dir ... die Füße küssen müsste. Was bist du nur für ein sanftmütiger und nachsichtiger Mensch.«

Ich beschloss, das Ganze in eine andere Richtung zu lenken, nicht dass er noch scharf auf mich würde nach dem ganzen Gefasel über das Küssen.

»Eins wüsste ich allerdings gerne; was ist aus Onkel Patxi geworden?«

»Das weiß ich nicht genau. Nicht besser als alle anderen. Nach dieser Schandtat wollte ich nichts mehr mit ihm zu tun haben. Er ist ein paar Tage später aus Tolosa verschwunden ... Wie es scheint, ist er noch immer bei der ETA, beim militärischen Arm, die Polizei hat ihn auf der Fahndungsliste ... Er versteckt sich irgendwo, wahrscheinlich in Südfrankreich, und führt dieses wahnsinnige Leben aus Hass und Blutvergießen.«

»Umso schlimmer für ihn. Wer Gewalt sät, wird Gewalt ernten.«

»Amen.«

»Pater ...«

»Was, mein Sohn?«

»Als ich plötzlich aufgewacht bin«, Crescencio schluckte schwer, ich genoss es, »da habe ich ein weißes Licht gesehen und irgendwie eine große Freude verspürt«, er starrte auf den Kiesweg, »ein Wohlgefühl ... Ich hoffe, es ist keine Gotteslästerung, aber ich glaube, es war Gottes Gnade ... Ich glaube, dass Jesus ein Wunder an mir vollbracht hat, damit ich erwache ... Und dass auch ich mein Leben ihm widmen sollte ... In mir ist ein starker Glaube erwacht; es ist unbeschreiblich ...«

Der Lüstling seufzte erleichtert. Er nahm meine Hand. Vorsicht war geboten.

– 23 –

Ich verließ Loyola Ende 1976, nachdem ich Crescencio versprochen hatte, mit ihm in Kontakt zu bleiben. Er riet mir, meinen Glauben zu vertiefen, und bot mir seine Unterstützung an, falls ich ein religiöses Leben erproben wollte, nachdem ich ein wenig Lebenserfahrung gesammelt hatte.

Das war kein schlechter Trumpf, den er da im Ärmel hätte.

Ich kehrte nach Alzo zurück. Das Dorf hatte sich in all den Jahren kaum verändert. Meine Ankunft sorgte anfangs bei den Bewohnern für einen gewissen Aufruhr, und sie schwirrten um mich herum, doch schnell wurde ich Teil des eintönigen Dorfalltags, und bald ließen sie mich in Ruhe.

Auf dem einsamen Hof und dank der Pension für die Tapferkeitsauszeichnung (die abgesehen davon, dass sie jahrelang angespart worden war, sich mit den Zinsen in ein kleines Vermögen verwandelt hatte) hatte ich die nötige Ruhe, um nachzudenken, Informationen zu sammeln, Pläne zu schmieden und mit der geringen Lebenserfahrung eines achtzehnjährigen Jungen wie ein Einunddreißigjähriger leben zu lernen.

Da ich wusste, wo sich Crescencio und Patxi befanden, begann ich mit der Suche nach den anderen.

Drei waren noch am Leben.

Der aus Arceniega, Juan Carlos Fernández de La Polea alias *Alicate*, war wie Patxi Iramendi bei der ETA geblieben; er war einer von den wenigen Aktivisten aus Álava gewesen. Die Guardia Civil hatte ihn 1971 verhaftet. Er war 1973 an einem Schlaganfall im Gefängnis von Basauri gestorben. Wie schade.

Den anderen war es um einiges besser ergangen.

Josean Aulkitxo aus Bilbao war Profifußballer geworden und absolvierte mit dreiunddreißig seine letzte Spielzeit als Mittelstürmer bei Athletic Bilbao.

Die einzige Frau, Blanca Eresi, war eine berühmte Opernsängerin. Das Datum ihres nächsten Konzerts im Liceo in Barcelona stand bereits fest. Sie sang die Mimi in einer Inszenierung von Puccinis *La Bohème*.

Und der fünfte, den ich mir vorknöpfen würde, war ein wichtiger *burukide* in der Baskischen Nationalistischen Partei und rechnete sich angesichts der Legalisierung der Parteien und der anstehenden Wahlen Chancen auf eine Karriere als Politiker aus.

Gestatten Sie mir, Sie ein wenig auf die Folter zu spannen und Ihnen den Namen erst später zu verraten. Falls Sie es nicht sowieso schon erraten haben, wird es eine kleine Überraschung werden …

Nachdem ich die letzten Absätze von Astigarragas ungeheuerlichem Bekenntnis gelesen hatte, schossen mir widerstreitende Gedanken durch den Kopf.

Der erste und erschütternde: Mein Freund war ein Psychopath und Mörder. Nicht nur ein potenzieller Mörder; ein paar Seiten weiter, so viel schien sicher, würde er seine Taten schildern.

Die Erinnerung an den grausamen Tod von Josean Aulkitxo brachte meine Schläfen zum Pochen, und ich sah mich genötigt, den Rest Glenmorangie in einem Schluck hinunterzukippen.

Ganz zu schweigen von dem Verschwinden des Bischofs und seines jungen Sekretärs und den anderen Todesfällen, die man eher für Unglücksfälle gehalten hatte, was sie höchstwahrscheinlich gar nicht waren; der Tod von Patxi Iramendi bei einem Autounfall in Algerien – obwohl man schon damals gemunkelt hatte – und der der berühmten Sopranistin Blanca Eresi durch einen Herzinfarkt, der Ende der siebziger Jahre ihre brillante Karriere vorzeitig beendete.

Zweitens: Ich musste auf der Stelle den Mörder, der draußen frei herumlief, anzeigen.

Drittens: Ich konnte nicht aufhören zu lesen, die Geschichte faszinierte mich und schlug mich in ihren Bann.

Ich beugte mich vorläufig der letzten Möglichkeit.

Ich würde einfach weiterlesen und nichts überstürzen; ich musste sämtliche Informationen haben, bevor ich Alarm schlug.

Blieb eine schwache Hoffnung, dass Astigarraga aus irgendeinem Grund seinen Rachenplan nicht hatte in die Tat umsetzen können und dass z.B. Aulkitxos Tod von anderer Hand ausgeführt worden war.

Unwahrscheinlich, das war mir klar, aber möglich.

Und wer zum Teufel sollte dieser letzte Giftmischer sein, dessen Namen er mir nicht verraten hatte, dieser berühmte nationalistische Politiker?

Als Erstes hätte ich mir am liebsten Onkel Patxi vorgeknöpft, doch ich sah die Schwierigkeiten, da er sich als ETA-Mitglied in Frankreich versteckt hielt.

Crescencio war aufgrund unseres mystisch-erotischen Verhältnisses viel einfacher zu kriegen.

Außerdem hatte ich es auf ihn beinahe genauso sehr abgesehen wie auf Onkel Patxi.

Doch bevor ich mit meinem Rachefeldzug, den ich mir unzählige Male vorgestellt hatte, begann, versuchte ich, in aller Ruhe ein paar private Dinge zu regeln, wie zum Beispiel den Führerschein zu machen und mir ein wenig Wissen anzueignen.

Was Letzteres betraf, hielt ich es für sinnvoll, mir eine breite Allgemeinbildung zuzulegen, da ich es mit einem bunt gemischten Haufen zu tun bekommen würde. Ich kaufte den Espasa, die komplette Enzyklopädie. Ich brauchte fünf Jahre, bis ich Seite für Seite gelesen hatte.

Es gab außerdem noch andere Dinge, die keinen Aufschub mehr duldeten, wie zum Beispiel nicht mehr Jungfrau zu sein.

Ich nutzte einen Kurztrip nach Barcelona, um auch diese Reifeprüfung zu machen.

Ich wollte die Aufführung von Blanca Eresi im Liceo sehen. Ich ergatterte einen Platz in den vorderen Reihen und hörte mir *La Bohème* an. Da war Blanca, in der Rolle der sanften Mimi, der weiblichen Hauptfigur (bei der Sterbeszene konnte ich mir ein paar Tränen nicht verkneifen). Aus ihr war eine schöne reife Frau geworden, die, wie so viele Opernsänger, eine Neigung zum Dickwerden hatte. Ich fand sie ausgesprochen anziehend.

Sie bekam tosenden Applaus; sie musste eine schöne Stimme haben (ich muss gestehen, dass ich mich mit Oper nicht auskenne; ein hohes C klingt für mich fast genauso wie eine Schiffssirene).

Ich war ins Theater gegangen, weil ich meinen Hass auf eine konkrete Person richten wollte und nicht auf die vage Erinnerung an ein junges Mädchen im Jahr 1962.

Die gleiche Technik wandte ich bei Josean Aulkitxo an.

An einem Sonntag ging ich ins Stadion von San Mamés. Athletic Bilbao hatte ein Heimspiel gegen Real Madrid.

Gegen Ende des Spiels erzielte Josean mit einem Kopfball ein großartiges Tor, was Athletic den Sieg einbrachte und die Fangemeinde zu Begeisterungsstürmen hinriss.

Aulkitxo war der Prototyp eines Basken und in Bilbao ein äußerst beliebter Volksheld.

Doch zurück zu Barcelona, wo ich nach Verlassen der Oper durch das benachbarte Barrio Chino schlenderte.

Ein Schiff der amerikanischen Flotte musste angelegt haben, denn es waren ein Haufen Matrosen und Nutten unterwegs.

Es gab reichlich Auswahl.

Mir gefiel eine große Blondine, die vor einer Kneipe nach Freiern Ausschau hielt; sie war zum Anbeißen.

Allerdings trugen mich meine Füße fast gegen meinen Willen an der Blondine vorbei zu einer anderen Nutte, die in einer Kneipe einen Kaffee mit Cognac trank. Es war eine abstoßende Mitvierzigerin, verlebt und dick, ziemlich dick sogar.

Sie weigerte sich, den riesigen schwarzen BH auszuziehen. Auch ein paar scheußliche Strümpfe, die ihr bis zum Knie reichten, behielt sie an. Es war ihr egal, dass ich kein Kondom benutzen wollte.

Sie entjungferte mich eilig und lieblos in einer Absteige, die von einer roten Funzel beleuchtet wurde.

Die betörende Erinnerung an die üppigen Titten von Blanca Eresi, die sich in dem tiefen Dekolletee an einer lauten Gesangsstelle wölbten, an der ich ihr gerne in den schönen, lang gestreckten Hals gebissen hätte, halfen mir, mich von der billigen Nutte abzulenken und die Sache hinter mich zu bringen, ohne mich bis auf die Knochen zu blamieren.

Das war also meine erste traurige Nummer mit der ersten Dicken meines neuen Lebens.

In den fünfundzwanzig Jahren hat es eine Menge mehr gegeben, ein paar von ihnen praktisch uneinnehmbar und würdig, in einem Zirkus aufzutreten.

Am Tag darauf fand ich die große Blondine wieder. Ich ging mit ihr mit, und obwohl sie sich, motiviert von einer üppigen Entlohnung, ins Zeug legte und sehr geduldig war, war mit mir nichts anzufangen.

– 24 –

Den Rest des Jahres trieb ich mich herum, frönte dem Müßiggang und versuchte das Leben ein wenig zu genießen, völlig unberührt von den dramatischen politischen Umwälzungen, die Spanien erschütterten.

Damals erwachte meine Leidenschaft für Besäufnisse und wilde Feste.

Alte Bekannte aus Tolosa, die Sympathisanten der radikalen nationalistischen Sache waren, bestätigten mir, was mir der Jesuit über Onkel Patxis Mitgliedschaft gesagt hatte.

Die Polizei war davon überzeugt, dass Patxi Iramendi Ostiaga alias *Casimiro* (sein damaliger Spitzname) bei mindestens drei tödlichen Attentaten auf Polizisten im Jahr 1975 beteiligt gewesen war. Meine Informanten glaubten, dass ihn die Organisation damals, 1976, als Reserve in Frankreich versteckt hielt, um ihn nicht der Gefahr auszusetzen, die Pyrenäengrenze passieren zu müssen, da er außerdem als Einäugiger leicht zu identifizieren war.

Der unverschämte Kerl *Piporro* gab ihm, wie er mir selbst einmal erzählt hatte, als ich ihn in Bordeaux ertragen musste, den Spitznamen *Tartalo* (der Polyphem der baskischen Mythologie); der gefiel Patxi logischerweise besser als *Casimiro*, und er behielt ihn bei. Er muss Piporro irgendwann 1978 in Bayonne eingefallen sein.

Iñaki Zintzarri alias *Piporro* war damals Mitglied des blutrünstigen Kommandos Ziri-Ziri, das unter Patxis Befehl stand. Man hatte ihm eine Pause verordnet, weil er zu lange Zeit in Folge in der Gegend rumgeballert hat (ich habe gehört, dass jetzt die Etikettiermaschine der gefängniseigenen Genossenschaft seine Waffe sein soll).

Piporro erzählte mir, dass Onkel Patxi an jenem Tag so besoffen gewesen sei, dass ihm nichts Besseres einfiel, als sein Glasauge in den Pastis zu legen. Er vergaß es, schluckte es herunter und musste ein paar Tage lang durch ein Sieb scheißen, um es wiederzubekommen.

Ich reiste ein paar Mal nach Südfrankreich, um unauffällig das Terrain zu sondieren. Viele der flüchtigen ETA-Mitglieder, manche davon mit ihren Freundinnen oder

Ehefrauen, zeigten sich seelenruhig und in Gruppen in den baskischen Kneipen und Restaurants in Hendaye, Bayonne, St.-Jean-de-Luz oder Biarritz, vor den Augen der tatenlosen französischen Gendarmerie. Onkel Patxi war nicht dabei, und es gab auch sonst kein Lebenszeichen von ihm.

Ich hatte es nicht eilig.

– 25 –

Im Februar 1977 rief ich Crescencio an. Ich erzählte ihm, dass sich mein Glaube, seit wir uns vor einem Jahr getrennt hatten, gefestigt hätte und gewachsen sei; dass ich gerne, falls möglich, zumindest versuchen würde, ein Leben als Mitglied einer religiösen Gemeinschaft zu führen, als eine Art Novize.

Ohne Umschweife fragte ich ihn, ob ich für eine Weile in das Kloster von Loyola zurückkehren dürfte. Ich fügte doppeldeutig hinzu, dass ich ihn außerdem vermissen würde; ich merkte, dass ihm diese letzte Bemerkung sehr behagte.

Er wurde von Tag zu Tag überspannter.

»Ich vermisse dich ebenfalls sehr, mein lieber, lieber Carlosmari … Und dein frommes Verlangen, das klösterliche Leben kennen zu lernen, erfüllt mich mit Freude … Du wirst feststellen, dass es, wenn du mir den harmlosen Scherz erlaubst, ein milder, aber sehr gehaltvoller Wein ist, der den mystischen Durst vollständig löscht, sofern dieser echt ist … Unglücklicherweise kann deine Probezeit als Novize nicht in Loyola stattfinden. Das Sanktuarium ist dem Jesuitenorden vorbehalten. Dein langer Aufenthalt während deiner Krankheit und Genesung war eine Ausnahme, um die ich ganz schön kämpfen musste, obwohl ich nicht gerade das bin, was man einen treuen Soldaten Christi nennen kann … Oh je,« – er schoss über das Ziel hinaus –, »welch' Sünde, jetzt brüste ich mich auch noch damit! Gott möge mir verzeihen … Aber mir fällt da etwas ein, was fast noch besser ist … Einmal im Jahr ziehe ich mich für ein paar Tage zum Gebet und zur Andacht an einen wunderbaren Ort zurück, in das Kloster Estíbaliz, das ganz in der Nähe von Vitoria liegt. Eine romanische Perle, die unserer Jungfrau von Estíbaliz geweiht ist und von einer kleinen Gruppe ganz reizender Benediktinermönche geführt wird. Wenn du möchtest, kann ich es so einrichten, dass wir gemeinsam ein paar Wochen dort verbringen.«

Das klang nach heimlichen Flitterwochen, aber ich dachte, es könne der ideale Rahmen für ein perfektes Verbrechen sein.

Und das war es auch.

– 26 –

Das Kloster Estíbaliz liegt einsam auf einer Anhöhe über der Ebene von Álava, ein wunderschöner romanischer Bau, der sehr gut erhalten ist. Neben der Basilika ragt das Kloster auf, ein weitläufiges Gebäude, das einen Teil seiner Räume als Unterkunft für Pilger und bedürftige Obdachlose zur Verfügung stellt.

Im Mittelalter wurden vor der Kirche die so genannten »Gottesgerichte« abgehalten; das heißt, Duelle und Turniere, um miteinander abzurechnen, und die gewann, wem Gott beistand und Recht gab.

Ein Ort also mit einer alten Tradition des Blutvergießens, ganz im Einklang mit meinen Plänen.

In der Klosteranlage lebten das ganze Jahr über nur sieben Mönche. Sie taten dies jeder auf seine Weise und widmeten sich ihren persönlichen Leidenschaften, die recht schrullig und völlig unterschiedlich waren.

Der Abt, Pedro Ruiz de La Tajada, betätigte sich gerne als Maurer. Schon seit Jahren baute er Schweine- und Hühnerställe, die, wenn man die Proportionen berücksichtigte, so riesig wie mein berühmter Landsmann aus Alzo sein konnten. Außerdem hatte der Abt den Stall mit einem ausgetüftelten mechanischen System zur automatischen Schließung und Öffnung einzelner Koben und Käfige versehen, was für die dummen Hühner gefährlicher sein dürfte als das gigantische Kressemesser, das Leonardo da Vinci für Ludovico Sforza erfand, als er sein Küchenchef war, und das dieser mit bemerkenswertem Erfolg zum Einsatz brachte, um die französischen Invasoren abzuwehren.

Man erzählte mir, dass der Abt einen Probelauf mit ein paar hundert geliehener Vögel gemacht hatte. Die Türen klappten ohne Vorwarnung so fest zu, dass sie über der Hälfte der Tiere die Füße abschnitten und sie köpften – über ein Vierteljahr lang landeten diese in den Kochtöpfen der Mönche.

Pater Demetrio Kotxorro (einige waren Priester und andere Mönche), ein eifernder Nationalist und begeisterter Anhänger des ETA-Terrorismus, übersetzte Andersens Märchen ins Baskische.

Ein anderer schrieb mit einer mittelalterlichen Technik eine Miniaturhandschrift ab, die nicht größer als ein Päckchen Zigaretten war, wozu er merkwürdige Pinsel verwendete, die er aus seinen eigenen Haaren herstellte; ein anderer sammelte Steinblöcke, dito die immer gleichen Briefmarken der wenigen Post, die das Kloster bekam; ein anderer legte ein Register der unsortierten Bibliothek an, in der es alle möglichen Bücher gab, die allerdings von geringem Wert waren (mein Beschützer verriet mir in diesem Fall, dass sie in Wirklichkeit mit dem von dem Fischkleintransporter gemeinsame Sache machten und nach und nach die gesamten Bände an eine antiquarische Buchhandlung in Vitoria verhökerten); ein anderer war noch verrückter als die Übrigen und schrieb hanebüchene und ketzerische theologische Abhandlungen, die er, kaum dass sie fertig gestellt waren, auf Anweisung des Abtes im Küchenherd verbrennen musste; und der Letzte, der früher Soldat gewesen war (Unteroffizier der Intendantur), kümmerte sich, bevor er den Talar anlegte, um den Garten und die Küche und zerfetzte kleine Vögel mit einem Mausergewehr, das ihm sein Vater, ein Veteran der División Azul, geschenkt hatte und das er hütete wie seinen Augapfel. Er war ein exzellenter Schütze.

Das Essen war schlicht, aber schmackhaft und gut zubereitet. Aus den kleinen zerschossenen Vögelchen bereitete Bruder Marcial Lechuga, der ehemalige Unteroffizier, eine Fleischgemüsepastete, nach der man sich, wenn man von den Knochensplittern einmal absah, alle zehn Finger leckte.

Wie es die Regeln des heiligen Benedikt vorschreiben, dessen buntes (und scheußliches) Standbild den Vorraum zum Schlafsaal schmückte, wurden sämtliche Mahlzeiten schweigend im Refektorium eingenommen.

Entgegen allem, was man sich vorstellen könnte, wirkte dieser strenge Ritus angenehm entspannend und erlaubte es mir, dem nervtötenden Crescencio, der pausenlos auf mich einredete und mich nicht eine Sekunde in Ruhe ließ, zu entkommen.

Weder mittags noch abends fehlte jemals die Dreiviertelliterflasche pro Nase mit dem roten Rioja aus der Provinz Álava, der von ordentlicher Qualität war und der von keinem verschmäht wurde. Jede Mahlzeit, das Frühstück eingeschlossen, wurde mit einer Art »Verdauungsschnaps« beendet, einem Gläschen sechzigprozentigem Orujo aus eigener Herstellung. So gingen die Mitglieder dieser Bruderschaft in ein konstantes Alkoholwölkchen gehüllt ihren Beschäftigungen nach (jeder in seiner Ecke des Klosters, wobei sie sich nur selten über den Weg liefen).

Diese Trinkgewohnheiten waren der Startschuss für meine Laufbahn als Alkoholiker. Die großen Besäufnisse, die ich erwähnt hatte, waren bis dahin ganz selten gewesen.

Wie Sie feststellen können, war dies im Prinzip kein schlechtes Leben für einen Misanthropen. Was es verdarb, waren die regelmäßigen und vielfältigen religiösen Riten der Stundengebete, in die die Mönche den Tag einteilten (Frühmette, Laudes, Prim, Terz, Sext, None, Vesper und Komplet), die in der romanischen Kirche vollzogen wurden und an denen alle teilnehmen mussten, außer sie waren vom Abt davon befreit. Es begann mit der Frühmette, die mitten in der Nacht stattfand; als Nächstes waren die Laudes dran, noch vor Sonnenaufgang; und als Letztes das Komplet, gegen zehn Uhr abends nach dem Abendessen. Nachdem ich mich zu meinem Glauben bekannt hatte, musste ich sie natürlich auch über mich ergehen lassen. Nicht so Crescencio, der sich hin und wieder davonstahl.

In meinem ganzen Leben bin ich nicht so müde gewesen.

Zu jener Jahreszeit, dem harten Winter von Álava, waren der Jesuit und ich die einzigen Gäste. Auf dem Hügel lag ein Meter Schnee, und die Straße, die hinaufführte, war häufig unpassierbar.

Um mich dem aufdringlichen Crescencio ein wenig zu entziehen und die Langeweile zu vertreiben, bot ich meine Hilfe als Küchenjunge an. Doch musste ich dem Bruder Lechuga entweder unsympathisch sein oder er war lieber allein. Er war mir gegenüber abweisend und aggressiv, und abgesehen vom Tellerspülen durfte ich ihm weder zur Hand gehen noch konnte ich etwas von ihm lernen. Nach ein paar Tagen ließ ich mich nicht mehr blicken.

Crescencio Aizpurua war noch verrückter nach mir als ich angenommen hatte; oder wie man heute sagen würde, er war ziemlich scharf auf mich. Seine Äuglein funkelten unangenehm, wenn er bei mir war, und wie die Kameliendame seufzte er plötzlich auf und ließ es nicht bei flüchtigen körperlichen Berührungen, sondern nahm mich einen Augenblick bei der Hand, rieb meinen Schenkel oder legte mir den Arm um die Schulter.

Bis er eines Tages zu weit ging.

Es war ein sonniger Morgen, an dem der Schnee zu schmelzen begann und der Frühling die ersten Vorboten schickte. Zwischen der dritten und sechsten Stunde machten wir einen Spaziergang durch ein Wäldchen, das sich über einen Abhang des Hügels erstreckte.

Crescencio kniete plötzlich vor mir nieder, faltete seine Patschhändchen und gestand mir, dass er es nicht mehr aushielt; wenn ich ihn nicht augenblicklich sodomisierte, würde er verrückt werden.

Er war übergeschnappt, und sobald er damit herausgeplatzt war, wurde er hysterisch.

Seit unserer Ankunft in Estíbaliz waren bereits siebzehn Tage vergangen, und obwohl ich langsam die Nase voll hatte, hatte ich weder den richtigen Moment noch die passende Art gefunden, ihn mir vorzuknöpfen.

Es ist nicht einfach, einen Typen kaltblütig um die Ecke zu bringen, das kann ich Ihnen versichern. Nicht einmal einen wie den Jesuiten.

Ich blickte auf den Boden. Neben meinen Füßen war unter dem schmelzenden Schnee ein loser, dreieckiger Stein zu sehen, groß genug und scharfkantig.

Für die Mönche würde ich mir später schon eine Ausrede über den schrecklichen *Unfall* einfallen lassen.

»Einverstanden, wenn es dir so wichtig ist, werde ich es versuchen.«

»Du willst es wirklich tun? Oh, danke, danke ...«

»Erst musst du ihn mir schön hart machen«, sagte ich, ließ meinerseits die Hosen runter und kniete nun selbst hin, direkt neben dem Stein links neben mir. »Du weißt schon, was du tun musst ... Und nur so lange, bis ich dir Bescheid sage ...«

Er ließ den Baum los und kam wegen der Hosen, die auf seinen Fußknöcheln hingen, mit schnellen und komischen Trippelschritten auf mich zu.

Er ließ sich auf alle Viere nieder und machte sich an die Arbeit. Ich machte mich bereit, nach dem Stein zu greifen. Meine Finger berührten ihn. Ich betastete ihn, um zu sehen, wie ich ihn am besten packen konnte. Ich spürte, dass er glatt und feucht war. Noch einen Moment, dann würde ich ihm befehlen aufzuhören.

»Hör jetzt auf.«

Doch bevor er innehalten konnte, tauchte plötzlich ein anderer Stein auf. Er flog über unsere Köpfe hinweg, prallte gegen die Buche, die als Brautbett dienen sollte, und riss ein ordentliches Stück Rinde aus dem Stamm.

Oben am Abhang, in einer Entfernung von gut fünfzehn Metern, tobte Marcial Lechuga vor Wut und schüttelte die Fäuste.

»Dreckschwein! Arschloch! Das wirst du mir büßen! Es war also nicht, was ich dachte, hä?«

Sprach's, spuckte in unsere Richtung aus und stürzte davon.

Bruder Lechuga war um die vierzig, hatte einen aufbrausenden Charakter, einen kräftigen Körperbau, war stark behaart und nicht eben hässlich. Und wenn das mit der Entsprechung der Nasengröße stimmte, war er möglicherweise ebenfalls nach Crescencios Geschmack bestückt. Sobald wir uns angezogen hatten, zwang ich ihn, die Karten auf den Tisch zu legen.

Lechuga und er waren seit Jahren Liebhaber, seit dem ersten Besuch von Aizpurua in Estíbaliz. Und in den Nächten, in denen ich ihn zurückwies, tröstete sich mein lüsterner Priester in der Zelle des Kochs, der seit meiner Anwesenheit ziemlich eifersüchtig war; daher auch seine Feindseligkeit mir gegenüber und das finstere Gesicht, das er beim Zwiebelhacken zog. Mit seiner jesuitischen Zungenfertigkeit gelang es Crescencio, ihn zu beschwichtigen und ihn halbwegs davon zu überzeugen, dass zwischen uns nichts war.

»Keine Angst. Er wird uns nicht verraten ... Wenn es dir recht ist«, und mir war es recht, »reisen wir morgen vor dem Frühstück ab, aber erst nach der Eucharistie, die ich zur ersten Stunde abhalten muss. Der Abt hat mich darum gebeten und ich möchte ihn nicht verärgern ... Ich werde ihm heute Abend irgendwas erzählen, was unseren vorzeitigen Aufbruch erklärt.«

Er gestand mir, dass ihn das alles quälte: die Homosexualität und die Wollust, die ihn beherrschte; in permanenter Todsünde zu leben und das Keuschheitsgelübde nicht einzuhalten.

Ich glaubte ihm kein Wort.

»Allen Aizpurua ist es stets schwer gefallen, nicht gegen das sechste Gebot zu verstoßen ... Sogar meine Schwester, die Nonne bei den Karmeliterinnen ist, hatte ein uneheliches Kind mit dem Beichtvater und ein Verhältnis mit der Vorsteherin … Doch hege ich die Hoffnung, dass unser Herr in seiner unendlichen Weisheit und Güte mir diese Sünden verzeihen wird … Denn mit dir begehe ich sie aus wahrer Liebe, Carlosmari … Ich habe mich unsterblich in dich verliebt und habe nicht das Recht dazu … Und erwarten kann ich auch nichts … Ich merke doch, dass du nur aus Dankbarkeit mitmachst … Dass du nur mit mir schläfst, weil ich dich darum gebeten habe«, kalt, ganz kalt, »aber ich nehme es hin; und wenn du mir lieber ins Gesicht spucken würdest, würde ich gierig deinen Speichel lecken … Ich liebe dich so sehr …«

Sonst drehten mir seine melodramatischen Tiraden schon den Magen um, doch diesmal verursachten sie mir echte Übelkeit.

Ich gestattete ihm, mich zu umarmen und sich wieder einmal an meiner Schulter auszuheulen.

Mit Bedauern betrachtete ich ein letztes Mal den Stein, den ich nun nicht mehr benutzen würde.

Ich überlegte, ob ich nicht ein Taxi rufen und so schnell wie möglich von dort verschwinden sollte, doch dann hatte ich die Idee, ihm am nächsten Tag auf der gemeinsamen Rückfahrt vorzuschlagen, gemütlich über Land zu fahren und ihm dabei, wenn auch mit unverhohlenem Widerwillen, anzubieten, das zu vollziehen, was wegen Lechugas plötzlichem Erscheinen abrupt geendet hatte.

Es blieb abzuwarten, ob sich so endlich die passende Gelegenheit bieten würde, den Fall Aizpurua abzuschließen …

Doch es sollte nicht sein.

Trotzdem bestellte ich ein Taxi und verschwand, um den Rest des Tages allein in Vitoria zu verbringen. Ich wollte dem eifersüchtigen Lechuga nicht über den Weg laufen. Ich kehrte zurück, als sie das Gebet des Komplets beendeten, unmittelbar vor Schließung der Türen.

Am nächsten Morgen stand ich rechtzeitig auf, um vor dem Frühstück zur Messe zu gehen, die Crescencio abhalten sollte. Seit unserem pornografischen Schwank in dem Wäldchen hatte ich kein einziges Wort mit ihm gewechselt.

Ich betrat die Kirche als Letzter. Alle hatten bereits ihre im Halbrund hinter dem schlichten Altar angeordneten Plätze eingenommen. Ich war der Einzige in Zivil und saß immer auf einer der Kirchenbänke; ich setzte mich in die erste Reihe.

Sofort fiel mir auf, dass Lechuga nicht da war.

Crescencio begann mit der Messe. Er war der Liturgie entsprechend mit der bestickten Kasel bekleidet. Der Blick, den er mir zuwarf und den die anderen nicht sehen konnten, war wie von einem Lamm, das zur Schlachtbank geführt wird.

Ich bemerkte, dass der Abt mit Pater Demetrio Kotxorro flüsterte. Kotxorro verließ daraufhin die Kirche; bestimmt sollte er nach dem abwesenden Lechuga sehen.

Die kurze Messe ohne Predigt ging ihren Gang. Kotxorro kam nicht zurück.

Doch plötzlich, während der Wandlung, als alle knieten und Crescencio die Hostie in die Höhe hielt, kam durch das Hauptportal am anderen Ende der erschrockene Pater Kotxorro hereingestürzt. Er schrie:

»Achtung! Er ist verrückt geworden! Er hat ein Gewehr!«

Für mehr blieb ihm keine Zeit. Man hörte den dumpfen Knall des Mausergewehrs, und mit durchbohrtem Herzen stürzte der Mönch tot zu Boden.

Die anderen Mönche erhoben sich, Crescencio mit der Hostie in der Hand rührte sich nicht und ich warf mich auf den Boden und kroch unter die Bank.

Bruder Lechuga stürmte mit langen Schritten in die Kirche und hantierte am Gewehrschloss, um eine neue Patrone in das Lager zu schieben.

Die leere Hülse fiel klirrend wie eine Münze auf den Steinfußboden.

Er rückte bis in die Mitte des Kirchenschiffs vor, riss das Gewehr nach oben und zielte auf den Altar. Er trug seine alte Feldwebeluniform der Infanterie und hatte sich einen langstieligen rostfreien Schaumlöffel an den Gürtel gehängt.

»Keine Bewegung! Sonst mach ich Euch fertig!«

Keiner rührte auch nur den kleinen Finger.

»Dem verdammten Kotxorro hab ich eine verpasst, weil er ein Separatist und Sympathisant dieser ETA-Schweine ist ... Und dir, Crescencio, schieße ich ein Loch in den Kopf, du weißt schon, wofür ... Was ich da gesehen habe, ist unerträglich ... Dem Feldwebel Marcial Lechuga Zancajo setzt nicht einmal Jesus Christus ungestraft die Hörner auf!«

»Marcial! Um Gottes Willen! Dreh doch nicht gleich durch, nur weil ich einmal schwach geworden bin ... wegen einer so dummen Geschichte, die nichts zu bedeuten hat ... Du weißt, dass du der Einzige bist, der zählt«, stammelte Crescencio, der die Hosen voll hatte.

»Mir platzt gleich der Kragen! Schamloser Lügner!«

»Mein Sohn, tu nichts Unüberlegtes und wirf die Waffe weg ... Mach dich nicht unglücklich, wir können das doch regeln ... Wir wissen doch um dich ..., um uns ... Und wir verstehen dich und akzeptieren dich so, wie du bist«, sprach der Abt.

»Ich schieße!«

Crescencio unternahm einen letzten verzweifelten Versuch.

Da er die Hostie nicht losgelassen hatte, ergriff er sie nun mit beiden Händen, hielt sie vor sein Gesicht und sagte so feierlich, wie es die Situation erlaubte:

»Halt! Das befiehlt dir Gott in dieser heiligen Gestalt!«

»Ich scheiß auch auf Gott, wenn's sein muss. Du gehörst mir oder keinem!«

Die Detonation hallte vielfach durch das steinerne Kreuzgewölbe; die Kugel Kaliber 7,92 mm durchschlug die große Hostie genau in der Mitte und traf Crescencio, welch poetische Gerechtigkeit, in den Mund.

Doch die Vorführung war noch nicht beendet.

»Keiner rührt sich vom Fleck, das hier ist noch nicht vorbei!«

Der Sammler und der ketzerische Theologe hörten nicht auf ihn und nutzten den Moment, in dem er am Gewehrverschluss hantierte, um wie der Teufel, der hinter der armen Seele her ist, durch die Seitentür zu verschwinden.

»Du! Komm raus da! Du bist dran.«

Er meinte mich.

Langsam stand ich auf und machte mir in die Hosen.

»Du bist schuld an allem! Du hast ihm den Kopf verdreht!«

Als er auf mich anlegte, streifte sein Blick Crescencio, der kopfüber auf den Altartisch gefallen war; ein großer Blutfleck breitete sich auf dem weißem Tuch aus.

Er ließ die Waffe sinken und fing an zu schluchzen.

»Ich kann ohne ihn nicht leben.«

Dann ging alles sehr schnell.

Er stützte den Gewehrkolben auf den Boden, nahm den Schaumlöffel vom Gürtel, packte ihn am vorderen Ende, stieß sich die Mündung des Gewehrlaufs in den Mund, drückte den Abzugshahn mit dem Griff des Schaumlöffels und blies sich den Kopf weg.

Diese endlose Taxifahrt macht mich fertig.

Wir kommen zwar zügig voran, aber irgendwie nimmt diese Straße kein Ende.

Als würden Raum und Zeit sich hier drin ausdehnen oder ihre Gültigkeit verlieren.

Was für ein Quatsch.

»Wieso sind wir noch nicht da? Ich begreife das nicht.«

»Das ist vorerst auch besser so«, der Taxifahrer spricht in Rätseln.

Er hat seinen galizischen Einschlag verloren, und seine Aussprache klingt auf einmal neutral und frei von jedem Akzent.

Ein unerklärliches Phänomen, das ich hinnehme wie eine Sinnestäuschung. Auch dass er sich auf einmal so merkwürdig anders verhält, nehme ich mit einer Gelassenheit hin, die mich überrascht.

»Das ist alles so unwirklich«, dachte ich laut.

Der Taxifahrer hat mich bestimmt gehört, sagt aber keinen Ton.

Endlich sind wir am Ende der Avenida de la Autonomía angelangt. Das Krankenhaus von Basurto ist ganz in der Nähe, nicht einmal fünfhundert Meter entfernt.

»Erinnern Sie sich, das ist das Beste, was Sie in Ihrer Si-

tuation tun können«, ich begegne den Augen des Taxifahrers im Rückspiegel.

Auch sein Blick hat sich verändert; er ist härter und wirkt zeitlos oder irgendwie alt.

Er macht mir Angst.

Ich weiß nicht, warum, aber ich gehorche ihm ohne einen Mucks.

– 27 –

Crescencio hatte Glück und überlebte die Schussverletzung. Ich war froh. Ich wollte zwar, dass er starb, aber durch meine Hand, nicht durch die eines anderen. Es hatte mich schon genug geärgert, dass Fernández de la Polea im Knast einem Gehirnschlag erlegen war.

Wie bereits erwähnt, traf die Kugel den Jesuiten in den Mund, zerstörte ein paar Zähne, zerfetzte ihm die Zunge und trat am Hals wieder aus, ohne einen Nackenwirbel und damit das Rückenmark zu treffen. Es dauerte, bis er wiederhergestellt war, aber außer einer Narbe auf der Unterlippe und einem Lispeln, das seine geschwollenen Reden noch lächerlicher machte, wie ich Jahre später feststellen konnte, war nichts geblieben.

Ich besuchte ihn nicht, sondern verschaffte mir die Informationen über Dritte.

Sobald er genesen war, verschwand er von der Bildfläche. Er ergatterte eine Assistentenstelle für ein Seminar über mystische spanische Literatur in Notre Dame, einer bekannten katholischen Privatuniversität in der Nähe von South Bend in Indiana, USA.

Die Beute war entkommen und nicht mehr greifbar. Ich machte gute Miene zum bösem Spiel, denn früher oder später würde sie zurückkommen. Wenn nicht, müsste ich eben über den großen Teich, um sie wieder einzufangen.

Ein guter Jäger, der zugleich ein Feinschmecker ist, verspeist seine Beute selbst, und er tötet die köstliche Waldschnepfe mit dem ersten Schuss. Wenn es nicht klappt, schießt er kein zweites Mal. Er weiß nämlich, dass der Vogel aus Angst scheißt und so wichtige Körpersäfte verliert, die für seinen wunderbaren Geschmack entscheidend sind.

Auch wenn es meinen Stolz verletzte, musste ich mir, nachdem ich beim ersten Schuss versagt hatte, eingestehen, dass ich ein noch unerfahrener Jäger war.

Aber ich würde dafür sorgen, dass ich meine miese jesuitische Waldschnepfe beim nächsten Mal mit vollen Därmen antraf, und ich würde hübsch darauf achten, den entscheidenden Schlag, der genau und tödlich sein müsste, nicht zu verpatzen.

Das schwor ich mir.

– 28 –

In der Zwischenzeit war Josean Aulkitxo aus Altersgründen bei Athletic Bilbao ausgeschieden und hatte eine neue Laufbahn als Trainer eingeschlagen.

Er betreute einen Club der 1. Regionalliga, Vasconia Basauri. Das war ausgerechnet der Ort, an dem *Alicate*, der Typ aus Álava, im Gefängnis gestorben war.

An einem Sonntag Anfang Mai spazierte ich durch Bilbao und entdeckte zufällig das Twins und die exzentrischen Rigoitia-Zwillinge.

Am Nachmittag fuhr ich, schon ein wenig blau, in die Gegend von Basauri, um mir ein Spiel von Joseans Mannschaft gegen ein paar Kantabrier von Sociedad Gimnástica de Torrelavega anzuschauen.

Schwer zu sagen, wer brutaler war.

Am Ende der ersten Halbzeit stand es zwei zu zwei, und man hatte bereits drei Verletzte vom Basoselai, Vasconias Fußballplatz, getragen. Die Fans von Basauri, die denen von Torrelavega zahlenmäßig überlegen waren, gerieten langsam in Rage; zwei der drei Verletzten waren aus ihrer Mannschaft.

Aulkitxo saß mit seinen Ersatzspielern und dem Masseur in einem makellosen perlgrauen Anzug auf der Bank. Man konnte ihm seine schlechte Laune anmerken; fortwährend schrie er den Spielern etwas zu, gestikulierte wie ein Verrückter, und seine Krawatte bekam Schweißflecken.

Nach zwanzig Minuten der zweiten Halbzeit stand es drei zu zwei für Gimnástica, und die Atmosphäre war gefährlich aufgeladen.

Plötzlich schoss Vasconias Mittelstürmer Zaildura, ein Bauer, der berühmt dafür war, rohe Kartoffeln mit der bloßen Hand zu zerquetschen, nach einem konfusen Spielzug ein Tor.

Der Platz tobte. Doch der arme Schiedsrichter kam auf die dumme Idee, das Tor wegen Abseits nicht gelten zu lassen. Daraufhin flogen alle möglichen Wurfgeschosse auf den Rasen. Der Schiedsrichter, ein Zwerg, dem diese Vorgänge vertraut zu sein schienen, lief in die Mitte des Spielfelds, um sich vor den Werfern in Sicherheit zu bringen; allerdings nicht vor Zaildura, der ihn mit einem Hieb niederschlug.

Die kantabrischen Spieler wollten dem Schiedsrichter zu Hilfe eilen und griffen die aus Basauri an.

Die vier Grauuniformierten, die man abgestellt hatte, um für einen zivilisierten Ablauf der Begegnung zu sorgen, stürzten sich ebenfalls mit dem Schlagstock in der Hand mitten ins Geschehen. Einer von ihnen blieb auf der Strecke, weil ihn eine wohlplatzierte Flasche außer Gefecht setzte (unerklärlicherweise trugen sie Mützen und keine Helme).

Ein Großteil der örtlichen Fans sprang auf das Spielfeld, um ihren Fußballkämpen zur Seite zu stehen.

Die Kantabrier, die sämtlich hinter ihrem Tor standen, griffen im Pulk an.

Auch Josean war bereit, sich ins Getümmel zu stürzen. Ich sah, wie er im Laufschritt und mit dem Bänkchen als Rammbock auf die Stelle zusteuerte, wo es am meisten Keile gab.

Einen Moment lang befürchtete ich, man würde ihn lynchen, doch viel Zeit hatte ich nicht, um mir Sorgen um ihn zu machen.

Mein Sitznachbar hielt mich wohl für einen unguten Gesellen, und als Zeichen seiner Sympathie für das Schlachtfeld nutzte er meine Wehrlosigkeit, als ich gerade den Cognacflachmann ansetzen wollte, und schlug mich mit einer Flasche San Miguel bewusstlos.

Anscheinend war ein solches Chaos bei den Regionalligaspielen nichts Ungewöhnliches, und nicht einmal die Sportpresse hielt es für erwähnenswert. Ich schloss daraus, dass Josean überlebt hatte.

Meine Kopfwunde musste mit drei Stichen genäht werden.

Ich schwor mir, nie wieder ein Fußballstadion zu betreten und setzte Josean auf den letzten oder vorletzten Platz meiner Liste.

– 29 –

Blanca Eresi, meine üppige Sopranistin, hatte sich in Madrid niedergelassen. Ich mietete eine kleine Wohnung in der Calle de Bravo Murillo und begab mich für unbestimmte Zeit in die Hauptstadt des Königreichs. Das geschah am 15. Juni 1977, als die ersten allgemeinen Wahlen seit einundvierzig Jahren stattfanden; ich muss wohl nicht erwähnen, dass ich nicht daran teilnahm.

Blanca feierte zu dieser Zeit als Gilda im *Rigoletto* Triumphe im Teatro de La Zarzuela.

Obwohl oder gerade weil sie mich sexuell stark anzog, sollte sie die Erste sein.

Ich sah sie eines Abends als Zuschauer in der Oper und am nächsten hinter den Kulissen. Sie hatte ein wenig zugenommen, war strahlend schön und verströmte etwas Wollüstiges.

Dank einer großzügigen Geldspende an den Bühnenchef, dessen Bekanntschaft ich in einer Bar in der Nähe des Theaters gemacht hatte, wo sich das Opernpersonal traf, gelang es mir, mich hinter die Bühne zu schmuggeln. Ich versicherte ihm, dass ich ein völlig harmloses Interesse verfolgte, nämlich unbemerkt zu beobachten, wie meine Lieblingssänger die Bühne verließen und betraten.

So konnte ich aus angemessener Distanz einem seltsamen Treiben zuschauen; der Bühnenchef verriet mir, dass es unter einigen Opernsängern ein Brauch, ja, fast schon ein Ritual war.

In der Pause zwischen dem ersten und zweiten Akt versammelten sich die vier Hauptakteure um einen kleinen runden Tisch hinter der Bühne, und während ihre Garderobieren ihnen halfen, die Kostüme zu wechseln und das Make-up aufzufrischen, spielten sie stehend mehrere Runden Five Stud Poker.

Ich fragte, warum sie es sich nicht in einer der Garderoben bequem machten, aber der Ritus, der nicht frei war von Aberglauben, schrieb vor, es direkt hinter der Bühne zu tun, und zwar im Stehen.

Blancas Schamlosigkeit überraschte und beeindruckte

mich. Ganz in das Spiel vertieft, zeigte sie sich ihren Kollegen und den zahlreichen Bühnenarbeitern in gewagter Unterwäsche, bis ihre Garderobenfrau sie mit einem prunkvollen Kleid aus irgendeiner Epoche verhüllte.

Der knappe Slip und der schwarze Spitzen-BH, aus denen das appetitliche und gebräunte Fleisch hervorquoll, trieben mir den Schweiß auf die Stirn und verursachten mir Herzklopfen.

Sie spielten nicht um Geld oder Jetons, sondern posaunten Dollarsummen heraus, die einer aus dem Chor eifrig notierte. Die erste Geige des Orchesters (wegen Ihrer Liebe zum Poker möchte ich Ihnen ein paar Details erzählen) teilte die Karten aus.

Die Partien folgten schnell aufeinander. Anthony Watercourse, der Bariton, der den Rigoletto sang, gewann meistens; mit erstaunlichem Glück bekam er mehrere Paare, und einmal gelang es ihm sogar, die anderen zu bluffen.

Bei Sparafucile, dem Mörder des Stücks, der von Domingo Cretona gesungen wurde, lief es ebenfalls nicht schlecht, und mit einem Drilling konnte er den höchsten Einsatz einheimsen.

Der Fürst von Mantua, der bekannte italienische Tenor Fusco Involtini, und Blanca hatten wirklich Pech; vor allem Blanca, die am Ende des Spiels die beachtliche Summe von zweitausendfünfhundert Dollar Schulden angehäuft hatte und um Revanche beim nächsten Zwischenakt bat.

Die Sopranistin war eine schlechte Verliererin und ließ ihre schlechte Laune an den Mitarbeitern aus, die ihr vor Öffnung des Vorhangs in die Quere kamen.

Mit ihren einsfünfundsechzig und der prächtigen blonden Mähne, die mit Haarspray zu einer lohenden Flamme aufgetürmt war, knallte sie wütend ihre Absätze auf die Dielenbretter, und ihre grünen Augen sprühten kalte Blitze; es war beängstigend.

Mein Schwanz wurde steif wie ein Pfahl.

Mit Blanca Eresi anzubandeln, kostete mich viel Zeit und Mühe. Und sobald ich es geschafft hatte, wurde alles nur noch komplizierter.

Gemeinsam mit ihrer Tochter, einem Mädchen von zwölf Jahren, das wie ihre Mutter zu Übergewicht neigte, und ihrer Garderobiere bewohnte sie ein Penthouse in einem eleganten Gebäude am Paseo de la Castellana. Sie lebte getrennt von ihrem Mann.

1977 wurde in Spanien das Glücksspiel legalisiert; ihre Leidenschaft galt nicht nur dem Pokern mit Kollegen. Sie verkehrte auch in einer riesigen Bingohalle in der Nähe ihrer Wohnung und im Kasino; für Roulette hatte sie eine ähnliche Leidenschaft wie Sie, Pacho. Außerdem aß sie jeden Mittag im Los Posos, einem pompösen Lokal in der Calle de Hermosilla, in dem es wie in den meisten Madrider Kneipen nur elenden Fraß in riesigen Portionen gab. Dort verputzte sie einen großen Teller Kartoffelsalat (man hätte ein Schlagloch damit füllen können), aß fast das ganze Brot auf, das zu dem Kleister gereicht wurde, und begoss das kulinarische Verbrechen mit diversen Gläsern eisgekühltem Casta Diva, einem süßen Weißen aus Alicante, der aus einer Art Moscatel de Alejandria gewonnen wurde.

In besagtem Lokal steckte sie zwischen jedem Bissen Kartoffeln, die in Fertigmayonnaise schwammen, Münzen in einen Spielautomaten; Dinger, die erst vor kurzem in den Kneipen aufgetaucht waren und Furore machten.

Sie war das, was man heutzutage als spielsüchtig bezeichnen würde; abgesehen davon war sie fresssüchtig, und das fast ausnahmslos nach Essen von miserabler Qualität.

Allerdings minderte in meinen Augen ihre Leidenschaft für schlechtes Essen, die ich bei jedem anderen als unverzeihliche Schwäche empfunden und die meiner Wertschätzung sofort Abbruch getan hätte (auch wenn ich noch weit davon entfernt war, ein Feinschmecker zu sein, war in mir die Leidenschaft für die gehobene Küche bereits erwacht), ihren Reiz nicht im Geringsten.

Nicht notwendigerweise ist man, was man isst.

Es geschah etwas Ähnliches wie das, was Xavier Domingo über die Schweine von Montánchez schreibt, die im Siglo de Oro die beliebtesten Schinken hergaben. Ihr spezieller Geschmack kam daher, dass die Vipern, die in dieser Region sehr zahlreich waren, einen wichtigen Bestandteil ihrer Nahrung bildeten.

Doch Blanca pflegte noch andere Leidenschaften intimer Natur, die mir gleichermaßen Genuss und Schmerz bereiteten.

Abgesehen von ihren beruflichen Verpflichtungen führte sie ein ruhiges Leben.

Manchmal ging sie mit einem pummeligen und etwas grobschlächtigen Typen in den Vierzigern aus, der ihr Freund oder Liebhaber sein musste. Ein paar Mal endete der Abend in seiner Wohnung, und sie blieb bis zum nächsten Morgen.

Ich fand heraus, wer der Galan war. Er hieß Lalo Cepillo und hatte den Ruf eines Raffkes und Emporkömmlings. Er war Blancas Agent.

Um mich der Diva zu nähern, schien es mir ratsam,

meinen Rivalen, Herrn Cepillo, vorher zu beseitigen.

Ich betrachtete es außerdem als Mutprobe. Wenn ich fähig wäre, jemanden, den ich nicht kannte und der mir nichts getan hatte, kaltblütig und ohne Händezittern zu ermorden, wäre ich auch dazu im Stande, mir die anderen fünf Halunken vorzuknöpfen.

Diese wahnwitzige Idee müsste Ihnen eigentlich beweisen, dass es nicht übertrieben ist, wenn ich behaupte, dass ich in den dreizehn Jahren in dieser körperlosen Finsternis völlig den Verstand verloren habe.

Um die Sache auf die Spitze zu treiben, nahm ich mir vor, ihn auf ganz direkte Art zu beseitigen, was meinen Mut noch mehr auf die Probe stellen sollte: von Angesicht zu Angesicht und mit einer Stichwaffe; Kaltblütigkeit war gefragt.

In einem Souvenirladen im Säulengang der Plaza Mayor, der auch Messer und Zinnsoldaten führte, kaufte ich mir ein großes Klappmesser aus Albacete, eine originalgetreue Nachbildung der Waffe, die von den Räubern in der Sierra Morena benutzt worden war.

Ein hübscher Zinnsoldat im Schaufenster, der den Karlistengeneral Zumalacárregui darstellte, erregte meine Aufmerksamkeit, bevor ich das Geschäft betrat. Wäre mein Vater noch am Leben gewesen, dann hätte ich ihm den General gerne geschenkt.

Bei einem Messerschleifer in der Calle Atocha wurde das Messer scharf gemacht.

Wenn er nicht mit Blanca verabredet war, verbrachte Lalo Cepillo die Abende mit ein paar anderen unangenehmen Zeitgenossen in der berühmten Cocktailbar Perico Chicote (das in seiner Qualität weit unter dem Twins lag). Von dort ging er um ein oder zwei Uhr morgens nach Hause, stets allein und ordentlich abgefüllt mit Cubalibre.

Wenn er konnte, dann parkte er seinen riesigen alten Mercedes in der Nähe des Chicote oder in einer der umliegenden Straßen der Gran Vía. An diesem Abend stellte er ihn im hinteren Abschnitt der Calle de la Reina ab, wo damals kaum Verkehr herrschte.

Dieser Lalo war ein Großmaul, und eines Abends hatte ich ihn im Chicote sagen hören, dass er sein Auto nie abschloss.

»Wer klaut schon diesen Panzer? Ist ja auch nichts Wertvolles drin, ich hab nicht einmal ein Radio … Diese Gauner sollen von mir aus die Tür aufmachen und sich in aller Ruhe davon überzeugen. So machen sie mir wenigstens nicht das Schloss oder die Scheibe kaputt.«

Also zog ich mir um Mitternacht ein paar Lederhandschuhe an, öffnete die hintere Wagentür und versteckte mich im Fußraum der geräumigen Kiste, indem ich mich hinter die Vordersitze legte. Ich war schwarz angezogen, hatte mir außerdem eine schwarze Kapuze über den Kopf gezogen und öffnete das Klappmesser.

Um fünf nach halb zwei näherten sich Schritte.

Die Fahrertür wurde geöffnet, doch als nächstes auch die Beifahrertür. Entgegen seinen Gewohnheiten kam Cepillo nicht allein; das machte die Sache kompliziert, und ich in meiner Aufmachung als Ninja mittendrin.

Cepillo war in Begleitung einer Frau. Nach der Stimme zu urteilen, war sie eine von diesen reiferen allein stehenden Frauen, die auf der Suche nach einem Rendezvous oder einem Freier ins Chicote kamen, wo viele von ihnen auf mehr oder weniger verdeckte Weise der Prostitution nachgingen. Diese hier wollte Sängerin werden; ihr Repertoire waren spanische Lieder, und Lalo wollte ihr mit seinen Beziehungen unter die Arme greifen. Eine schöne Scheiße war das, denn es war klar, wo das enden würde: im Bett, und zwar auf direktem Weg.

Natürlich hatte Lalo ihr als ersten Schachzug angeboten, sie nach Hause zu fahren; er war ziemlich betrunken und hatte eine schwere Zunge. Die Sängerin wohnte in San José de Valderas, in der Nähe der Carretera de Extremadura Richtung Alcorcón, also am Arsch der Welt. Man merkte, dass das Lalos Begeisterung ein wenig dämpfte. Aber da die Frau wohl zum Anbeißen sein musste, wollte er keinen Rückzieher machen und fuhr los.

Ich bat das Schicksal, dass er in seinem Zustand mit dem Mercedes keinen Unfall bauen möge.

Lalo lebte mit seiner Mutter in einem Häuschen in einer Siedlung von Majadahonda, einem einsamen und abgeschiedenen Ort, geradezu ideal, um ihm das Licht auszublasen. Doch da er nun in eine andere Richtung fuhr, musste ich mir unterwegs etwas einfallen lassen.

Wie sich herausstellte, war das mit dem Unfall nicht das Problem; Lalo fuhr im Schneckentempo, und es nahm kein Ende.

Ich wurde langsam ganz steif dort unten. Ich bekam einen Krampf im Bein, und fast hätte ich es nicht mehr ausgehalten; ich biss mir auf die Lippen, um nicht vor Schmerz aufzustöhnen. Es gelang mir nur mit Mühe, die beiden nicht auf mich aufmerksam zu machen.

Nach über einer halben Stunde kamen wir schließlich in San José de Valderas an, wo geschah, was ich am meisten befürchtet hatte.

Lalo stellte den Motor ab. Wo immer wir auch waren,

es herrschte absolute Stille. Nach dem, was ich erspähen konnte, war es ein Viertel mit hohen Wohnblocks.

Lalo fragte sie, ob er mit zu ihr kommen könnte.

»Tja ... Ich lebe bei meiner Mutter ... Und dann ist da noch das Kind ... Das soll keine Ausrede sein, Lalo, ja? Aber ... Ich weiß nicht ... Bei dem geräumigen Auto, das du hast ... Wenn du willst ...«

Er wollte.

Lalo klappte die beiden Sitze zurück, bis sie fast in der Horizontalen waren und ich darunter eingeklemmt wurde wie der Schinken in einem Sandwich. Ich hielt sogar den Atem an, damit sie mich nicht entdeckten, was nicht weiter schwierig war; ich bekam eh kaum Luft. In dieser beklemmenden Situation war mir, als fiele ich wieder ins Koma oder als hätte man mich lebendig in einem zu kleinen Sarg begraben.

Lalo versuchte, mit der Künstlerin eine Nummer zu schieben (wie aus den Bitten hervorging, lagen sie auf der Seite und sie sollte ihm ihren Hintern hinstrecken), doch es klappte nicht, der Alkohol verlangte seinen Tribut. Wenn ich es richtig mitbekam, hatte er schon Mühe, ihr den Slip auszuziehen, und bei diesem Gezerre muss seine schwach glimmende Lunte erloschen sein.

Lalo bat darum, die Stellung zu wechseln, um über das Versagen hinwegzutäuschen, aber es war nicht sein Tag.

»Es ist schon ziemlich spät, mein Schatz ... Wir treffen uns ein andermal, mit etwas mehr Zeit und Ruhe und an einem bequemen Ort, meinst du nicht? Ich geh jetzt besser ... Reich mir den Slip und gib mir einen Kuss ... Ruf mich bald an, ja?«

Armer Lalo. Es tat mir Leid, dass er als Entschädigung nicht einmal einen letzten Fick bekam, bevor er starb.

Die Frau stieg aus; ich hörte, wie sich das Absatzgeklapper entfernte.

Lalo betätigte die Hebel, um die Sitze hochzustellen. Ich richtete mich hinter ihm auf. Es war völlig still. Wir befanden uns weit draußen in einem schlecht beleuchteten, abgelegenen Viertel.

Lalo zündete sich eine Zigarette an und sprach mit sich selbst.

»Von wegen an einem anderen Tag mit mehr Zeit und Ruhe … Undankbares Miststück! Darauf kannst du warten, bis du schwarz wirst …«

Die Verkündung dieses prosaischen Entschlusses waren die letzten Worte von Lalo Cepillo.

Ich richtete mich hinter ihm auf, umklammerte mit meiner Linken mit eisernem Griff seine schweißbedeckte Stirn und schnitt ihm die Kehle durch.

Während ich dies niederschreibe, kommt mir jene kaum sichtbare Linie in den Sinn, die der Länge nach über Champagnerflaschen verläuft; es ist die Glasnaht, an deren Ende man mit einen Schlag mit dem Messer, sogar mit der Gegenschneide, die Flasche sauber köpfen kann.

Lalo gab ein widerwärtiges Röcheln von sich und ging fast augenblicklich über den Jordan. Von hinten zog ich ihm die Brieftasche heraus und nahm ihm die Uhr und den dicken Siegelring (der typische Zuhälteraufputz) aus dem selben Edelmetall ab, der am rechten Ringfinger prangte. An einem Jackettzipfel, der noch nicht blutgetränkt war, wischte ich die Klinge ab.

Für die Polizei wäre es nur ein weiterer Beweis für die mangelnde Sicherheit der Bewohner in den Außenbezirken.

Ich stieg aus dem Wagen und machte mich in aller Ruhe auf den Weg.

Ich ging ein paar hundert Meter, ohne mich übergeben zu müssen.

Niemand sah mich.

In Richtung Madrid lief ich zwei Stunden auf dem Seitenstreifen entlang der Carretera de Extremadura.

Am Stadtrand warf ich Lalos Sachen in einen Gully (allerdings nicht das Messer, das ich bis heute aufbewahre) und wollte von einer Telefonzelle aus ein Taxi rufen; der Hörer war abgerissen, doch brachte ich ein Taxi, das zufällig gerade vorbeifuhr, mit lautem Geschrei dazu, anzuhalten.

Kurz vor Tagesanbruch war ich wieder in meiner Wohnung in der Bravo Murillo und schlief bis in den Nachmittag hinein.

Ich weiß nicht, wie nah Blanca der Tod ihres untreuen Liebhabers ging. Ich nahm nicht an der Beerdigung teil, und sie fuhr wenige Tage später mit ihrer Tochter und ihrer Garderobiere in Urlaub; ich erfuhr nicht, wohin. Ich nutzte die Gelegenheit, um nach Alzo zu fahren und den August dort zu verbringen; die Hitze in Madrid war unerträglich. Anfang September kehrte ich zurück; sie war ebenfalls aus den Ferien zurückgekommen, und ich begann meinen Eroberungsfeldzug.

Zehn Tage in Folge schickte ich ihr rote Rosen nach Hause, gemeinsam mit einer Karte, die mit ein paar Tropfen des männlichen Dufts Agua Brava beträufelt war und auf die ich lediglich geschrieben hatte: »Dein heimlicher baskischer Verehrer.« Und darunter die Zeichnung eines *lauburu*.

Ende desselben Monats gab Blanca ein Solokonzert,

wieder im Teatro de La Zarzuela. Nach der Vorstellung, die ein großer Erfolg war, verschaffte mir mein Helfershelfer, der Bühnenchef, Zugang zu ihrer Garderobe. Diesmal hielt ich den Rosenstrauß mit der Karte selbst in der Hand. Ich war nicht der Einzige, der gekommen war, um der Diva zu huldigen.

Der Bühnenchef erklärte mir, dass die Garderobe voller Leute sei. Ich bat ihn, ihr den Blumenstrauß persönlich zu überreichen und ihr zu sagen, dass ihr heimlicher baskischer Verehrer an der Tür auf sie wartete.

Es war ein simpler Trick, doch er funktionierte, und ihre Neugier sorgte dafür, dass die Garderobe in wenigen Minuten leer war.

Die Garderobiere kam, um mich zu holen, bat mich, einzutreten, und ließ uns allein.

Blanca Eresi saß vor dem Spiegel. Sie war bereits umgezogen und sah phantastisch aus. Sie wandte sich mir zu, ohne sich zu erheben. Ich verbeugte mich, gab ihr einen Handkuss und stellte mich als Kepa Txotino aus Donostia vor.

»Wie Sie«, fügte ich hinzu, womit ich für uns beide log, denn Blanca war in Wirklichkeit aus dem hässlichen Rentería, doch gab sie vor, aus San Sebastián zu sein.

Ihr Lächeln verriet mir, dass ich ihr auf Anhieb gefiel, sehr sogar.

Ich hatte damit gerechnet und vertraute darauf. Ich gefiel den Frauen, das möchte ich ohne Arroganz behaupten.

Ich war dreiunddreißig, hatte einen muskulösen Körper von einsfünfundachtzig, und der kurze Bart und die grauen Haare verliehen mir einen gewissen distinguierten Ausdruck.

Die Alkoholexzesse hatten noch keine körperlichen Spuren hinterlassen, weder innerlich noch äußerlich.

Damals sah ich Ihrer geliebten Comicfigur Kapitän Haddock noch ähnlicher. Sie haben wirklich Recht damit; ich habe ihn mir in dem Band, den Sie mir geschenkt haben und der wirklich sehr unterhaltsam ist, ausgiebig angesehen.

Andererseits hatten das genaue Beobachten und Analysieren all dessen, was ich nach meinem Erwachen in der Welt entdecken konnte, aus mir einen gewandten Mann gemacht.

Für diesen besonderen Anlass schmierte ich mir Pomade ins Haar (der einzige Weg, es zu bändigen) und trug einen makellosen dunkelblauen Zweireiher, ein weißes Hemd und eine granatrote Krawatte.

Wie ich ebenfalls vorhergesehen hatte, erkannte mich meine Diva nicht. Das war nur logisch. 1962 hatten wir uns nicht öfter als dreimal gesehen, inzwischen waren fünfzehn Jahre vergangen (Blanca muss um die zweiundzwanzig, dreiundzwanzig gewesen sein; also ging sie 1977 auf die Vierzig zu) und ich war damals ein Kind gewesen, mit schwarzem Haar, das aussah, als hätte man es mit einer Axt geschnitten.

Blanca sagte ihre Verabredung ab und nahm meine Einladung zum Abendessen an. Die einzige Bedingung, die sie stellte, war, dass wir ins Lhardy gingen; der Konzerterfolg hatte sie hungrig gemacht, und sie hatte Appetit auf einen der berühmten und sündhaft teuren Madrider Kichererbseneintöpfe des Nobelrestaurants.

Nie zuvor habe ich jemanden so viele Kichererbsen essen sehen (und das zum Abendessen), eine Hülsenfrucht, für die ich nie viel übrig hatte. Ich stimme mit dem

Schriftsteller und Feinschmecker Alexandre Dumas darin überein, die Kichererbse (nach Galdós die mögliche Ursache für den spröden spanischen Charakter) für eine Art Knallerbse in der Größe einer großkalibrigen Musketenkugel zu halten.

In den beiden folgenden Wochen nahm sie meine Einladungen nur zweimal an. Meine Gesellschaft behagte ihr, was sie mir nicht verhehlte, doch sie war zurückhaltend und reserviert. Sie wollte Abstand wahren. Man merkte, dass sie ängstlich war und zögerte, eine neue Liebesbeziehung einzugehen.

Ich gab mich geduldig, spielte das Spiel mit und versuchte nicht, mich ihr körperlich zu nähern; ich spürte, dass sie es für verfrüht und unpassend gehalten hätte. Sie würde bestimmen, wann sie Sex haben wollte; alle Frauen tun das, außer sie geben sich aus Mitleid hin.

Obwohl ich es mir natürlich wünschte und es mich eine Menge Selbstbeherrschung kostete, mich zurückzuhalten.

Ich muss gestehen, dass ich mehr Lust hatte, sie ins Bett zu kriegen als sie umzubringen.

Blanca Eresis Charakter und Persönlichkeit waren sehr widersprüchlich. Sie war herrschsüchtig, launisch und dominant, und sie musste jedem zeigen, dass sie das Sagen hatte; noch bei den kleinsten Kleinigkeiten musste sie das letzte Wort haben. Doch sie konnte auch charmant, rücksichtsvoll und liebenswürdig sein, sie hatte eine Ader für beißende Ironie, die häufig in Sarkasmus umschlug. Sie war nicht besonders intelligent, aber auch nicht dumm. Manchmal irritierte sie mich ein wenig, aber insgesamt mochte ich ihre Art; im Laufe der Jahre bin ich ihr ähnlich geworden (ich sehe sie vor mir, wie sie mit dem Kopf nickt).

Im Verlauf des Septembers und zu Beginn des Oktobers trafen wir uns regelmäßig, doch ohne einander näher zu kommen.

Bei einem unserer Treffen wollte sie unbedingt zur Arena von Las Ventas, um sich einen Stierkampf anzuschauen. Sie war begeistert von diesem Spektakel und genoss es. Auf diese Weise entdeckte ich ihre grausame Seite. In dem Moment, als der Stier den Todesstoß bekam, wurde sie sichtbar erregt; sie packte mich so fest am Arm, dass es mir wehtat, und ihre Augen glitzerten, ich würde sagen, lasziv.

Ich besuchte zum ersten Mal eine Stierkampfarena, und wie auf dem Fußballfeld, wenn auch aus anderen Gründen, schwor ich, es nie wieder zu tun. Ich fand, es war ein lächerliches Schauspiel von sinnloser und unerträglicher Grausamkeit; wie eine Blutorgie in einem Dorf, das in der Steinzeit stecken geblieben ist.

Und kommen Sie nicht auf die Idee zu denken, dass dies für einen Mörder ein seltsames Urteil ist; diese beiden Dinge haben nicht das Geringste miteinander zu tun.

Blanca hegte noch immer ein gewisses Nationalgefühl, was sich in der Praxis auf sporadische Besuche bei einem baskischen Heimatverein in der Nähe der Glorieta de Bilbao beschränkte, ein schrecklich kitschiger *batzoki*, wo sie Ehrenmitglied war und gemeinsam mit den anderen Mitgliedern Fressorgien veranstaltete, die mit glühend vorgetragenen Chorgesängen aus dem klassischen Repertoire eines *txoko* endeten.

Einmal ging ich mit. Allein und a cappella sang sie unter dem Jubel der anderen Patrioten, die darunter litten, fern der Heimat zu leben, den *Agur Jaunak*, wobei sie die rechte Hand auf den üppigen Busen über ihrem Herzen legte und ein paar echte Tränen vergoss.

Selbstverständlich hatte ich in ihrer Gegenwart das baskischste Herz von allen und war ein größerer Nationalist als Sabino Arana.

Ich hatte ihr erzählt, dass ich vom Familienerbe lebte und für unbestimmte Zeit ins freiwillige Exil nach Madrid gegangen sei, um über eine unglückliche Liebe hinwegzukommen, die am Strand von Donostia geendet hatte.

Diese Lüge gefiel ihr, und sie machte den ersten Schritt in meine Arme. Sie küsste mich sanft auf die Lippen und sagte zärtlich:

»Wie kann jemand nur so dumm sein, meinem charmanten und hübschen Kepatxo die Zuneigung zu verweigern, die er verdient?«

Wir saßen in einem Separee im Restaurant El Marranito in Chamberí, wo wir ein gegrilltes Spanferkel verspeisten, das von seinem Wurf das gierigste beim Saugen der Muttermilch gewesen sein musste.

Ein dünner Fettfilm umgab ihren sinnlichen Mund und machte unseren ersten Zungenkuss ganz schlüpfrig.

Als wir mit dem Essen fertig waren, schlug ich ihr vor, bei mir noch ein Glas zu trinken. Sie lächelte mit einem hinterlistigen Ausdruck, bevor sie antwortete:

»Ich habe auch Lust darauf, mit dir zu schlafen. Ich glaube, es ist langsam an der Zeit … Doch soll das Schicksal entscheiden … Oder besser deine Intuition.«

Sie nahm einen ihrer mit Brillanten besetzten Smaragdohrringe ab, versteckte die Hände hinter dem Rücken und streckte mir dann ihre Fäuste entgegen.

»Wenn du errätst, in welcher Hand der Ohrring ist, schlafen wir heute Nacht miteinander.«

»Und wenn nicht?«

»Bestrafe ich dich, weil du ein Spielverderber bist.«

Ich tippte auf die Rechte; der Schmuck war in der anderen Hand.

Blanca rauchte nicht, ich ja. Es war die Zeit, in der ich eine an der anderen ansteckte. Sie nahm mir die Zigarette aus der Hand, pustete in die Glut und drückte sie mir auf dem Handrücken aus; sie brachte mir eine ansehnliche Brandwunde bei.

Mir blieb kaum Zeit, ihr zu sagen, dass sie verrückt sei, und einen Fluch auszustoßen. Sie meinte, dass es ihr Leid täte und dass sie es sich nicht hätte verkneifen können, nannte mich Liebling, küsste mich leidenschaftlich, stand auf und ging.

Am nächsten Tag rief sie mich an, um mich zu fragen, ob ich ihr den »kleinen Ausrutscher« verziehen hätte und ob ich sie zu mir zum Abendessen einladen wollte.

»Ich möchte gerne ein einfaches und schnelles Abendessen. Nichts, was uns lange davon abhält, uns dem Dessert zu widmen. Einverstanden?«

Sie trug einen Trenchcoat, der ihr bis zu den Knöcheln reichte und dessen Gürtel sie verknotet hatte; in der Hand hatte sie eine Plastiktüte. Sie weigerte sich, abzulegen und mir zu verraten, was in der Tüte war.

Um ihr zu zeigen, dass ich noch immer wütend war, war ich ihr aufs Wort gefolgt, und das Abendessen bestand lediglich aus einer Tortilla (allerdings anders als die, die meine arme Mutter zubereitet hatte). Das einzige Zugeständnis war eine Flasche ihres geschätzten Casta Diva in einem Kühler. Ich wollte auch nicht zu weit gehen und am Ende auf den Spaß verzichten müssen.

Von der Tortilla war sie begeistert. Sie verschlang ihre

Hälfte und einen guten Teil von meiner mit der Geschwindigkeit, in der ein Pottwal eine Garnele verschluckt. Die Entdeckung, dass ich mich in der Kunst des Kochens übte, erhöhte meine Chancen, ihr Liebhaber zu werden.

Nachdem sie aufgegessen hatte, küsste sie die Brandwunde auf meiner Hand und zeigte mir, was sie in der Tüte hatte. Es waren das Fragespiel *Trivial Pursuit* und eine kleine Reitpeitsche.

»Diesmal ohne As im Ärmel. Wenn du beim *Trivial Pursuit* gegen mich gewinnst, vögeln wir. Und wenn ich gewinne, werde ich dir ein Dutzend Peitschenhiebe auf den Hintern geben … den ich, ehrlich gesagt, ziemlich gerne sehen würde … Mach mit oder lass es sein.«

Sie war nicht blutrünstig, sie war eine reichlich phantasielose Sadistin. Sie konnte nur zum Orgasmus kommen, wenn sie ihrem Partner wehtat oder ihn erniedrigte oder beides auf einmal. Doch masochistisch war sie kein bisschen; sie wollte im Bett nur auf eine bestimmte Art gevögelt und ausgesprochen vorsichtig behandelt werden.

Ich nahm die Herausforderung an. Es mit ihr zu treiben, war zu einer Obsession geworden.

Aufgrund meiner fleißigen Lektüre der riesigen Enzyklopädie von Espasa verfügte ich über eine ordentliche Allgemeinbildung und gewann ohne größere Schwierigkeiten.

Dass sie verlor, machte ihr anscheinend nichts aus.

Sie erhob sich, knüpfte den Gürtel des Trenchcoats auf, zog ihn aus und ließ ihn zu Boden fallen. Unter dem Mantel war sie vollkommen nackt, bis auf eine zweireihige Perlenkette und ein Paar spitzer Stilettos.

Nackt war sie noch betörender, als ich sie mir häufig beim Masturbieren vorgestellt hatte, immer das Bild vor Augen, wie sie in Unterwäsche beim Poker verlor.

Wie ein brünstiges Tier stürzte ich mich auf sie.

Mit einer einzigen Bewegung wischte ich schmutzige Teller und Gläser beiseite, um Platz zu schaffen, warf sie auf den Tisch und riss mir die Kleider vom Leib.

Meinen umfangreichen und langen Schwanz in seiner vollen Größe zu sehen (ich war wahnsinnig erregt) begeisterte sie nicht, wie ich erwartet hatte, sondern jagte ihr ihm Gegenteil Angst ein.

»Meine Güte! So was hab ich ja noch nie gesehen!«, rief sie aus und fasste ihn nicht einmal an. »Das ist zu viel! Und du willst mir das ganze Ding reinstecken? Nur zur Hälfte, Darling, und schön vorsichtig ... Ich bin sehr heikel, was das angeht, Kepatxo.«

Ich war so scharf, dass ich mich nicht aus dem Konzept bringen ließ, auch nicht von diesem lächerlichen Spitznamen, den sie mir gab.

Ich hob ihre Beine hoch, hieß sie die Knie um meine Hüften legen, und drang, nur zur Hälfte, in sie ein.

Ihre langen Fingernägel, die die gleiche Farbe hatten wie das Stierblut, das sie so gerne fließen sah, gruben sich jedes Mal in meinen Bauch, wenn ich versuchte, ihn einen Zentimeter tiefer hineinzustoßen.

Ein halbes Jahr lief die Affäre *sui generis*, bis zum Frühjahr 1978.

Das Programm war immer mehr oder weniger dasselbe: sich in irgendeinem Restaurant mit irgendeinem Fraß voll stopfen und danach zu Hause nackt darum spielen, ob sie Sex hatte oder ich, das heißt, ob es Schläge gab oder nicht.

Ich gewöhnte mich daran.

Wir spielten alle möglichen Gesellschaftsspiele, und immer ging es darum, wer es sich gut gehen lassen würde: Monopoly, Poker, Chinchón, Roulette und Bingo, sogar Mensch-ärgere-dich-nicht und das Oca-Spiel bis hin zu den idiotischsten Sachen in Spielesammlungen. Meine Wohnung sah aus wie ein Spielwarenladen.

Ich verlor ziemlich oft.

Sie kam, indem sie mich mit der Peitsche, einem *Pelotari*-Schlagstock, einer Handvoll Brennnesseln, einem Bambusrohr, einem Lederriemen, einem feuchten und verknoteten Handtuch, einem dicken elastischen Gummiband und der Hand oder Faust schlug oder mich kniff und kratzte.

Bei besonderen Gelegenheiten pinkelte sie außerdem auf mich drauf.

Zu sehen, wie sie in diesen Trancen am ganzen Körper erzitterte (ah, fast hätte ich's vergessen, sie traktierte mich auch mit einem Säckchen Steine) und dabei schöner war denn je, führte schließlich dazu, dass mich die körperliche Züchtigung scharf machte.

Wenn sie befriedigt war, durfte ich meinen steifen Schwanz höchstens zwischen ihre prächtigen Titten legen und ihr auf den mit ein paar Millionen versicherten schönen Hals spritzen.

Wenn ich gewann, beschränkte sich mein Gewinn darauf, sie in höchstens vier Stellungen und nur mit dem halbem Schwanz zu vögeln. Außerdem durfte ich nicht in ihr abspritzen. Sie wollte keine Verhütungsmittel nehmen, und Kondome in meiner Größe habe ich nie gefunden.

Ich glaube, was ihr am meisten an unserem Geschlechtsverkehr gefiel, war, dass ich so schnell kam.

Und sie hatte eine Manie, die mich wirklich auf die Palme brachte.

Überall, ob unter der Dusche, in der Küche (hin und wieder versuchte sie sich darin, irgendeinen ungenießbaren Fraß zu kochen) oder sogar, wenn ich es gerade mit ihr trieb, überkam es sie, aus vollem Halse immer das gleiche Stück zu singen: die Wahnsinns-Arie der Lucia di Lammermoor von Donizetti, die Maria Callas berühmt gemacht hatte, die, wie mir Blanca mit unverhohlener Freude mitteilte, im Jahr zuvor gestorben war.

Doch ich ging auf den Handel ein und wurde dafür entschädigt. Ich war versessen auf sie wie ein Idiot, und obwohl sie sich mir nicht ganz hingab, war ich so verrückt nach ihr wie am ersten Tag.

Irgendwie hatte ich mich auch in sie verliebt.

Ich war auf einmal blockiert und konnte nichts dagegen tun. Ich hatte geschworen, sie zu töten, und anstatt den passenden Moment dafür zu finden, dachte ich die meiste Zeit nicht einmal daran.

Diese Situation konnte nicht endlos so bleiben. Und obwohl ich ausreichend Ersparnisse hatte, wurde es langsam zu teuer für mich, so viele Monate in Madrid zu verbringen. Neben der Miete für die Wohnung, die nicht billig war, kostete mich das häufige Essengehen mit Blanca ein Vermögen. Auch wenn sie durch die Oper wohlhabend geworden war, führte sie Beziehungen nach altem Brauch und legte nicht einmal das Trinkgeld dazu.

Ihre sexuelle Befriedigung und die Fressorgien hatten zu meiner Freude dazu geführt, dass sie dicker wurde. Doch es machte ihr zu schaffen, und sie wollte unbedingt abnehmen. Ende Mai, und bis dahin blieb nicht mehr viel Zeit, sollte sie in der Metropolitan Opera die *Aida* singen, und sie wollte nicht aussehen wie eine Tonne, wenn sie nach New York fuhr.

Sie begab sich in die Hände eines Endokrinologen und versuchte es mit einer kalorienarmen Diät; ohne Erfolg. Sie war willensschwach und plünderte die Kühlschränke (ihren und meinen) bei der ersten Gelegenheit.

Sie bat mich, ihr beim Abnehmen zu helfen und machte mir einen Vorschlag: Wir würden vorzeitig gemeinsam in die USA fahren. Sie würde ihre Tochter nach England auf ein Internat schicken und diesmal auf die Garderobiere verzichten. Wir würden ohne Eile reisen, auf einem Luxusdampfer (überraschenderweise wollte sie die horrenden Kosten der Passage erster Klasse übernehmen), damit sie sich noch einmal eine Woche lang den Bauch voll schlagen konnte, bevor sie ernsthaft mit der Diät anfangen würde. Es war Ende März, und bis zu dem Auftritt in New York blieben uns noch genau zwei Monate. Die würden wir in einem einsam gelegenen Landhäuschen in der Gegend von Connecticut verbringen, das ihr gehörte, nur wir beide. Wir könnten uns nach Lust und Laune unseren erotischen Spielchen widmen, und ich sollte streng darüber wachen, dass sie ihre Diät einhielt.

Wenn etwas gefehlt hätte, um mich zu überzeugen, dann war es, dass sie zum ersten und einzigen Mal und ohne Vorankündigung die Initiative beim Sex übernahm. Sie zierte sich nicht länger und steckte ihn sich bis zum Schaft hinein und ließ mich in ihr kommen. Ich erinnere mich genau daran, und noch immer erregt es mich; es war ein Genuss. Wie hätte ich da Nein sagen sollen?

Und um mir selbst etwas vorzumachen und so mein Gewissen zu beruhigen, das wegen der herausgeschobenen Rache rumorte, kam mir eine ungewöhnliche Idee in den Sinn. Das Merkwürdige daran ist, dass sie tatsächlich half, das Kapitel Blanca Eresi abzuschließen.

Ich wusste, es musste geschehen, doch ich hätte mir wenigstens gewünscht, dass es anders gelaufen wäre. Ich bereue es.

Bei meiner unsystematischen Art zu lesen war mir ein Buch in die Hände gefallen, in dem wegen ihrer mittelfristigen Gefahren vor einer bestimmten Diät gewarnt wurde, die in den sechziger Jahren ein nordamerikanischer Arzt unter den Hollywoodstars mit Gewichtsproblemen populär gemacht hatte.

Dieser Arzt hieß Robert J. Perkins, und seine Methode basierte in radikalisierter Form auf der eines anderen damit bekannt gewordenen Ami-Quacksalbers aus den dreißiger Jahren: William H. Hay.

Die Methode Perkins beruhte auf der Erkenntnis, dass Übergewicht vom gleichzeitigen Verzehr von Fetten und Kohlenhydraten herrührte, weil sie unterschiedlich abgebaut wurden. Die Diät schrieb vor, nur Proteine und Ballaststoffe zu sich zu nehmen und Kohlenhydrate völlig zu meiden.

Man musste nicht hungern; man konnte alle Arten Fleisch, Fisch, Wurstwaren, fetthaltigen Käse, Öl, Butter, Milch, Sahne, Schweineschmalz, Oliven, Mayonnaise, Eier und eine große Auswahl an Meerestieren essen; und in der gewünschten Menge.

Man verlor sensationell an Gewicht.

Die fehlenden Kohlenhydrate veranlassten den Körper dazu, die überflüssigen Pfunde aufzubrauchen, aber bald auch die Reserven. Neben dem massiven Anstieg von Harnsäure entstanden Herz- und Gefäßerkrankungen, konnten lebenswichtige Organe wie Leber, Bauchspeicheldrüse und die Nieren irreversibel geschädigt werden und ging eine Menge Muskelmasse verloren. Die Behandlung musste ergänzt werden durch die dauerhafte Einnahme hoch dosierter Vitamineinheiten, eine Information, die ich Blanca unterschlagen würde.

Mit seiner Methode kam Doktor Perkins in kurzer Zeit zu Geld und Ruhm, doch schließlich landete er wegen Totschlags im Gefängnis, und wegen unverantwortlicher Behandlungsmethoden wurde ein lebenslanges Berufsverbot gegen ihn verhängt.

Eine von den berühmten Gabor-Zwillingen, Zsazsa, die die Diät befolgte, erlitt ein Nierenversagen und musste im Krankenhaus behandelt werden. Und Joan Sewer, eine hübsche Schauspielerin mit Gewichtsproblemen, aber einem gesunden Herz, an die Sie sich als Kinofan bestimmt in der Rolle an der Seite von Randolph Scott in diversen zweitklassigen Western erinnern, hielt sich so streng an die Diät, dass sie an Angina pectoris starb.

Ich erklärte Blanca nur die positiven Seiten der Methode Perkins. Ihre Augen leuchteten hoffnungsvoll, und sie sagte, dass sie mir vertrauen und sich in meine Hände begeben würde. Sie würde nur essen, was ich ihr erlaubte und würde ihre geliebten Kartoffeln und den *Casta Diva* vergessen.

»Aber du wirst nicht auf deine drei Spiegeleier, die in Olivenöl schwimmen, und deinen Schweinespeck verzichten müssen, die du so gerne zum Frühstück hast«, versüßte ich ihr die bittere Pille.

»Nicht einmal auf Mayonnaise, was für ein Segen … *Jainkoa* segne dich, wenn das klappt. Wir fangen noch heute an«, fügte sie tapfer hinzu.

Wir reisten nach Cherbourg, um an Bord des berühmten Kreuzfahrtschiffs Queen Elizabeth II. zu gehen. Bei der Passkontrolle achtete ich darauf, dass sie meinen richtigen Namen in den Papieren nicht lesen konnte.

Blanca hatte *Pancho* mitgenommen, ein Chihuahua-Hündchen, das sie in Acapulco gekauft hatte (dort verbrachte sie die Sommerferien). Ich war der Meinung, dass meine Sopranistin zum Teil auch für die Leiden von *Trüffel*, meiner geliebten Hündin, verantwortlich war, und ich hatte vor, in einem unbeobachteten Moment dieses kränkliche Vieh über Bord zu werfen, doch der Köter sah mich mit seinen wehrlosen Chihuahua-Augen an, und ich brachte es nicht übers Herz.

Während der Woche, in der wir in diesem luxuriösen und extravaganten schwimmenden Hotel den Atlantik überquerten, verließ Blanca die beiden Kasinos nur, um sich ein paar Grillsteaks, gebratene Leber und riesige Langusten mit Mayonnaise einzuverleiben. Auch verschmähte sie die eine oder andere doppelte Portion Stockfisch à la Biskaya nicht, das einzige Gericht der baskischen Küche, das es in den Restaurants der Queen Elizabeth II. gab. Anscheinend folgte man noch immer der von der Gräfin Parabere, Verfasserin einer Geschichte der Gastronomie von 1943, geschilderten Tradition, dass der Stockfisch nach Biskayaart »das einzige spanische Gericht sei, das auf Kreuzfahrtschiffen gereicht wurde«.

Und trotz dieser üppigen Schlemmereien hatte sie bei unserer Ankunft in New York zwei Kilo abgenommen. Sie war entzückt; während der ganzen Überfahrt bezog ich leidenschaftlich Prügel von ihr.

Doch nach drei Wochen in dem Häuschen in Connecticut, einer zweigeschossigen Holzhütte, die über sämtliche Annehmlichkeiten verfügte, verschlechterte sich ihre Gemütsverfassung.

Sie hatte sechs Kilo abgenommen. Was das anging, war sie sehr zufrieden, doch die ungesunde Diät fing an, Wirkung zu zeigen. Sie fühlte sich die ganze Zeit schwach und müde (wir hatten kaum noch ein Sexualleben), sie erlitt einem Gichtanfall in einem der Fußgelenke, der sie zwang, den Fuß fünf Tage lang hochzulegen, und vor allem litt sie anhaltend unter Verstopfung.

Sie, die sowieso zu Verstopfung neigte, war auf einmal richtig geplagt davon. Diese Schwierigkeiten waren ebenfalls eine Begleiterscheinung der Methode Perkins, außerdem ein übler Mundgeruch, der ihr wahrscheinlich nicht bewusst war, und der es mir erleichterte, ihre körperliche Zurückhaltung zu respektieren.

Doch da sie weiterhin Gewicht verlor, wollte sie die Diät nicht aufgeben und hielt sich streng daran.

Ich muss gestehen, dass ich litt und von widersprüchlichen Gefühlen heimgesucht wurde. Mehr als einmal war ich kurz davor, ihr zu verraten, dass dies ein gefährliches Spiel war und dass sie ihre Gesundheit aufs Spiel setzte. In diesen Augenblicken fielen mir Onkel Patxis Worte angesichts meiner zerstörten Existenz an meinem Krankenbett wieder ein: »Wir sechs waren damit einverstanden.« Und ich erinnerte mich an die dreizehn Jahre meines Martyriums wegen der unbarmherzigen Entscheidung der sechs, mich zu opfern, und Blanca war eine von ihnen gewesen. Das weckte meinen Zorn von neuem und gab mir die Kraft, mit ihrer langsamen Auszehrung fortzufahren.

Um auf die Toilette gehen zu können, nahm Blanca Evacuol, ein starkes Abführmittel, das sie aus Spanien mitgebracht hatte. Doch trotz des Evacuol hatte sie schon sieben Tage keinen Stuhlgang mehr gehabt und war völlig erledigt von dem aufgeblähten Bauch und den heftigen Krämpfen. Sie bat mich, ihr aufgelöst in einem Glas Milch eine dreifache Dosis zu geben.

Ich schwöre, dass ich es nicht absichtlich getan habe, es war ein Versehen; und wenn es das nicht war, dann, weil mein hasserfülltes Unterbewusstsein sich gegen meinen bewussten Willen durchsetzte.

In dem Medizinschrank stand neben dem Evacuol ein Fläschchen Secorral, ein wirksames Mittel gegen Durchfall, das ich nahm, wenn ich mich wegen meiner Alkoholexzesse zu oft erleichtern musste.

Die Dosis war dreifach, das schon.

Blanca trank die Milch und kurz darauf sagte sie, dass es klappen könnte. Sie ging ins Badezimmer.

Sie strengte sich zu lange an. Ich hörte sie vor Schmerzen ein paar Mal schreien und schließlich das unverkennbare Geräusch eines Körpers, der zu Boden fällt.

Blanca Eresi sang nie die Aida in der Metropolitan Opera.

Da lag sie vor der Toilette mit vor Anstrengung verzerrtem Gesicht und war tot.

Als ich die Polizei von Connecticut anrief und mich in meinem mangelhaften Englisch verständlich zu machen versuchte, weinte ich bitterlich. Es war ein zu grausames Schicksal, das mir das Leben beschert und das ich angenommen hatte, ohne dass ich einen Ausweg daraus finden konnte.

Die Polizei belästigte mich nicht lange.

Der Gerichtsmediziner stellte Herzversagen fest, verursacht von der extremen Anstrengung, um den Stuhlgang zu erzwingen. Das geschwächte Herz und die hohen Werte von Cholesterin und Harnsäure waren nichts Ungewöhnliches bei einer übergewichtigen Person. Und dass ein Medikament verwechselt wurde, war ein häufiges Versehen in Privathaushalten. Pancho wurde von einem dicken Streifenpolizisten mitgenommen. Ich denke, er ist im Magen irgendeines Kunden von McDonald's gelandet.

Das war der Beweis.

Wenn es noch einen letzten Zweifel gegeben hatte und mir irgendein Funken Hoffnung geblieben war, dann war es damit vorbei.

Wenn der grausame und groteske Tod der Sopranistin noch Raum für Spekulationen gegeben hatte, war die durchschnittene Kehle des armen Cepillo, des Schauspieleragenten, nicht mehr zu beschönigen.

Antón, besser gesagt, Carlos María Astigarraga Iramendi war ein kaltblütiger und unbarmherziger geständiger Mörder.

Doch an dieser Stelle der Lektüre hatte ich meinen Plan geändert: Ich würde nicht einfach mit der Diskette in der Hand davonstürzen, um ihn anzuzeigen; vorerst jedenfalls nicht. Ich würde später darüber nachdenken, was zu tun wäre. Zuerst wollte ich das Ganze zu Ende lesen und das Ausmaß der Ungeheuerlichkeit erfahren. Wenn Astigarraga dreiundzwanzig Jahre nach seinem ersten Mord noch immer frei herumlief, wäre nun wirklich nichts dabei, wenn er sich noch ein paar Stunden länger in Freiheit befand.

Was sollte ich sagen, er war ein streitsüchtiger Trunkenbold, ein genialer Koch, ein guter Freund und ein brutaler Mörder, und das wegen einer hirnrissigen Rache.

Und wenn schon.

Mein Gewissen sagte mir, dass, unabhängig von dem, was jemand im Leben tut, was von so vielen Dingen und Zufällen abhängt, ich nicht viel besser war als er.

Und eines bin ich ganz gewiss: loyal.

In erster Linie war ich sein Freund und nicht sein Richter.

Fast ohne es zu merken, hatte ich die halbe Flasche Glenmorangie geleert, aber ich war stocknüchtern. Ich ging ins Lager, um eine neue zu holen, bevor ich die Lektüre des umfassenden Geständnisses fortsetzte.

Die Reise in diesem Höllentaxi, die ich so schnell nicht vergessen werde, geht ihrem Ende zu.

Wir haben das Krankenhaus von Basurto fast erreicht. Ich sehe schon seine flachen Klinkerbauten und die Rampe zur Notaufnahme.

Plötzlich beschleunigt der Taxifahrer, und wir fahren in einiger Entfernung am Krankenhaus vorbei.

Wütend schreie ich ihn an und hämmere an die Trennscheibe, doch er beachtet mich nicht.

– 30 –

Nachdem Blanca tot war, wollte ich den Umstand, dass ich in den Vereinigten Staaten war, nutzen und nach Chicago fahren, um von dort nach South Bend weiterzureisen und Crescencio an der Universität von Notre Dame ausfindig zu machen. Doch obwohl es emotional kein Problem für mich war, mir den Jesuiten zur Brust zu nehmen, fiel ich nach dem tragischen Ende von Blanca, die ich vermisste, in eine völlige Leere; ich hatte nicht die Kraft, mir gleich noch einen Toten aufzubürden.

Ich kehrte nach New York zurück und setzte mich in den ersten Flieger nach Spanien.

Den Rest des Jahres 1978 verbrachte ich fast ununterbrochen in Alzo, untätig, niedergeschlagen und von der Außenwelt abgeschnitten.

Ich bekam nicht mit, dass am 6. Dezember die Verfassung in Kraft trat. Auch von der Ermordung *Argalas* durch das Baskisch-spanische Bataillon am 21. desselben Monats in Frankreich erfuhr ich nichts.

Mir fiel auf, dass die Verfassung die Todesstrafe abgeschafft hatte, wenn man von den Militärgesetzen, die in Kriegszeiten galten, absah. Ich hatte auch nicht gewusst, dass man *Argala* verdächtigt hatte, den Zünder der Bombe ausgelöst zu haben, die Carrero Blanco in die Luft gesprengt hatte.

Es gab so wenig Kommunikation unter den Nachbarn, dass man, wenn man keine Zeitungen las oder fernsah, nicht einmal den Ausbruch des dritten Weltkriegs oder eine Invasion von Marsmenschen mitbekommen hätte.

Ich war hin- und hergerissen.

Mehrmals beschloss ich, einen Rückzieher zu machen und die anderen, mein Unglück, die schwere und gefährliche Last, die ich mir aufgebürdet hatte, zu vergessen, und ein normales Leben anzufangen; dann wieder verwünschte ich mich dafür und erneuerte meinen Racheschwur. Er war unwiderruflich, es gab kein Zurück; mein Vater hätte sich im Grabe umgedreht.

Während dieser Monate verließ ich das Dorf nur, um ein paarmal nach Bilbao zu entfliehen und ins Twins zu gehen, wo ich mir ein paar gewaltige Räusche antrank und mich mit den Wirten Julián und Josemari Rigoitia anfreundete, deren großzügiges Erbe es uns möglich gemacht hat, Die Weltkarte von Bilbao, unsere geliebte Kneipe, zu eröffnen.

Es ist gar nicht so verwunderlich, dass sie mich als Erben eingesetzt haben. Beide schätzten mich in Wirklichkeit sehr, ich war wahrscheinlich der einzige Mensch, den sie einen Freund nennen konnten, doch sie waren zu verschlossen und wortkarg, um es offen auszusprechen.

Übrigens gehöre ich zu den wenigen Menschen, die den eigentlichen Grund dafür kennen, dass sie seit Jahren nicht miteinander reden. Es hatte nichts, wie viele meinen, mit dem Geschacher um Ava Gardner zu tun.

Der eigentliche Grund, sich gegenseitig zu attackieren, war, dass die alte und eigentliche Kränkung wieder ins Spiel gebracht worden war. Ein neuer Aspekt, der in der Sache von Belang war und von dem sie durch mich am

Vorabend ihrer gegenseitigen Tötung erfahren hatten, hatte schließlich zu dem Blutbad geführt.

Woher ich das weiß? Ich erzähle Ihnen die Geschichte später, wenn ich es nicht vergesse.

– 31 –

Mit der Zeit verschwand die Depression, und die Erinnerung an Blanca Eresi verblasste.

Ungefähr zur selben Zeit machte sich mein Alkoholkonsum auf andere Weise in meinem Körper bemerkbar, und ich bekam immer häufiger Wutausbrüche, wenn ich betrunken war.

Zum Winterende 1979 hatte ich sowohl das Bedürfnis als auch die Courage, meine drängendste und schwierigste Aufgabe in Angriff zu nehmen: mir Patxi Iramendi vorzuknöpfen, das Schwein Onkel Patxi.

Ich nahm Kontakt zu meiner alten Clique aus Tolosa auf, die, wie es in allen Dörfern und Städten des Baskenlands üblich ist, seit jeher aus fast denselben Leuten bestand. Sie hielten unabänderlich an der Gewohnheit fest, gemeinsam um die Häuser zu ziehen, Allgemeinplätze auszutauschen und persönliche Dinge oder brisante Gesprächsthemen zu meiden, um ihre gemeinschaftlichen Besäufnisse nicht zu gefährden.

Ich fing wieder an, Zeitungen zu lesen und entdeckte, dass Josean Aulkitxo sich in der Zwischenzeit nicht mehr um die harten Jungs von Vasconia kümmerte. Er hatte ein ehrgeizigeres Ziel gehabt und war nun frisch gebackener Trainer seiner früheren Mannschaft Athletic Bilbao.

In meiner alten Clique gab es zwei, die ich im Verdacht hatte, bei der ETA mitzumischen. Ich fragte sie, ob sie mir ein Treffen mit Patxi Iramendi vermitteln könnten. Zuerst reagierten sie zögernd und misstrauisch, doch nach ein paar Wochen überbrachten sie mir mündlich eine Nachricht: Er wollte mich treffen, in der Bar Zelata in Bayonne (ein Ort, den ich nie vergessen werde) um zwölf Uhr mittags am 28. April; am selben Tag tötete ETA in Durango einen Polizisten.

Ich war zu dem Schluss gekommen, dass sich mir direkt in der Höhle des Löwen am ehesten eine Gelegenheit bieten würde, mir Onkel Patxi vorzuknöpfen. Ich würde der Organisation beitreten, egal, um welchen Preis.

Auf der winzigen Terrasse der Bar Zelata, die sich in der Rue Poissonnerie befand, im Herzen von Petit Bayonne, einem Viertel mit mittelalterlichen Gassen, in denen sich Kneipen und Restaurants aneinander reihten, saß ich an einem Tisch und wartete. Um zwanzig nach zwölf traten ein Mann und eine junge Frau zu mir, die mich auf Baskisch aufforderten, mitzukommen.

Nachdem sie mich in einer Tiefgarage in der Nähe des Flusses Adour durchsucht hatten, verlangten sie, dass ich auf den Rücksitz eines Wagens kletterte, verbanden mir die Augen und befahlen mir, mich hinzulegen.

Später stellte ich fest, dass die Fahrt eine Stunde gedauert hatte. Ich merkte, wie sie mehrmals die Richtung wechselten. Unterwegs redeten meine Begleiter nur wenig; sie sprachen Französisch, eine Sprache, die ich damals noch nicht beherrschte.

Die Augenbinde nahmen sie mir im Wohnzimmer eines vollständig möblierten Hauses ab, und obwohl sie mich über Treppen geführt hatten, um mich zu verwirren, merkte ich trotz der geschlossenen Vorhänge, dass wir uns im Erdgeschoss befanden. Mein männlicher Begleiter wies auf einen der Stühle, die um den Esszimmertisch standen. Er blieb neben der Tür stehen und passte auf mich auf. Er zückte eine automatische Pistole, entsicherte sie und steckte sie sich vorn in den Gürtel, um sie griffbereit zu haben.

Wenige Minuten später kam Onkel Patxi herein und setzte sich mir gegenüber hin, ohne mich zu begrüßen. Er war damals siebenundvierzig und der Anführer der geheimen Kommandos. Er war vorzeitig gealtert. Es brachte mich weniger aus der Fassung, endlich dem Hauptverantwortlichen für mein Unheil zu begegnen, als ich erwartet hatte. Wir sprachen baskisch miteinander.

»Was willst du von mir, Neffe?«, fragte er in einem abweisenden Ton, den die vertraute Anrede nicht milderte.

»Ich will etwas für unser Land tun …, wieder mit euch kämpfen.«

Obwohl ich gleich damit herausrückte, verschwand sein misstrauischer Ausdruck nicht. Er schien mich mehr mit seinem Glasauge als mit seinem heilen anzuschauen. Es war beunruhigend.

»Ehrlich gesagt hatte ich lange Zeit geglaubt, dass du schon unter der Erde bist. Hatte gar nicht mitbekommen, dass du aus dem Koma wieder erwacht bist. Hab sowieso erst vor kurzem erfahren, dass du dreizehn Jahre im Koma gelegen hast. Das war 'ne ordentliche Siesta«, er wartete ab, wie ich wohl auf seine lakonische Erinnerung an damals und den taktlosen Scherz reagieren würde.

»Ich weiß, dass du nicht gerade ein Dummkopf bist, Junge … An deiner Stelle wäre ich ziemlich sauer auf mich wegen dieser Geschichte damals. Bist du's etwa nicht?«

»Am Anfang war ich's … Später dann nicht mehr.«

»Komisch. Und warum später nicht mehr?«

»Ich hatte kapiert, dass es ein Unfall gewesen sein muss, dass irgendwas mit dem Gegengift nicht funktioniert hat.«

»Und das mit deinem Vater?«

»Es konnte doch keiner ahnen, dass er Francos Tintenfische essen würde. Man hat mir erzählt, dass ihn das furchtbar aufgeregt hätte, als ich das Bewusstsein verloren habe, und da hat er plötzlich einen Mordshunger bekommen. Er hat sie in der Küche stehen sehen und aufgegessen.«

»Verstehe … Und wenn ich dir sagen würde, dass es kein Unfall war? Dass wir beschlossen hatten, dich zu opfern, weil es die einzige Möglichkeit war, Franco zu vergiften?«

Er passte haargenau auf, welche Wirkung seine brisanten Worte auf mich hatten; er war ein schlauer Fuchs. Während er sprach, riskierte er außerdem einen Blick zu dem Leibwächter, um zu sehen, ob er noch auf seinem Posten war. Als einer der ETA Anführer besaß er das Privileg, andere für sich schießen zu lassen.

Ich verzog keine Miene und atmete gleichmäßig weiter.

»Das würde ich dir nicht abnehmen. Verdammt! Du bist mein Onkel, der Bruder meiner Mutter …«

»Guter Junge«, sagte er heuchlerisch, denn er glaubte mir noch immer nicht. »Ich habe erfahren, dass deine

Mutter an Krebs gestorben ist … Ich war schon hier in der Gegend.«

»Ich weiß.«

»Was in Wirklichkeit passiert ist, ist ziemlich simpel. Aber deswegen bin ich nicht weniger schuldig, ich hätte es vorhersehen müssen. Wir haben zu viel Gift in Francos Essen getan«, wie schön, dass er die erste Person Plural benutzte, »und das Gegengift, das ich dir gegeben hab, hat für die Menge nicht ausgereicht … Das ist die Wahrheit. Ich sage das eigentlich nie, aber in dem Fall ist es, glaube ich, angebracht: Es tut mir Leid.«

»Ich habe mir so etwas schon gedacht … Aber ich halte dich nicht für schuldig an dem, was passiert ist. Ich habe das Risiko in Kauf genommen, und es ist schief gegangen. Man verliert so manche Schlacht und kann dabei draufgehen, aber wichtig ist es, den Krieg zu gewinnen … Und der Krieg geht weiter, wie vorher … Mich hat's erwischt, aber ich bin wieder aufgestanden …, ich bin heil da rausgekommen und ich sage dir noch einmal, dass ich an eurer Seite in den Krieg ziehen will.«

Ich sprach mit den Worten, die er bei seinem Besuch mit Crescencio in Alzo benutzt hatte und die sich mir ins Gedächtnis eingebrannt hatten, was ihm gefiel. Er war weit davon entfernt, den Köder zu schlucken, doch betrachtete er den Wurm am Angelhaken etwas wohlwollender.

Er zog ein zerknülltes Taschentuch heraus und schnäuzte sich geräuschvoll. Dann betrachtete er nachdenklich die Ernte. Es gab Gerüchte, dass er kokste; ich nahm an, dass er nachsehen wollte, ob irgendein Äderchen in der Nase geplatzt war.

»Du«, er wandte sich an den Leibwächter. »Bring aus

dem Keller eine gute Flasche Rioja. Wenn's geht, einen Gran Reserva, ja? Ich kann diese französischen Roten nicht ab«, gestand er mir. »Ich will mit meinem Neffen anstoßen.«

Während der Fahrt zurück nach Bayonne wurden mir wieder die Augen verbunden.

Onkel Patxi hatte mich gebeten, nach Alzo zurückzukehren. Sie würden mich kontaktieren.

Bis ich den Befehl bekam, nach Frankreich zu gehen, stand ich über einen aus meiner Clique in Tolosa mit ihnen in Verbindung. Er hieß Peio Lecumberri, und soweit ich weiß, war er nie mehr als Informant oder Kurier. Ich erwähne ihn lediglich wegen einer Anekdote, die mir eingefallen ist, als ich seinen Namen eingetippt habe. Lecumberri starb Jahre später in Mexiko aus einem absurden Grund.

In einer Nacht voller Tequila und Mezcal pumpte ihn ein Saufkumpan und ehemaliger Sträfling mit Blei voll, weil er das Pech hatte, dass der andere seinen Namen erfuhr: Lecumberri ist der Name des Gefängnisses in Mexiko Stadt, wo der abergläubische Kumpel allerhand durchgemacht haben musste.

Bis Ende 1979 führte ich Beschattungen durch und sammelte Informationen, vor allem in San Sebastián. Meine Beobachtungen dienten zum Beispiel der Ermordung von General González Vallés, dem Stadtkommandanten, am 23. September.

Ich beruhigte mein nicht besonders schlechtes Gewissen und meine moralischen Skrupel damit, dass ich Onkel Patxis Vertrauen gewinnen musste, und damit, dass ich Berufssoldaten nie gemocht hatte.

Am 25. Oktober wurden mit einer Stimmenthaltung

von 40 Prozent die Statuten für die Autonomie des Baskenlandes und Kataloniens verabschiedet.

Anfang 1980 schickte man mich über die Grenze, um in Bordeaux in einer konspirativen Wohnung der Organisation, mein Quartier aufzuschlagen. Ich blieb knapp einen Monat dort.

Wir lebten zu fünft in einer spartanisch eingerichteten Wohnung; drei Männer und zwei Frauen. Manchmal quartierten sich für eine Nacht Aktivisten ein, die auf der Durchreise waren. Einmal kamen zwei Typen, die drei Tage blieben, ohne die Wohnung je zu verlassen. Die Order war, dass nicht einmal wir erfahren sollten, wer sie waren. Während der ganzen Zeit, die sie bei uns verbrachten, nahmen sie ihre Kapuzen nicht ab, sahen fern und wechselten nicht einmal untereinander ein Wort. Es war surreal.

Wir, die fünf ständigen Bewohner, spielten abends Karten. Einer von den Typen hieß Gorka, er war ein Aktivist von Herri Batasuna, der überstürzt aus Amorebieta hatte fliehen müssen, nachdem die Polizei entdeckt hatte, dass in seiner Jagdhütte Waffen und Sprengsätze versteckt waren. Der andere war der bereits erwähnte Iñaki Zintzarri, der darauf wartete, dass man ihn einem anderen Kommando zuteilte. Er war der Einzige seines letzten Kommandos, der den Schüssen oder einer Verhaftung entkommen war, als man sie beim Versuch, eine Kaserne der Guardia Civil in die Luft zu sprengen, überrascht hatte.

Die Frauen hießen Ainhoa und Amaia. Ainhoa war die Freundin eines Mitglieds vom Kommando Barcelona und wartete auf dessen Rückkehr; nach einem Attentat bekam man einen kleinen Urlaub gewährt. Die andere war wie ich ein Neuling.

Iñaki Zintzarri, *Piporro* genannt, machte einen auf Macho und behandelte die beiden Frauen wie Dienstmädchen. Auch wenn sie für meine eigenwillige Vorliebe zu schlank waren, muss ich bekennen, dass beide ziemlich scharf aussahen, vor allem Amaia.

Piporro war ein Veteran und spielte sich als Herr im Haus auf. Er entschied, dass wir abends Chinchón um unsere Kleidungsstücke spielten, das heißt, wir spielten Strip-Chinchón. Vielleicht aus Respekt oder Angst vor ihrem Freund hielt er sich bei Ainhoa zurück, aber Amaia wurde von ihm ganz schön in die Mangel genommen. Und da das Mädchen auch noch ziemlich schlecht spielte, saß sie fast jedes Mal nackt da. Sie war ausgesprochen schamhaft und wäre am liebsten im Boden versunken. *Piporro* wurde rattenscharf, wenn er sie nackt sah.

Eines Abends, nachdem das Spiel wie üblich geendet hatte und wir bereits schlafen gegangen waren, legte sich der Ganove bei Amaia ins Bett (er teilte das Zimmer mit der anderen). Das Mädchen wurde fuchsteufelswild, verpasste ihm ein paar Ohrfeigen und warf ihn aus dem Zimmer. *Piporro*, der über den Korb und die Blamage wütend war, versicherte ihr am nächsten Tag, ohne sich um meine Anwesenheit zu kümmern, dass er über sie einen negativen Bericht an die Anführer schicken würde.

Mit den Runden Strip-Chinchón war es vorbei.

Da ich weder bei der französischen noch bei der spanischen Polizei erfasst war und ich die Atmosphäre in der Wohnung, die außerdem in Saint-Médard, einem Außenbezirk von Bordeaux lag, ziemlich unerträglich fand, ging ich häufig im Stadtzentrum spazieren.

Eines Nachmittags machte ich eine Runde über den Markt von Les Grandes Hommes (ich hatte bereits Gefallen daran gefunden, die Lebensmittelmärkte der Städte zu besuchen), der in der Nähe der lauten *cours de L'Intendence* liegt. Ich bekam Lust auf ein Croissant und betrat eine *boulangerie*. Da sah ich zum ersten Mal Françoise Lenteur, die Liebe meines Lebens.

Ihre heitere Schönheit, die Intelligenz, die ihre großen dunklen Augen unter schön geformten Brauen versprühten, ihr sinnlicher Mund mit der leicht hochgezogenen Oberlippe und die natürliche Eleganz ihrer Bewegungen beeindruckten mich.

Ich begriff, dass es die Liebe auf den ersten Blick wirklich gab.

Das Croissant unter den Arm geklemmt, starrte ich sie an wie ein Idiot, während sie mit dem Wechselgeld in der Hand auf irgendeine Reaktion wartete. Sie lachte freundlich angesichts meiner Benommenheit, und dieser klare und frische Klang war, als hielte man sein Ohr an einen Gebirgsbach.

Vielleicht denken Sie, ich übertreibe, aber seien Sie versichert, dass mir das völlig gleichgültig ist.

Aus schlechter Gewohnheit legte ich mich in der Bar des Marktes auf die Lauer und wartete darauf, dass die Bäckerei schloss.

Niemand holte sie ab.

Ich ging ihr nach.

Sie war dunkelhaarig, hoch gewachsen und schlank. Sie trug das glänzende schwarze Haar sehr kurz, fast wie ein Junge; es stand in perfektem Einklang mit ihrem kantigen Gesicht mit den hohen Wangenknochen. Sie musste etwa Ende zwanzig sein.

Plötzlich fiel mir etwas auf, das mir bis dahin entgangen war.

Bis zu diesem Augenblick war mir nicht bewusst gewesen, dass sie eine schlanke Frau war. Sie war überhaupt nicht dick und zog mich trotzdem an, und das unwiderstehlich. Sie musste etwas Besonderes und wahrscheinlich Heilsames für meine gepeinigte Seele an sich haben. Ich spürte, dass ich es herausfinden, es erfahren musste, und es mir so vielleicht gelingen konnte, erlöst zu werden.

Mag sein, dass Ihnen das Ganze übertrieben und altmodisch vorkommt und nach romantischer Verklärung klingt.

Natürlich hätten Sie Recht damit.

Doch bedenken Sie, dass mein ganzes Leben aus Exzessen bestanden hat, angefangen bei meinen Vorlieben bis hin zu dem Rachefeldzug; ich versichere Ihnen, dass ein Leben in Extremen den Charakter formt.

Sie nahm kein öffentliches Transportmittel. Sie spazierte ohne Eile an der Garonne entlang bis zum Quai Louis XVIII., wo sie ein kleines einladendes Restaurant mit Namen Chez Dominique betrat.

Ich überlegte, ob ich dort zu Abend essen sollte, um sie noch ein wenig länger beobachten zu können und mehr über sie zu erfahren; zum Beispiel, ob sie ein Gast war oder ebenfalls dort arbeitete. Doch ich entschied mich dagegen.

Während ich darauf gewartet hatte, dass sie die Bäckerei am Markt verlassen würde, hatte ich mir in der Kneipe mit einem halben Dutzend doppelter Whiskys JB die Nase begossen, und trotz der knauserig bemessenen Mengen, die man in Frankreich ausschenkte, war ich ein wenig betrunken und fühlte mich unsicher. Besser, ich hob es mir für den nächsten Tag auf. Ich würde ihr wieder nachgehen und vielleicht würde ich es sogar wagen, sie anzusprechen. Obwohl ich noch immer radebrechend Französisch sprach, was mich hemmte.

Doch ich musste fünf Monate darauf warten, meinen Plan, Françoise zu verführen, in die Tat umzusetzen.

Als ich in die Wohnung zurückkehrte, hatte *Piporro* Anweisungen von Onkel Patxi für mich. Ich sollte am nächsten Tag nach Algerien abreisen, um in einem Trainingscamp in der Wüste eine Kampfausbildung zu machen.

– 32 –

Die Demokratische Volksrepublik Algerien unter Regierungspräsident Oberst Chadli Bendjedid gewährte in den achtziger Jahren vielen Mitgliedern der ETA politisches Asyl und unterstützte die Organisation mit Geld und paramilitärischer Ausbildung.

Es war eine beschissene Zeit.

Von Algier sah ich nicht mehr als den chaotischen Flughafen. Ich musste in einen alten Landrover steigen, acht Stunden, in denen es nur eine einzige Pinkelpause gab, über holprige und unbefestigte Straßen fahren und verließ in zwei Monaten den Zielort nicht ein einziges Mal; es war ein Trainingscamp mitten in der Sahara, in dem riesigen glühendheißen Gebiet Großer Westlicher Erg, zweihundert Kilometer von Timimoun, der nächstgelegenen Ortschaft, entfernt.

Ich verbesserte mein Französisch und lernte, wie man mit einem Sturmgewehr, automatischen Handfeuerwaffen, Wurfgranaten und Pistolen umging und wie man aus Plastiksprengstoff eine Bombe baute und zündete. Außerdem ein wenig Nahkampf und eine höllische Hindernisstrecke zu überwinden und zu jeder Stunde auf Allah und seinen einzigen Propheten zu scheißen.

Ich stellte fest, dass ich dazu in der Lage war, zwei Monate auf dem Trockenen zu sitzen (im ganzen Camp gab es nicht einen Tropfen Alkohol), ohne dass sich dies schwerwiegend auf mein Nervensystem ausgewirkt oder ich rosa Kamele gesehen hätte. Obwohl ich natürlich für einen Drink jemanden getötet hätte. Am liebsten Ali Laghouat, den Ausbilder, einen gestörten Rohling ohne das geringste Mitgefühl und hart wie Feuerstein, der mir das Leben noch mehr zur Hölle machte, und das in diesem glühend heißen Loch. Der Feldwebel war ein solches Arschloch und so starrköpfig, dass er bei einer Übung mit echtem Feuerbeschuss, das heißt, als er uns mit tiefen Salven aus einer Kalaschnikow belegte, einem Rekruten, einem Palästinenser, in beide Beine schoss. Er hatte sich auf der Schusslinie in einer Rolle Stacheldraht verfangen, und das Schwein Ali, der diese Linie decken sollte, hörte nicht auf zu feuern, obwohl abzusehen war, dass er den Mann verletzen würde.

Er war so durchgedreht, dass er gern vor unser aller Augen russisches Roulette mit sich selbst spielte; sprachlos und gespannt warteten wir darauf, dass er sich den Kopf wegpustete, was mit einer Wahrscheinlichkeit von eins zu sechs zu erwarten war. Doch er hatte Glück, oder Pech aus seiner Sicht, denn als Berber und glühender Muslim fühlte er Verachtung für dieses Leben und wollte sich so schnell wie möglich zu Allah im Paradies gesellen und die Jungfrauen, die ihm zustanden, vögeln. Doch der Schlaghammer des Revolvers Manurhin, eines 357er Magnum, desselben, den die französischen Gendarmen tragen, schlug zu unserer Enttäuschung immer in eine der fünf leeren Kammern.

Ich teilte diese Hölle mit vier anderen baskischen Aspiranten, die das Vaterland retten wollten. Der Rest meiner Einheit bestand aus Palästinensern von der PLO und Al Fatah, Sahauris von der Frente Polisario, ein paar Libyern (eine Art Kulturaustausch mit Gaddafi), zwei korsischen Unabhängigkeitskämpfern und einem IRA-Mitglied.

Zu meinen Landsleuten gibt es nicht viel zu sagen, sie interessierten mich einfach nicht. Na ja, vielleicht mit Ausnahme von Peru Marrauza, später bekannt als *Mamarro* (er sprengte sich 1994 mit ein paar Sprengpatronen, aus denen Nitroglyzerin ausgelaufen war, selbst in die Luft), der im Bett unter mir schnarchte und meine Nächte in diesem Garten Eden mit seiner Angewohnheit parfümierte, vor dem Schlafengehen rohe Knoblauchzehen mit offenem Mund zu kauen. Vielleicht war es seine geheime Waffe gegen die spanischen Invasoren, und Peru wusste, was Julio Camba einmal darüber gesagt hatte: »Mit dem Knoblauch kann man sowohl Hexen als auch Fremde verscheuchen.« Der Kontext war natürlich ein anderer.

Ich hatte Lust, ihm die Zähne mit einem Gebläse zu putzen.

Mitte April galt meine Kampfausbildung als abgeschlossen. Ich wurde auf ein Handelsschiff verfrachtet, das in Algier ablegte, und ging in Marseille von Bord. Ich hatte Lust, nach Bordeaux zurückzukehren und das hübsche Mädchen aus der Bäckerei wiederzusehen, die ich nicht vergessen hatte.

Auf die Liste mit den Fußballplätzen und Stierkampfarenen, die ich nie wieder betreten wollte, setzte ich außerdem Algerien, doch in diesem Fall konnte ich mich nicht daran halten, weil etwas Einschneidendes geschah, das wichtiger war.

Bordeaux rückte erneut in weite Ferne. Im Hafen von Marseille erwartete mich der Typ, der bei dem Treffen mit meinem Onkel dabei gewesen war.

Tartalo wollte mich sehen.

Mit dem Auto fuhren wir über die Strecke Montpellier, Toulouse, Tarbes und Pau bis zu dem idyllischen Saint-Barthélemy in Les Landes, ganz in der Nähe von Bayonne, wo sich das Haus befand, das der Führungsspitze der ETA Unterschlupf bot.

Diesmal verband man mir nicht die Augen. Anscheinend betrachteten sie mich bereits als einen der ihren.

In dem geräumigen Garagenanbau, von dem aus wir das Haus betraten, standen ein großer BMW, ein Volvo, ein Allradfahrzeug und zwei schnelle Motorräder.

Onkel Patxi vollführte zusammmen mit Francisco Mújica Garmendia alias *Artapalo* oder *Pakito*, einem von den Anführern der Organisation, der nach *Tartalos* Tod oberster Befehlshaber werden sollte, meine Einsetzung als Aktivist; sie gaben mir das »Schießeisen«, meine Pistole, eine fabrikneue Astra Automatik Kaliber neun, und entkorkten eine Flasche Moët & Chandon.

Ich aß mit ihnen zu Abend, schlief die Nacht in dem Haus und fuhr am nächsten Tag allein in einem Renault mit nicht gefälschtem Kennzeichen nach Madrid, um das Kommando, das dort agierte, zu verstärken.

Während ich durch die endlose Einöde um die Gegend von Burgos fuhr, stellte ich fest, dass mir dasselbe wie mit Blanca passierte, als ich mehr darum besorgt war, mit ihr zu schlafen, als eine passende Gelegenheit zu finden, um sie zu töten.

Ich wurde nach Madrid geschickt, außerdem mit dem gefährlichen Auftrag, das aktivste Kommando von ETA zu verstärken, und in Gedanken war ich mehr bei meiner schönen Unbekannten in Bordeaux als bei Onkel Patxis Halsschlagader.

– 33 –

Zufällig befand sich die Wohnung, in der das Kommando Madrid untergeschlüpft war, in San José de Valderas; vielleicht sogar im selben Viertel, in dem ich Lalo Cepillo, Blanca Eresis Agenten und Liebhaber, ermordet hatte.

Das Kommando Madrid wurde damals von einem der mutigsten, gesuchtesten und berühmtesten ETA-Aktivisten geleitet, José Luis Urruti Subera, der keinen Spitznamen hatte.

Urruti hatte seit geraumer Zeit heftige Auseinandersetzungen mit den Führungsmitgliedern, die er für unfähige Bürokraten, übertrieben blutrünstig und unverantwortlich hielt und die seiner Meinung nach ETA in den politischen Selbstmord trieben. Doch vor allem hielt er sie für einen Haufen Parasiten, die nur darum besorgt waren, ihr Leben, so wie es war, fortsetzen zu können. Mit dieser Einschätzung hielt er nicht gerade hinterm Berg; er teilte sie mir gleich am ersten Tag mit, während wir gemeinsam eine Flasche selbstgebrannten *patxaran* leerten, den besten Schnaps der Welt laut seinem zweifelhaften Geschmacksurteil.

Auch die aus Saint-Barthélemy hatten die Schnauze voll von Urruti Subera, wie mir *La Pantera* mitteilte; sie hielten ihn für einen Geistesgestörten, den man sowieso bald in den Ruhestand schicken würde.

Urruti war besessen von seiner Tarnung und Sicherheit (in diesem Punkt hätte er sich mit Franco bestimmt verstanden). Fortwährend veränderte er sein Aussehen: Mal trug er Bart, dann wieder einen Schnauzer; er besaß verschiedene Brillen, änderte Haarfarbe und -länge und hatte den eisigen Madrider Winter über in einem Transporter geschlafen, der jede Nacht in einer anderen Straße abgestellt wurde. Er bedeckte die Metallwände mit Decken, um nicht vor Kälte zu erfrieren.

Seine Bettlektüre waren die Parallelbiographien von Plutarch, und er zitierte gerne Marc Aurel.

Eines Abends, als er mit *La Pantera* einen heftigen ideologischen Streit hatte, sagte er zu ihr:

»Erzähl mir doch nichts davon, dass man sich für die Sache opfern muss, sei nicht bescheuert … Die einzige Sache, die zählt, sind wir selbst.«

Die Polizei verhaftete ihn 1997 zufällig bei einer Verkehrskontrolle.

Er hatte sich schon ein paar Jahre zuvor völlig zurückgezogen (1994 hatte man ihn aus der ETA ausgeschlossen) und eine neue Identität angenommen. Er lebte mit seiner Frau in Roumagne, einem abgelegenen Dorf.

Wenn er die sechs Jahre wegen Mitgliedschaft in einer terroristischen Vereinigung abgesessen hat, wird er nach Spanien ausgeliefert, wo man ihn für sechzehn Morde und zwei Entführungen vor Gericht stellen wird.

La Pantera, Itxaso Pérez Gracia, das zweite Mitglied des Kommandos, war ebenfalls eine altgediente Terroristin. Sie galt als ungestüm und undiszipliniert, ballerte in der Gegend herum, wie es ihr gerade passte, und missachtete Befehle, wie ich am eigenen Leib erfahren sollte.

Körperlich war sie eine beeindruckende Frau: fast einen Meter achtzig groß, Modelfigur, grüne Katzenaugen und eine schwarze, lockige Mähne. Ihr Fahndungsfoto hing auf allen Flughäfen, Bahnhöfen und in öffentlichen Einrichtungen, doch sie kümmerte sich nicht darum, ihr Äußeres zu verändern, denn sie gefiel sich so.

Es heißt, sie war die Geliebte eines Polizisten, der ihr Informant war, bis sie ihn eines Tages tötete.

Sie sitzt ebenfalls in Frankreich im Gefängnis und wird in Kürze wegen der dreiundzwanzig Toten ausgeliefert, wegen der sie sich vor der spanischen Justiz verantworten muss.

Sie verstand sich gut mit mir. Sie war es, die mir den Spitznamen Antón oder Antontxu gab, den ich beibehalten habe. Sie nannte mich so, weil ich sie äußerlich an einen Freund mit diesem Namen erinnerte, den sie in Orio gehabt hatte.

In einer gewittrigen Nacht erschien sie nackt in meinem Zimmer. Sie erklärte mir, dass sie, egal wie und mit wem, vögeln müsste, wenn Blitze vom Himmel fielen. Trotz ihrer ungestümen und katzenhaften Sexualität schaffte sie es nicht, mich in Stimmung zu bringen.

Sie reagierte ausgesprochen sensibel, bevor sie die Tür hinter sich zuschlug.

»Fick dich doch selbst, Mann. Was für eine Verschwendung.«

Der Dritte war ein gewisser Txomin Oronoz alias *Txordo*, ein schweigsamer Navarreser aus Elizondo, der Sprengstoffexperte war. Er war süchtig nach *kalimotxo*, einem miesen Gebräu, dessen Erfindung dem durstigen, aus Bilbao stammenden Dichter Gabriel Aresti zugeschrieben wird.

Ich sah *Txordo* sterben, aber ich habe ihn nicht mehr als ein Dutzend Worte reden hören.

Im Juni kam der Befehl, ein Attentat zu verüben. Das Opfer sollte der Divisionsgeneral Martínez Morláns sein, der für den militärischen Geheimdienst SIM arbeitete.

Bevor er immer ungefähr um die selbe Zeit zum Mittagessen nach Hause fuhr, machte der General an einer Kneipe in der Calle Columela halt, einer Querstraße am Anfang der Serrano, um einen Aperitif zu sich zu nehmen. Jeden Tag fuhr er eine andere Strecke, aber in die betreffende Straße musste er zwangsläufig über die Serrano einbiegen.

Die Columela ist eine ziemlich schmale Einbahnstraße, in der auf beiden Straßenseiten Autos parken und wo wegen der Fahrzeuge, die in zweiter Reihe halten, im Allgemeinen nur eine Fahrspur frei ist; es war der ideale Ort.

Der General nahm den Ortswechsel auf dem Rücksitz eines unscheinbaren Fahrzeugs vor, eines dunkelblauen Seat 132, der nicht gepanzert war; außer dem Fahrer hatte er nur einen Mann als Begleitschutz; alle waren in Zivil.

Drei Wochen nach Erhalt des Befehls war die Operation *ekintza*, blutige Aktion, gegen General Martínez Morláns vorbereitet.

Urruti und *Txordo* warteten in einem Seat 1430, der in zweiter Reihe parkte, in der Calle Columela; der Kommandochef saß auf dem Fahrersitz und *Txordo* neben ihm, mit einem Rundfunksender, um das mit dreißig Kilo Plastiksprengstoff Goma-2 beladene Auto, das fünfzig Meter von seinem Beobachtungsposten entfernt auf der rechten Seite in Fahrtrichtung korrekt geparkt war, in die Luft zu sprengen.

La Pantera und ich folgten dem Wagen des Generals in angemessenem Abstand auf einem schnellen Motorrad; wir trugen beide einen Integralhelm. Sie fuhr, und ich verständigte mich mit den anderen über ein Walkie-Talkie, das in einem Päckchen, das ich auf der Schulter trug, versteckt war. Ich informierte sie darüber, dass das Opfer gerade die Calle del Conde Aranda entlanggefahren sei und gleich von der Serrano in die Columela einbiegen würde.

La Pantera hielt das Motorrad neben unserem Seat an. Der General hatte die Autobombe fast erreicht; aufgrund des dichten Verkehrs fuhr sein Wagen langsam. Wir wurden angehupt und dafür beschimpft, dass wir in zweiter Reihe parkten.

In diesem Augenblick war der Wagen auf Höhe der Autobombe; auf dem Bürgersteig gingen Leute vorbei.

Txordo bekreuzigte sich und betätigte den Hebel, aber nichts passierte; der Sprengstoff war nicht explodiert. Urruti fluchte; er hatte Recht, wenn er sich darüber beklagte, dass wir immer schlechteres Material geliefert bekamen.

Der Wagen des Generals passierte die Autobombe

und setzte seinen Weg fort, musste aber wegen des Staus ein paar Meter weiter anhalten.

Urruti machte *La Pantera* und mir Zeichen, von dort zu verschwinden. Doch plötzlich stieß mich *La Pantera* vom Motorrad und brauste im Zickzack zwischen den anderen Autos hindurch. Ich stand auf und stieg hinten in unseren Wagen ein (wenn ich es recht bedenke, sind mir auf Autorücksitzen eine Menge Dinge passiert, und nichts davon war erfreulich); Urruti verwünschte und beschimpfte die Frau.

La Pantera fuhr links an das hintere Seitenfenster des Seat 132 heran, blieb stehen, stützte ein Bein auf die Erde, holte ihre Browning HP aus ihrer Lederjacke und feuerte sechs Kugeln durch die Seitenscheibe.

Der Leibwächter sprang mit der Pistole in der Hand aus dem Wagen.

La Pantera verstaute ihre Waffe und wollte abhauen; sie gab zu viel Gas und das Motorrad ging vorne hoch und warf sie ab; *La Pantera*, die noch immer auf dem Boden lag, rollte geschickt zur Seite, und die Kugeln prallten vom Asphalt ab.

Txordo stieg mit seinem beim Heer gestohlenen CETME-Gewehr in Händen aus unserem Wagen. Er schoss dem Leibwächter zweimal in den Kopf, bevor dieser die Waffe auf ihn richten konnte. Auf einmal tauchte hinter uns ein mit einem Revolver bewaffneter Wachmann aus einer Filiale der Banco de Santander auf, der *Txordo* stellte. Dieser drehte sich einfach um und feuerte mit dem Gewehr an der Hüfte ungefähr fünf Schüsse ab, die einen Fußgänger, einen alten Mann, verletzten, der sich als Einziger noch nicht auf die Erde geworfen hatte.

Der Wachmann leerte die Trommel seines Revolvers

und durchsiebte *Txordo*. Währenddessen war es *La Pantera* gelungen, das Motorrad aufzurichten und Hals über Kopf davonzurasen. Urruti fuhr ebenfalls mit quietschenden Reifen los und wir konnten entwischen. Wir ließen *Txordo* auf dem Bürgersteig zurück.

Wir waren vor *La Pantera* in der Wohnung in San José de Valderas. Als sie hereinkam, schlug Urruti sie wortlos mit einem Fausthieb auf den Mund zu Boden, nahm ihr die Browning aus der Jacke und versetzte ihr einen Tritt in den Unterleib, bevor er das Magazin aus der Waffe nahm und die Patronen aus dem Lager springen ließ; dann warf er ihr die Pistole an den Kopf, womit er ihr eine Platzwunde zufügte, und sie beschimpfte ihn als Arschloch.

Im Fernsehen sahen wir, wie die Polizei die Autobombe kontrolliert zur Explosion brachte, und wir erfuhren, dass Txomin Oronoz Santesteban alias *Txordo*, Mitglied des ETA-Kommandos Madrid, auf der Stelle tot gewesen war, genau wie José Pedro Chozas Marcos, der Leibwächter des Generals, ein Unteroffizier der Armee von dreiundzwanzig Jahren. Der Fußgänger, ein Pensionär in den Siebzigern, befand sich in kritischem Zustand. General Martínez Morláns war von drei Schüssen getroffen worden; er war schwer verletzt, schwebte aber nicht in Lebensgefahr.

Noch am selben Nachmittag verabschiedete ich mich auf Französisch von den beiden.

Ich mietete ein Auto, war zur Schlafenszeit in Alzo, ergänzte mein Gepäck und aß am nächsten Tag in Bordeaux zu Abend.

– 34 –

An diesem Tag, dem 2. Juli 1980, begann die einzige glückliche Zeit meines Lebens. Sie dauerte genau bis zum 25. September 1985, dem Tag, an dem mein Onkel, Patxi Iramendi, seinen dreiundfünfzigsten Geburtstag feierte.

Es waren fünf Jahre voller Illusionen, Lebenslust, erwiderter Liebe und Normalität.

Ich glaubte, so würde der Rest meines Lebens verlaufen, doch es war nur eine Feuerpause.

Ich quartierte mich in einem billigen Hotel in der Rue Georges Mandel ein, das sich in der Nähe des Marktes befand.

Noch am Tag meiner Ankunft ging ich in die Bäckerei, um wieder ein Croissant zu kaufen.

Da war sie, genauso hübsch und kein bisschen verändert, so als wäre nicht ein einziger Tag vergangen, seit ich sie zum ersten Mal gesehen hatte. Ich zahlte mit einem großen Schein, und sie brauchte einen Moment, bis sie mir das Wechselgeld geben konnte; sie sah mich ein paar Mal an, weil sie merkte, dass ich sie beobachtete.

Wieder wartete ich in der Kneipe auf sie (diesmal hielt ich mich mit dem Whisky ein wenig zurück) und ging ihr nach. Wieder spazierte sie zu Fuß zu dem Restaurant am Kai und ging hinein. Ich ging hinterher und aß im Chez Dominique zu Abend, einem reizenden Lokal mit einer überraschenden und hervorragenden Küche (ich war ähnlich überwältigt wie Sie, als Sie meine Häppchen entdeckt haben), die dem sympathischen Dominique Lenteur, dem Wirt und Koch, zu verdanken war. Außerdem war er ihr Vater.

Sie servierte mir das wunderbare Abendessen und nahm am Schluss die Einladung an, sich zu mir zu setzen und mit mir einen Armagnac zu trinken. Wir unterhielten uns, und weil ich fleißig gelernt hatte, hatte sich mein Französisch sehr verbessert. Wir hörten in den folgenden fünf Jahren nicht mehr damit auf.

Erlauben Sie mir, dass ich Ihnen diese schicksalhafte Episode meines Lebens nur stichwortartig schildere. Diese Erinnerungen gehören mir allein, und ich möchte mit niemanden das Andenken an Françoise teilen; Sie mögen mir verzeihen.

Glücklicherweise war sie allein stehend. Im Monat zuvor hatte sie gerade ein Verhältnis mit einem verheirateten Mann beendet, und ihr Herz war frei.

Zwischen uns entwickelte sich alles ohne Hast und Zwang auf ganz natürliche Weise.

Meine Wahrnehmung der Wirklichkeit war so eingeschränkt, dass ich damals etwas völlig normal fand, was eigentlich ungewöhnlich war; das Mädchen zu erobern, in das ich mich verliebt hatte, als ich sie hinter der Ladentheke stehen sah, und dass außerdem der Eindruck, das könnte die Frau meines Lebens sein, kein Irrtum war.

Im Dezember gab ich das Hotelzimmer auf und zog in ihre gemütliche Wohnung in der Rue Bonnier, die zwischen Bäckerei und Restaurant lag.

Im Februar 1981, kurz nach dem gescheiterten Staatsstreich in Spanien und der Bekanntgabe des politischmilitärischen Arms der ETA, den bewaffneten Kampf aufzugeben, überzeugte ich sie davon, mich einen größeren Anteil unseres Lebensunterhalts bestreiten zu lassen und die Arbeit in der Bäckerei aufzugeben, damit wir mehr Zeit füreinander hätten.

Ich erzählte ihr all die sonderbaren und schlimmen Wechselfälle meines Lebens von Anfang bis Ende, ohne irgendetwas auszulassen oder Angst zu haben, dass sie die Erkenntnis, mit einem Mörder zusammenzuleben, mit solchem Entsetzen erfüllte, dass sie mich verlassen würde.

Es geschah auch nicht.

Es war nicht leicht für sie, doch sie akzeptierte es, akzeptierte den vor Hass kranken Mann, der ich bis dahin gewesen war; sie akzeptierte es vor allem, weil ihr bewusst war, dass sie aus mir einen anderen Menschen machen konnte.

Während der ersten Monate hatte meine Impotenz, die mich bei schlanken Frauen befiel, die Oberhand, und ich konnte nicht mit ihr schlafen.

Mit Zeit, Geduld, Zärtlichkeit und viel erotischer Kennerschaft heilte sie mich sogar von meinem vorzeitigen Orgasmus, und wir waren die wunderbarsten und zufriedensten Liebhaber der Welt.

Klingt das in Ihren Ohren zu harmonisch und idealisiert, um glaubwürdig zu sein? Kann sein, dass ich ein wenig übertreibe und dass es auch dunkle Seiten gab, wie bei allen Paaren; mir fällt allerdings keine ein. Meine Erinnerung diktiert mir nach fünfzehn Jahren diese schwärmerischen Worte.

Aus eigenem Antrieb hörte ich auf zu rauchen (die Diagnose eines Arztes, der einen Blick auf meine Lunge geworfen hatte, half mir bei der Entscheidung), ich trank nicht mehr so viel und rasierte mir den Bart ab, das körperliche Symbol meines Kreuzzuges.

»Das war 1962, vor beinahe zwanzig Jahren ... Sie umzubringen, gibt dir die verlorene Zeit nicht zurück und wird dich nur noch unglücklicher machen, es wird dich zerstören. Und es wird unser Leben kaputtmachen ... Ich will dich nicht verlieren, ich will nicht, dass es aufhört«, sagte sie zu mir, bevor sie mit mir schlief, wie es nur eine verliebte Frau tut.

Der Schritt fiel mir nicht leicht; dreizehn Jahre waren es gewesen, in denen ich aus der dunklen Vorhölle heraus die Rache geplant hatte, und mehr als fünf, die ich mit Leib und Seele dabei gewesen war, sie zu verüben. Doch sobald ich mich durchgerungen hatte, verschwand alles wie der Nebel bei Sonnenschein.

Obwohl ich nicht gläubig bin, bat ich den Geist meines Vaters um Verzeihung; und danach war ich ganz einfach befreit. Es war, als ließe ich einen Klumpen Metall los, der aufgrund seines eigenen Gewichts herabfiel, so als hätte ich die Kugel und die Kette, die ich Tag und Nacht mit mir herumgeschleppt hatte, ins Meer geworfen und sie wären auf den Grund des Vergessens gesunken.

Ich hatte mich noch nie so gut gefühlt wie nach dieser Entscheidung.

Nachdem diese Hürde genommen war, blieb Françoise die Sorge, dass ETA mich ausfindig machen und für meine Flucht aus Madrid bestrafen könnte.

Ich hatte es natürlich während der gesamten Zeit vermieden, mich auch nur in die Nähe von Saint-Médard zu begeben, wo die Wohnung war.

Françoise riet mir, mit meinem Onkel zu sprechen und

ihn zu bitten, mich zu vergessen; einfach so, mit den besten Absichten.

Obwohl es noch fünf Jahre dauern sollte, bis jenes schreckliche Exempel statuiert wurde, indem *Artapalo* den Befehl gab, Yoyes zu exekutieren, eine ehemalige Anführerin von ETA, die sich dem Wiedereingliederungsprogramm der Regierung angeschlossen hatte und in Gegenwart ihres dreijährigen Sohnes ermordet wurde, hatte ich Angst, in Bordeaux irgendwann eine Kugel verpasst zu bekommen.

Ich beschloss, auf meine Freundin zu hören, und fuhr nach Saint-Barthélemy; ich hatte die Knarre, die ich nicht hergegeben und die Françoise nicht gesehen hatte, im Hosenbund stecken.

Vielleicht würden sie mir eine Kugel verpassen wollen, weil ich in die Höhle des Löwen zurückkehrte.

Doch ich hatte Glück, alles lief überraschend glatt. Ich wurde nicht einmal abgetastet, als ich hineinging.

Onkel Patxi hörte sich an, was ich zu sagen hatte.

Als Erstes erzählte ich ihm, dass ich den Druck, Teil eines Kommandos zu sein, nicht ausgehalten hätte. Anfangs gab er sich wütend und enttäuscht über mein wortloses Verschwinden nach dem gescheiterten Attentat, das uns auch noch Verluste beschert hatte. Er habe Befehl gegeben, mich zu suchen und »selbstverständlich lebend« zu ihm zu bringen, erklärte er mir. Dass ich aus freien Stücken kam, nahm der Sache die Spitze und entspannte die Situation.

Später, als wir allein waren, gestand mir Onkel Patxi im Vertrauen, dass er mein Verhalten nachvollziehen könne, da ich diese beiden Geistesgestörten Itxaso und José Luis Urruti hätte ertragen müssen.

»Die Sache wird langsam kompliziert, die Jungs sind ziemlich neurotisch, und man muss immer mehr Mumm haben, um zu kämpfen. Und du hast keinen Mumm, das ist klar. Du bist mein Neffe, stinkt mir schon, dass du nicht durchgehalten hast, denn ich war dein Fürsprecher, und wie steh ich jetzt da; aber so liegen die Dinge nun mal, daran ist nichts zu ändern ... Ich werde für dich meinen Arsch hinhalten, das gibt bestimmt 'ne Menge Ärger, vor allem mit diesem Dummkopf *Pakito* ... Aber ich denke, das bin ich dir schuldig wegen dem Schlamassel, in den ich dich unfreiwillig gebracht habe. Geh in Frieden« – der ehemalige Seminarist machte sich bemerkbar – »und leb dein Leben mit dieser wunderbaren Französin, von der du erzählt hast ... Ein bisschen neidisch bin ich ja schon, du Mistkerl ... Aber bei mir sind die Würfel gefallen ... Damit sind wir zumindest quitt; wir sind uns nichts mehr schuldig.«

Bevor wir uns trennten, überraschte er mich ein weiteres Mal, denn er zeigte eine menschliche Regung.

»Das Einzige, worum ich dich bitten möchte, ist eine Telefonnummer, unter der ich dich erreichen kann. Du bist mein einziger Verwandter, Carlos, und ich bin ziemlich einsam. Hier hab ich kaum Gesellschaft ... Ich ruf dich irgendwann an, und wir verabreden uns zum Essen. Dann stellst du mir diese Frau vor, die es geschafft hat, dass du den Kampf für die Befreiung unseres Vaterlandes aufgegeben hast ... Verdammt, lass dich umarmen, Junge.«

Ihn zu umarmen löste weniger Widerwillen in mir aus, als ich angenommen hatte. Ich hatte aufgehört, ihn zu hassen, ich war geheilt und dachte nur an meine Zukunft mit Françoise.

– 35 –

In den Jahren mit Françoise lernte ich richtig kochen und entdeckte so meine Berufung. Dominique, ihr Vater, der nichts gegen unser Verhältnis einzuwenden hatte und ein guter Freund wurde, brachte mir alles bei, was er wusste, und das war nicht wenig.

Dominique Lenteur war ein vitaler Mann in den Sechzigern mit einem großem Herz. Ein alter Linker mit dem Mitgliedsausweis der Kommunistischen Partei, der im Zweiten Weltkrieg auf einem Panzer der Division Leclerc in Paris eingefahren war.

Er war Witwer. Françoises Mutter war vier Jahre zuvor an einer seltenen degenerativen Nervenkrankheit gestorben. Es gab noch einen Sohn, doch der lebte in Argentinien.

Er war ein Schlitzohr; er hatte eine Freundin und heimlich zwei Geliebte. Er hatte großes Vertrauen zu mir gewonnen und machte mir diese Art von Geständnissen. Ich war ein wenig zurückhaltender; wie ich fand, genügte es, dass ein Mitglied der Familie Lenteur mein Elend kannte.

Dominique war Schüler des großen Paul Bocuse in seinem berühmten Restaurant in Lyon gewesen. Bocuse, der Apostel der jahreszeitbedingten Küche, einer der wichtigsten Erfinder der *nouvelle cuisine* (an die nicht einmal er selbst glaubte) und ausgezeichnet mit nicht weniger als drei Michelin-Sternen.

Dominique vermittelte mir den Kern der Meisterdoktrin: frische Grundnahrungsmittel je nach Jahreszeit verwenden, ihre Struktur und ihren natürlichen Geschmack erhalten und durch kurze Garzeiten und leichte Soßen unterstreichen, und diese Prinzipien ebenfalls auf die traditionelle Küche anwenden.

Durch ihn lernte ich die Foie als exquisite und leicht zu kombinierende Delikatesse schätzen und die Austern zu lieben, eine Leidenschaft, die ich mit Ihnen teile.

Er führte mich ein in die Welt des Weins, vor allem die des Bordeaux, was nahe liegend war.

Die erste Flasche, die wir gemeinsam tranken, habe ich noch in bester Erinnerung: ein Château Pape-Clémente, der beste Rotwein von Graves, begleitet von einer köstlichen *Jungente* mit lauwarmer Foie und Trüffeln, die man erstickt hatte, damit sie kein Blut verlor, wie es der Meister Fréderic vom Restaurant La Tour D'Argent empfahl.

Er brachte mir schließlich bei, das Kochen als einen Akt der Kreativität anzusehen, bei dem die Phantasie gebremst wird vom gesunden Menschenverstand und stimuliert wird von einer unerschöpflichen Neugier und einem Schuss Wagemut.

Er pflegte zu sagen:

»Wenn nach tausend Experimenten, die im Abfalleimer landen, das nächste etwas Bemerkenswertes und Neuartiges ist, dann herzlichen Glückwunsch zur gelungenen Geburt … Doch sollten wir uns nichts darauf einbilden; vergiss nicht, dass es fast nichts Neues in der Küche gibt, wir stehen auf den Schultern von Riesen. Ihm gefiel ein Satz, der sowohl Charles Monselet als auch Brillat-Savarin zugeschrieben wird und den er eingerahmt im Restaurant aufgehängt hatte:

DIE ENTDECKUNG EINER NEUEN KÖSTLICHKEIT
TRÄGT MEHR ZUM GLÜCK DER
MENSCHLICHEN GATTUNG BEI
ALS DIE ENTDECKUNG EINES PLANETEN

Dominique gestattete mir, als Hilfskoch in seinem Restaurant zu arbeiten, mich am Geschäft zu beteiligen und sein Partner zu werden. Wir kauften das angrenzende Gebäude und erweiterten das Lokal. Hinzu kam, dass diese Gegend von Bordeaux, der Quai Louis XVIII., langsam in Mode kam, und das Geschäft lief ausgezeichnet.

Mein erstes kulinarisches Wagnis wurde von meinem Lehrmeister lakonisch als *une merde* bezeichnet. Ich hatte meiner Kreation den angeberischen Namen Foie Scipio gegeben, zu Ehren von Scipio Metellus, des Römers, dem man die Erfindung der ersten Delikatesse zuschreibt, die aus gegrillter Leber, übergossen mit Portwein und bestrichen mit einer Feigenkonfitüre bestand (er stopfte die Gänse mit Feigen – auf lateinisch ficus, der Ursprung des Wortes Foie –, bis ihre Lebern wucherten).

Angesichts eines üppigen Salats aus Brunnenkresse, mit Knoblauch, Spargel und Stückchen von mariniertem Wildlachs, sagte er zu mir:

»Rokoko, überflüssig, unsinnig … Was hat dir dieser arme Lachs getan, dass du ihn mit der Gesellschaft von Brunnenkresse quälst? Und was die Salatsoße angeht, möchte ich die Worte von Alfred Suzanne zitieren, der gesagt hat, um einen Salat zu würzen, braucht man vier verschiedene Charaktere: einen verschwenderischen für das Öl, einen geizigen für den Essig, einen weisen für das Salz und einen verrückten, der ihn mischt.«

Das erste Gericht, das nicht in der Mülltonne landete und das ich teilweise als meine eigene Kreation betrachtete, war sehr schlicht, doch irgendwie bemerkenswert: ein Püree aus Linsen und Kastanien mit Croutons. Bestimmt erinnern Sie sich daran, dass es einmal auf der Karte unseres Lokals stand; es wurde in einer Cappuccinotasse serviert.

– 36 –

Ende des Sommers 1985 rief Onkel Patxi an. Am 25. September hatte er Geburtstag, und er wollte zur Feier des Tages Françoise und mich in Bayonne zum Essen ausführen.

Diese Einladung war wie ein Schlag in die Magengrube, doch wagte ich es nicht, seinen Unmut zu wecken, indem ich ablehnte.

Wir verabredeten uns wie beim ersten Mal in der Bar Zelata in Petit Bayonne.

Ich nahm die Pistole mit.

Onkel Patxi erschien mit einem neuen Leibwächter, den er uns wie selbstverständlich als einen Freund vorstellte. Er war Françoise gegenüber ausgesprochen charmant, pries ihre Schönheit und wiederholte immer wieder, wie sehr ich doch zu beneiden sei.

Wir standen im Kreis am Tresen und stießen mit einem weißen Château Carbonnieux auf den Geburtstag des ETA -Mitglieds an.

Zu dem Zeitpunkt waren wir die einzigen Gäste.

Als ich sie hereinkommen sah, brauchte ich eine Sekunde zu lang, um zu kapieren, was passieren würde; eine verhängnisvolle Sekunde zu lang.

Françoise und ich standen mit dem Rücken zum Eingang, obwohl ich in diesem Moment gerade nach draußen schaute; uns gegenüber standen Onkel Patxi und sein Beschützer, die damit beschäftigt waren, ihre Gläser zu leeren.

Es waren zwei Männer mit von Feinstrümpfen entstellten Gesichtszügen.

Der Leibwächter stellte sich schützend vor *Tartalo*, doch ihm blieb gerade noch Zeit, sein Glas loszulassen und seine Hand zum Achselhalfter zu führen.

Sie schossen schon am Eingang los, zwei lange Salven aus Uzi-Maschinenpistolen.

Ich umschlang Françoise und spürte wie ihr Körper unter den Einschüssen vibrierte; sie zitterte wie das eine Mal, als wir eng umschlungen auf dem Land spazieren gegangen waren, das Wetter umgeschlagen und sie furchtbar gefroren hatte.

Ich sah, wie die breite Brust des Leibwächters von einer dichten Reihe von Löchern zerfetzt wurde.

Ohne Françoise loszulassen, zog ich mit der Rechten meine Pistole aus dem Hosenbund, entsicherte sie und schoss ohne zu zielen in Richtung Tür; ich weiß nicht, wie oft, aber mindestens acht Mal. Ich erwischte einen der beiden, der weiter an Wände und Decke schoss, als er zu Boden ging. Der andere konnte entkommen.

Onkel Patxi nahm mir die Pistole ab, damit ich die reglose Francoise hochheben konnte. Als wir die Kneipe verließen und Onkel Patxi den am Boden liegenden verletzten Angreifer tötete, wusste ich mit dieser seltsamen Gewissheit, die uns die Intuition manchmal verleiht, dass sie tot war.

Mit Françoise in den Armen rannte ich meinem Onkel durch dass Gewirr von mittelalterlichen Straßen hinterher. Wir bogen in eine Straße ein und begegneten seinem Wagen, der von der *etarra* gelenkt wurde, die mich beim ersten Mal in das Haus gebracht hatte; sie wollte uns zu Hilfe eilen, nachdem sie die Schüsse gehört hatte. Ich setzte mich mit Françoise auf den Rücksitz (wieder ein verfluchter Rücksitz) und Patxi stieg vorn ein.

Wir brausten mit hoher Geschwindigkeit davon; auf unserer Flucht überfuhren wir in einer der engen Gassen den Hund einer Frau, die hysterisch zu schreien begann.

Ich blickte in Françoises Gesicht und versuchte den Puls an ihrem Hals zu ertasten. Sie war blutüberströmt und hatte ihren hübschen Mund halb geöffnet, wie beim Sex, wenn sie es besonders genoss; der Mund, von dem ich nicht gewusst hatte, dass ich ihn zum letzten Mal küssen würde, als wir an jenem Morgen früh aufgestanden waren, um zu der Verabredung nach Bayonne zu fahren.

Kein Puls; sie war blass, sie war tot.

Eine Woche zuvor hatte sie mir mitgeteilt, dass wir ein Kind erwarteten, und sie hatte Ja gesagt, als ich sie gebeten hatte, mich zu heiraten.

– 37 –

Der Terrorist, den wir in der Bar Zelata getötet hatten, war ein portugiesischer Söldner, ein Kriegsveteran aus Angola und Moçambique.

Dieser Anschlag in Bayonne war eines der letzten Attentate der GAL und typisch für seinen Ausgang: ein totes ETA-Mitglied und eine Unbeteiligte, die getötet worden war.

Wir wussten damals bereits, dass die GAL von der Regierung in Madrid finanziert wurde und dass ihre Schützen spanische Polizisten und internationale Söldner waren.

Von da an blieb ich Onkel Patxi auf den Fersen, bis ich ihn mir 1987 endlich vorknöpfen konnte.

Ich hatte nicht den Mut, nach Bordeaux zurückzukehren und meinem Freund Dominique Lenteur zu erklären, wie und warum seine Tochter, sein Augenstern, gestorben war.

Ich kehrte nie wieder zurück, nicht einmal, um meine Sachen zu holen.

Ich verbrachte in dem Haus in Saint-Barthélemy drei Tage und drei Nächte damit, mich mit Whisky voll laufen zu lassen, bis ich einen epileptischen Anfall bekam und daraufhin von einem Arzt, der mit der verfluchten Sache sympathisierte, ich weiß nicht wie lange Beruhigungsmittel verabreicht bekam.

Danach schnappte ich mir eine der Luxuskarossen der Anführer und verschwand.

Nachdem ich genügend Geld vorgezeigt hatte, flüchtete ich mich in ein Bordell mit einem breiten Angebot am Stadtrand von Biarritz.

Ich fickte ein paar abstoßende dicke Frauen in dreißig Sekunden und pfiff mir so lange löffelweise Kokain rein, bis man mich dort rauswarf.

An einer Tankstelle am Ortseingang von Bidart fing ich eine Schlägerei an; die Angestellten gaben mir auf die Fresse, und um ein Haar wäre ich von ein paar Gendarmen festgenommen worden.

Nachdem ich mich völlig verausgabt hatte, spürte ich nicht einmal mehr die Notwendigkeit, meinem Hass Nahrung zu geben; ich war der Hass und der Furor, und er würde für den Rest meines endgültig zerstörten Lebens Tropfen für Tropfen, wie ein langsames und zähflüssiges Destillat, das einen Stalaktiten formt, abgesondert.

Es war unmöglich, meinem Schicksal zu entkommen.

Bis ich Françoise kennen lernte, hatte ich nicht gewusst, was für ein einsamer Mensch ich gewesen war. Nachdem ich sie verloren hatte, war ich mir meiner Einsamkeit schmerzhaft bewusst, die auch deshalb unerträglich war, weil ich die angenehmste Art von Gesellschaft kennen gelernt hatte, die es gab.

Ich kehrte zu Onkel Patxi zurück und wurde sein persönlicher Leibwächter; er wusste es zu schätzen, dass ich ihm das Leben gerettet hatte und vertraute mir endlich.

Patxi Iramendi, genannt *Tartalo*, wurde 1986 zum politischen Anführer der ETA; über ihm war nur noch der Himmel.

Anderthalb Jahre lang war ich sein Schatten, wobei ich jeden Moment darauf lauerte, dass sich eine günstige Gelegenheit bieten würde, um ihn zu töten und danach mit den anderen weiterzumachen. Doch wir verließen Saint-Barthélemy fast nie, und ihn in seinem streng bewachten Bollwerk hinzurichten, war unmöglich.

In dieser Zeit erlebte ich mit, wie er unbarmherzige Befehle gab.

Anfang 1987 setzte sich ETA mit der sozialistischen Regierung an einen Tisch, um zu verhandeln. *Tartalo* wählte Algier als Verhandlungsort.

– 38 –

Man hatte uns in einem alten, verlassenen Missionarskloster untergebracht, das dreißig Kilometer südlich von Algier lag. Wir waren zu zehnt, drei Anführer und sieben Aufpasser. Die fruchtlosen Gespräche mit der Regierung zogen sich in unregelmäßigen Zusammenkünften bis zum Februar hin.

Eines Nachmittags, als wir nur zu dritt im Kloster waren, war plötzlich und unerwartet die Gelegenheit da.

Die anderen waren zum Sightseeing nach Algier gefahren. Wir fühlten uns sicher und machten, was wir wollten; sogar ich hatte die Erlaubnis, über die Mittel zu verfügen, die mein unterdrückter Zorn brauchte.

Onkel Patxi und einer der Terroristen sahen sich im

Fernsehen ein Fußballspiel mit der algerischen Nationalmannschaft an. Ich saß im gleichen Raum und las. Sie beklagten sich darüber, dass das Bild schlecht sei. Onkel Patxi behauptete, dass es etwas mit der Antenne zu tun hätte, und er machte sich daran, auf das Dach zu klettern, um sie neu auszurichten. Dabei stolperte er, stürzte in den Innenhof und brach sich ein Bein. Ich erzählte dem anderen, dass ich Patxi ins Krankenhaus bringen würde und dass er bleiben solle, um das Kloster nicht völlig unbewacht zu lassen.

Wir halfen ihm, sich in den Jeep zu legen, eins der beiden Fahrzeuge, die im Kloster geblieben waren; er meinte, dass ihm der Bruch ziemlich weh täte.

Sobald das Kloster aus meinem Rückspiegel verschwunden war, fuhr ich Richtung Südosten. Onkel Patxi, der mit seinem Bein beschäftigt war, brauchte eine Weile, bis ihm klar wurde, dass es auf diesem Weg nicht zum Krankenhaus ging. Als er es bemerkte, musste ich ihm vier Mal mit dem Pistolengriff auf den Kopf schlagen, damit er das Bewusstsein verlor. Ich entfernte mich nicht weit von der Route zum Krankenhaus, das war nicht nötig.

Ich bedauerte, dass mir nicht mehr als eine Stunde blieb; mich länger damit aufzuhalten, wäre unvorsichtig gewesen.

Ich hatte meine Ausrüstung für das Horrorszenario in einem halbzerstörten Häuschen versteckt, das ich auf einer meiner Entdeckungsfahrten gefunden hatte, ein schlichter einstöckiger Bau, der einmal eine Polizeistation gewesen war, obwohl es nicht einmal ein Dorf in der Nähe gab. Auch die Landstraße verlief nordöstlich in einer Entfernung von zwei Kilometern.

Ich versteckte den Jeep hinter der höchsten und stabilsten Wand. Unter den Trümmern der Polizeistation hatte ich den Seesack mit meinem martialischen Werkzeug.

Ich fesselte Onkel Patxi an Händen und Füßen und knebelte ihn. Als ich das Seil, das ich um sein gebrochenes Bein gelegt hatte, festzurrte, weckte ihn der Schmerz.

Ich hatte Glück. Es war nicht nötig, danach noch einen Statisten zu suchen, der mich ersetzen würde. In dem noch intakten Gebäudeteil, wo ich Onkel Patxi hingeschleppt hatte, schlief ein ziemlich groß gewachsener Bettler heimlich seinen Rausch aus. Als ich neben ihn trat und sein Gesicht betrachtete, erlebte ich eine Überraschung.

Er war ausgemergelt und sieben Jahre älter, und er trug einen langen weißen Bart, aber ich erkannte ihn augenblicklich: es war Ali Laghouat, der Ausbilder aus dem Wüstencamp, das Arschloch, das russisches Roulette gespielt hatte.

Offensichtlich war der Revolver nicht losgegangen, aber bei irgendeinem wichtigen anderen Roulette musste er verloren haben, um sich an einem Ort wie diesem und in einem so erbärmlichen Zustand wiederzufinden.

Angesichts dieses unerhörten Zufalls fragte ich mich einen Moment lang, ob es nicht doch eine höhere Macht gab, die die Fäden zog.

Er merkte nichts. Ich stieß ihm meinen spitzen maurischen Krummdolch, den ich auf dem Bazar in Algier gekauft hatte, ins Herz und schnitt ihm die Halsschlagader durch.

Der trockene Boden saugte das Blut auf.

Hoffentlich würde Allah ihm verzeihen, dass er betrunken ankam, und ihm deshalb nicht seine begehrten Paradiesjungfrauen vorenthalten.

Ich öffnete eine Flasche Johnnie Walker, die Bestandteil meiner Ausrüstung war, und trank beinahe ein Drittel in großen Schlucken; er war warm wie die Pisse eines verschreckten Tiers.

Ich nahm Onkel Patxi den Knebel ab und gab ihm zu trinken.

»Mein Bein tut ziemlich weh. Erschieß mich bitte so schnell wie möglich«, sagte er mit einem Gleichmut, den ich nicht erwartet hatte. Er schien gar nicht überrascht zu sein.

»Ich glaube, so schnell wird es nicht gehen, Onkel. Ich hatte an eine etwas langsamere und schmerzhaftere Vorgehensweise gedacht.«

»Verstehe … An deiner Stelle würde ich es nicht anders machen. Schließlich haben wir das gleiche Blut in den Adern … Ich hätte mich auf meine erste Intuition verlassen und dir auf der Stelle eine Kugel verpassen sollen, als du mich damals wie der Wolf im Schafspelz besuchen kamst.«

»Du hast schon immer gewusst, dass ich dich töten wollte?«

»Ich denke schon. Nach dem, was in der Kneipe in Bayonne passiert war, vielleicht nicht mehr … Ich weiß nicht. Ich war unvernünftig und sentimental mit dir, und jetzt muss ich dafür bezahlen.«

Während ich den Krummdolch schleifte, tranken wir gemeinsam die Flasche leer.

Ich erzählte ihm das Wesentliche: von den dreizehn Jahren in der Finsternis, die ich damit verbracht hatte, zuzuhören und nachzudenken, von seinem Besuch in meinem Zimmer in Alzo gemeinsam mit Crescencio und von meinem Racheschwur.

»Wie auch immer … Fang schon an, mich zu foltern. Was auch immer du für mich vorbereitet hast, je eher du damit beginnst, desto schneller ist es vorbei.«

Seine Billigung und sein Mut entwaffneten mich.

Ich hatte vorgehabt, ihm die Zunge herauszuschneiden, damit er nicht schrie, und ihm die Wunde zu verätzen, damit er nicht verblutete. Danach wollte ich ihn blenden oder ihm die Augen ausstechen, damit er auch ja begriff, was er mir angetan hatte, und ihn mit kleinen Schnitten des Krummsäbels und mit einem Hammer foltern. Diese oder ähnliche Qualen, die ich mir Hunderte Male ausgemalt hatte, als ich noch nicht wusste, ob ich eines Tages wieder ins Leben zurückkehren würde. Er war noch immer derselbe Schweinehund, doch die würdevolle Haltung gegenüber seinem Henker blockierte mich.

Ich befahl ihm, den Mund zu öffnen, um die Sache zu vereinfachen.

Die Neun-Millimeter-Kugel durchschlug sein Gehirn und trat am Scheitel wieder aus dem Schädel aus.

Ich lud das Remington Repetiergewehr, das zu meiner Ausrüstung gehörte, mit Patronen, die in Europa für die Wildschweinjagd benutzt werden. Ich schoss dem Leichnam des Berbers in den Mund, bis ich sicher sein konnte, dass sämtliche Zähne zerstört waren.

Mit dem Hammer zerschlug ich den Scheitelknochen von Onkel Patxi, um das Austrittsloch der Kugel verschwinden zu lassen.

Bis auf meine Pistole, meinen Krummdolch und einen Kanister Benzin vergrub ich alles.

Ich setzte die beiden Toten in den Jeep, kehrte zur Landstraße zurück und fuhr weiter in Richtung Krankenhaus.

Keine Menschenseele war zu sehen, aber es musste trotzdem schnell gehen.

Ich beschleunigte den Jeep, lenkte ihn auf ein paar Felsen am Straßenrand und sprang in letzter Sekunde ab. Ich prellte mir den ganzen Körper.

Der Jeep zerschellte, doch er geriet nicht in Brand. Ich setzte den Berber auf meinen Platz, den Fahrersitz, und Onkel Patxi auf den Rücksitz. Ich übergoss die Leichen und das Fahrzeug mit Benzin und zündete sie an.

Das Einzige, was man identifizieren könnte, wären *Tartalos* Zähne und bestimmt sein Glasauge.

In Bouira kaufte ich neue Kleider und nahm den Bus nach El Kef, das bereits zu Tunesien gehört.

Ich gönnte mir eine Woche Ruhepause an der Küste, in einem Hotel in Bizerta, und kehrte danach nach Spanien zurück.

Das Taxi fährt mit wachsender Geschwindigkeit in Richtung Zorroza, aber ich kann nichts von dem wiedererkennen, was ich durch die Scheiben sehe.

Die Nacht ist noch dunkler geworden, es gibt überhaupt keine Beleuchtung. Und plötzlich ist auch kein Verkehr mehr da. Das weiße Taxi ist das einzige Fahrzeug auf dieser unwirklichen Straße.

»Seien Sie ehrlich! Es hat Sie gar nicht überrascht, dass ich am Krankenhaus vorbeigefahren bin«, sagt der Taxifahrer zu mir.

»Eigentlich nicht, das muss ich zugeben. Wer sind Sie?«

»Sie erraten es wirklich nicht? Machen Sie erst einmal weiter mit den Erinnerungen an Ihren Freund, damit er sich mit dem Anwesenden vereinen kann, um es mal so zu sagen. Danach werden Sie schon verstehen.«

– 39 –

In Alzo wartete eine Überraschung auf mich, die mich ziemlich kalt ließ.

Mein Hof war völlig zerstört, er war bis auf die Grundmauern abgebrannt. Eigentlich hatte jemand das Nachbarhaus in Brand stecken wollen, und das Feuer war auf mein Haus übergesprungen.

Höchstwahrscheinlich war es das Werk der Söhne der Familie Txistagarri, die mit den Zulape, meinen Nachbarn, seit den Karlistenkriegen verfeindet waren. Aber in meinem Dorf funktioniert die *omertá* besser als in Sizilien, und alle taten so, als wäre es ein unglücklicher Zufall gewesen.

Nachdem meine Wurzeln zerstört waren und ich nun leichtes Gepäck hatte, verließ ich Alzo, um nie wieder zurückzukehren.

Ich mietete eine heruntergekommene und winzige Wohnung in der Altstadt von Bilbao, in der lauten Calle Barrencalle.

Ich verließ das Viertel nur, um mich im Twins zu betrinken und im La Palanca, wo die abgetakeltsten Nutten anschafften, mir irgendeine Dicke zu suchen.

Eines Morgens im Juni 1987 stieß ich in der Zeitung zufällig auf ein Interview, das sämtliche Sensoren in Alarmbereitschaft versetzte. Es war ein dummes Frage-

und Antwortspiel mit dem Bischof von Bilbao, Don Crescencio Aizpurua.

Was für eine hübsche Überraschung. Ich hatte nicht mitbekommen, dass Crescencio aus den Vereinigten Staaten zurückgekehrt war, und schon gar nicht, dass man ihn zum Bischof seiner Heimatstadt ernannt hatte.

Anhand der Fotografie, die dem Interview beigefügt war, konnte ich feststellen, dass es sich um einen älteren Herrn handelte (er war inzwischen siebenundfünfzig); doch seine lüsternen Äuglein verrieten ihn.

In dem Interview erzählte seine Hochwürden neben allerlei Blödsinn, dass er die japanische Küche sehr schätzte und dass er Sashimi liebte. Ich kam nicht umhin, mir vorzustellen, wie er einen langen Aal mit der Technik eines Schwertschluckers verschlang.

Wann und wo er seine Sommerferien verbringen würde, war eine interessante Information für mich.

»Wie in den letzten Jahren auch. Ich werde den Monat August auf der beschaulichen Insel Menorca verbringen, zurückgezogen in einem bescheidenen Häuschen. Es ist ein Ort, der zur Meditation und zum Gebet einlädt.«

Da ich ihn kannte, nahm ich an, dass er dort, fern von neugierigen Blicken, seine homosexuellen Spielchen treiben würde.

Ich verlor keine Zeit und buchte für August ein Zimmer im Hotel Almirante Farragut, in der Nähe von Ciudadela.

In der Zeit, die mir bis August blieb, versuchte ich Informationen über das Privatleben des Herrn Bischof zu sammeln; die idealen Voraussetzungen, um endlich beim ersten Schuss mit der Waldschnepfe Aizpurua Schluss zu machen.

– 40 –

Das »schlichte Häuschen« war ein von hohen Mauern umgebenes prächtiges Anwesen mit Garten und Swimmingpool in der dünn besiedelten Gegend südwestlich von Fornells.

Crescencio hatte sich in Begleitung eines anderen Jesuiten in die Sommerfrische zurückgezogen; es war Pater Jacinto Cilindrín, ein hübscher dunkelhaariger Kerl in den Dreißigern, sein Sekretär und Liebhaber.

Sie verließen das komfortable Anwesen nie.

Am 15. August besuchte ich sie.

Schamhaft eingehüllt in einen weißen Bademantel, öffnete mir Pater Cilindrín das verkleidete Gittertor.

Verwundert sah er mich an, als ich ihm erzählte, dass ich ein alter Freund von Hochwürden sei, die Ferien auf der Insel verbrachte und ihn gerne sehen würde. Er fragte mich nach meinem Namen, bat mich zu warten und schlug mir das Tor vor der Nase zu. Von draußen sah man nichts außer einer Mittelmeerpinie und Hortensiensträuchern. Ich stellte mir vor, wie Crescencio hinter den Pflanzenbüschen nackt am Rand des Swimmingpools in der Sonne lag, wie ein weißer und wabbeliger Froschlurch.

Nach einer Weile kam der Sekretär wieder und ließ mich eintreten.

Ich stellte die Mietvespa, auf der ich gekommen war,

im Garten ab und hängte mir die Tasche um, in der ich meine Ausrüstung mitgebracht hatte.

Um nicht durch die Metalldetektoren am Flughafen zu müssen, war ich von Barcelona aus mit dem Schiff gereist.

Jacinto, der sich ein schlichtes Hemd und lange Hosen angezogen hatte, ließ mich erneut warten, diesmal im Wohnzimmer.

Schließlich tauchte ganz in Schwarz gekleidet und in Mönchssandalen Crescencio auf. Mein gespensterhaftes Erscheinen nach so vielen Jahren hatte ihn völlig aus der Fassung gebracht.

Die Kugel, die ihn in Estíbaliz getroffen hatte, hatte seine Unterlippe gespalten und, ähnlich wie bei einem Aschenbecher, eine Vertiefung hinterlassen, aufgrund derer er nur undeutlich sprechen konnte, so als hätte er ein Wachtelei in diesem Mund, der mehr Funktionen hatte als ein Schweizer Taschenmesser.

Ich küsste ihm den Ring, nahm die Pistole aus der Tasche und richtete sie auf die beiden.

Der Ort war wie geschaffen für meine Inszenierung, es gab nicht einmal ein Telefon. Und der Bote, der ihnen einmal die Woche den Proviant brachte, war am Vortag da gewesen.

Achtundvierzig Stunden später verließ ich das Anwesen wieder.

Ich konnte sowohl das Skalpell, das ich auf einem Ärztebasar in Bilbao erworben hatte, als auch den Genickfänger, den mir ein pensionierter Pikador verkauft hatte, gut gebrauchen.

Für den Fall, dass es keinen Alkohol im Haus geben würde (mir war wieder eingefallen, dass Crescencio abstinent war), hatte ich, um in Stimmung zu kommen, zwei Flaschen Gin Xoriguer, die parfümierte Sorte aus Mahón, mitgebracht.

In den zwei Tagen, die mein Besuch dauerte, achtete ich darauf, dass Crescencio nicht hungern musste. Da ich seine Schwäche für Sashimi kannte, ließ ich ihn lebend die ganzen hübschen Tropenfische aus dem wunderschönen Aquarium im Wohnzimmer aufessen. Allerdings lehnte er das Carpaccio ab, das ich ihm aus den Hinterbacken seines Geliebten zubereitet hatte.

Jedenfalls war das Beste, ihm zu erzählen, wie das mit meinem Wachkoma gewesen war, und sein Gesicht zu sehen, als ich ihm erklärte, dass ich wusste, dass er ebenfalls damit einverstanden gewesen war, mich 1962 zu opfern.

Und dass ich die Hunderte von Malen, die er mir auf meine Kosten in Loyola den Schwanz gelutscht und sich einen runtergeholt hatte, mitbekommen hatte.

Obwohl sein ungläubiger Gesichtsausdruck auch mit meinem geschickten Umgang mit dem Chirurgenskalpell in den Eingeweiden von Pater Cilindrín zu tun haben konnte.

Als die Vorstellung vorüber war, schloss ich das Anwesen sorgfältig ab.

In einem Wagen mit großem Kofferraum und zwei wasserdichten Säcken mit Reißverschluss kehrte ich abends dorthin zurück.

Die Bootsfahrt im Mondlicht war entspannend.

Damit sie nicht an der Wasseroberfläche treiben würden, nahm ich die Leichname mit einem Schlachtermesser aus und warf sie eine Meile nördlich vor Cala Morell ins Meer.

– 41 –

Nachdem Onkel Patxi und Crescencio tot waren, bin ich in eine Art Dämmerzustand gefallen, der seltsamerweise seit ebenfalls dreizehn Jahren andauert; in dieser Zeit habe ich ein schlichtes, eintöniges und inhaltsloses Leben in der etwas unwirtlichen Altstadt von Bilbao geführt.

Nie bin ich einem von meinen früheren Kameraden der ETA begegnet. Alle, die mich hätten wiedererkennen können, sind entweder tot oder im Gefängnis.

Der einzige Ausreißer in all den beschaulichen Jahren war, wie Sie sich erinnern werden, die Ermordung des Exfußballers, Josean Aulkitxo, das vierte Opfer und vielleicht mein unbedarftester Feind.

Ich wusste, dass er pensioniert und erst vor kurzem verwitwet war und dass er allein in seinem Haus auf dem Berg Umbe lebte.

In einer kalten Februarnacht reinigte und lud ich nach einem heftigen einsamen Besäufnis meine Astra-Pistole und stattete ihm einen Besuch ab.

Er konnte sich nicht einmal an seine Teilnahme an dieser Geschichte vor fast vierzig Jahren erinnern. Doch es war mir egal.

Josean war noch einfältiger, als ich gedacht hatte.

Nachdem er mich wiedererkannt hatte und bevor ich ihn knebelte, flehte er die Jungfrau Pura Dolorosa, die einer Frau in Umbe 1941 erschienen war und der man verschiedene Wunder zuschreibt, um Hilfe an.

Er erinnerte mich an *Txordo*, den ETA-Terroristen aus Navarra, der sich bekreuzigte, bevor er eine Bombe zündete. Er glaubte an die Heiligen und hatte eine besondere Ehrfurcht vor dem heiligen Ignatius von Loyola, dessen Bild er auf das Magazin seiner Automatik geklebt hatte.

Die Jungfrau von Umbe muss in diesem Augenblick anderweitig beschäftigt gewesen sein und eilte Josean Aulkitxo nicht zu Hilfe.

Die restlichen Details kennen Sie aus der Presse.

Es ergab sich die Gelegenheit, in der Calle del Perro ein Lokal zu übernehmen, einen alten Ausschank, der seit der Überschwemmung im Jahr 1983 nicht wieder geöffnet worden war. Derselbe Eigentümer verkaufte mir die darüber liegende Wohnung.

Das Ehepaar, das ich einstellte, die Wiederkäuer, wie Sie die beiden nennen, war mir von einem Bekannten aus dem Viertel empfohlen worden. Er hatte einen guten Riecher; sie waren zwar ein bisschen schwerfällig, aber gehorsam und tüchtig, was die einfachen Verrichtungen anging.

Sie sehen sich so ähnlich, weil sie Cousin und Cousine sind, wie sie behaupten. Ich habe immer geglaubt, dass sie in Wirklichkeit inzestuöse Geschwister sind, Früchte der Rückständigkeit und der Endogamie, die in ihrer felsigen Heimat, dem Arratia-Tal, herrschen.

Angelines, die Köchin, hat früher im Gato Negro de la Palanca gekellnert, und wir sind Freunde, seit ich in Bilbao bin.

Den Rest kennen Sie.

Mein Rachefeldzug geht seinem Ende zu.

Fünfundzwanzig Jahre, die ich dieser wahnwitzigen und grausamen Sache gewidmet habe.

Ein vergeudetes Leben, um einem Blutschwur treu zu sein.

Wie absurd und sinnlos. »Was für eine Verschwendung«, wie mir diese schöne und schreckliche Frau, *La Pantera*, in jener Gewitternacht an den Kopf geworfen hatte.

Ich hab mich ja immer kaputtgelacht über meine tollpatschigen ehemaligen Kellner aus Zeberio, aber auch an mir ist die Verrohung durch das Landleben nicht ganz vorübergegangen; der Autismus von Alzo lastet auf meinen Genen wie ein Grabstein und hat meine schlimmen Taten diktiert, die ich gnadenlos verübt habe.

Abgesehen von den fünf Jahren in Bordeaux, was habe ich doch für ein einsames Leben geführt!

Ich will ehrlich sein, Pacho. Als ich Sie kennen gelernt habe, fand ich Sie lächerlich und hielt Sie für einen Besserwisser und Dummkopf. Doch je öfter ich mit Ihnen zu tun hatte, desto mehr lernte ich andere Seiten an Ihnen schätzen, kenne Sie nun recht gut und achte Sie.

Ich mag ihre respektvolle Art, Freundschaften zu pflegen, Ihre Wohlerzogenheit, Ihre Liebe zur Gastronomie, Ihre Wertschätzung meiner Kochkünste und die Begeisterung und den Eifer, die Sie aufgebracht haben, um unser geliebtes Spielzeug, Die Weltkarte von Bilbao, Wirklichkeit werden zu lassen.

Außerdem denke ich, dass wir einen positiven Einfluss aufeinander hatten.

Ich glaube, dass Sie jetzt kein so großer Dummkopf mehr sind. Und ich habe mich in diesem Jahr 2000 dank Ihrer Gesellschaft weniger einsam und lebendiger gefühlt.

Es ist viele Jahre her, zu viele, dass ich einen Freund hatte. Der letzte war Dominique Lenteur, und Sie wissen ja, wie ich ihm sein Vertrauen gedankt habe.

Als Sie mir vorgeschlagen haben, im Zentrum von Bilbao eine Bar mit gehobener Küche zu eröffnen, bin ich aus zwei Gründen darauf eingegangen.

Erstens hatten Sie gesagt, dass ein solches Lokal von Leuten aus staatlichen Institutionen, von Politikern und anderem Gesindel dieses Typs, frequentiert würde. Ich dachte an die Möglichkeit, damit das Opfer anzulocken, das mir noch fehlt, den fünften und letzten, der noch am Leben ist. Sie haben mit Ihren Vermutungen voll ins Schwarze getroffen.

Zweitens, weil Sie so hilfsbedürftig und einsam waren, ein nichtsnutziges Muttersöhnchen, das plötzlich seinem Schicksal überlassen worden war. Das Projekt Die Weltkarte von Bilbao in Angriff zu nehmen, hat Ihnen so viel Spaß gemacht und das Gefühl gegeben, nützlich zu sein, dass ich es Ihnen nicht abschlagen konnte.

Auch wenn ich so tat, als wäre es eine angenehme Überraschung, und ich Ihnen sagte, dass ich es für eine gute Idee hielt, hatte ich bereits daran gedacht, die neue Kneipe im Twins zu eröffnen. Aus diesem Grund habe ich ein wenig nachgeholfen, was die Vorbedingung der Erbschaft der Rigoitia-Brüder anging.

Nun. Wie ich schon sagte, der Kreis schließt sich.

Es spielt keine Rolle, dass ich in der Rache keinen Sinn mehr sehe, ich will die Sache zu Ende bringen.

Außerdem ist, genau gesehen, dieser Letzte einer der Schlimmsten, ein mieser kleiner Emporkömmling und korrupt dazu; die meisten von dieser Sorte sind so.

Es ist ein dicker Fisch der PNV, der Baskischen Nationalistischen Partei, der im Laufe der Jahre immer bedeutendere Posten bekleidet hat.

Ich habe beschlossen, bei diesem Anschlag ebenfalls zu sterben und ganz nebenbei noch ein paar von diesen Hampelmännern mitzunehmen.

Sie finden das ungeheuerlich?

Vergessen Sie nicht, dass ich verrückt bin, ich war es immer.

Dass ich mit meinen Opfern dahinscheiden werde, ist nicht von Belang. Erinnern Sie sich an den Schmerzanfall, den ich vor der Tür des Twins hatte, an dem Abend, als wir noch in die Höllenküche gegangen sind? Ich leide an einer Leberzirrhose im Endstadium, mir bleibt sowieso nicht mehr viel Zeit. Diese kupferne Gesichtsfarbe, die Sie immer bewundert haben, verdanke ich nicht irgendwelchen UV-Strahlen, sondern meiner kaputten Leber.

Ich werde im Guggenheim-Museum den *lehendakari* Jon Ander Txoriburu töten.

DRITTER TEIL

Der trunksüchtige Köhler im Guggenheim-Museum

In den Wäldern von Euskal Herria
lebt ein alter Köhler, der Olentzero heißt,
mit seinem Esel Astotxo.
Jedes Jahr verteilt er an Heiligabend
Geschenke an die Kinder,
die ihm sein Lied singen.
Da er sehr schüchtern ist, zeigt er sich nicht.

Olentzero. Eine Kindergeschichte.
Weihnachtsfreiexemplar der »Bilbao Bizkaia Kutxa«

– 1 –

Ich schaltete nicht einmal den Computer aus, auch die Diskette nahm ich nicht mit, dazu blieb jetzt keine Zeit mehr. Ich Dummkopf war nicht darauf gekommen, dass das fünfte Opfer der *lehendakari* sein musste; dabei hatte es mehr Hinweise darauf gegeben als auf das Sexualleben von Tim.

Fieberhaft überlegte ich, was am schnellsten und besten wäre. Am schnellsten ging es selbstverständlich, wenn ich im Museum anrief, aber besser wäre es, persönlich zu erscheinen. Am Telefon würde man nicht auf mich hören, sondern mich für verrückt halten.

Also stürzte ich aus der Weltkarte davon in Richtung Zabálburu-Platz, wo sich der nächste Taxistand befand.

Wegen des Weihnachtstrubels war natürlich keins da. Ich wartete einen Moment und rief dann über Handy die Funktaxizentralen an; beide Nummern waren besetzt.

In einem Tempo zwischen Geschwindschritt und kurzem Trab rannte ich los. Ich wusste nicht genau, wie groß die Entfernung zum Guggenheim war, zwischen zwei und drei Kilometer, schätzte ich, ein wahrhafter Marathon für den schlaffen Blasebalg von jemandem, der, wie George Bernard Shaw einmal sagte, als einzige Gymnastik bei Beerdigungen zu Fuß hinter den Särgen der Sportlerfreunde hergeht.

Ich hatte noch keine fünfhundert Meter zurückgelegt, als das Seitenstechen einsetzte, und ich stehen bleiben musste, um Atem zu schöpfen. Die Dreiviertelliterflasche Glenmorangie und die Schachtel Benson & Hedges verteilten wahre Prankenhiebe.

Unter den gegebenen Umständen musste ich alles aus mir rausholen und mich für kurze Zeit in einen Zatopek verwandeln.

Ich rannte weiter.

Es war eine Sache, nicht gleich davongestürzt zu sein, um Astigarraga noch vor Beendigung der Lektüre seines Geständnisses anzuzeigen, und eine völlig andere, nicht alles Menschenmögliche zu unternehmen, um einen Mord, besser gesagt, ein Massaker, zu verhindern; vergessen wir nicht, dass Francos ehemaliger Vorkoster verkündet hatte, neben dem *lehendakari* noch ein paar andere aus dem Weg zu räumen.

Es lag auf der Hand, wie er diesen Anschlag ausführen würde: mit einer Bombe. In dem Wägelchen mit dem Fass verbarg sich zweifellos ein Sprengkörper. Ich hatte keinen Schimmer, wie er an den Sprengstoff gekommen war und diesen in das Fass bugsiert hatte, aber in Anbetracht der Geschicklichkeit, die er bei seinen anderen Morden entfaltet hatte, seine militärische Ausbildung nicht zu vergessen, die er in Algerien erhalten hatte, war es keine Überraschung.

Der leidende und sterbenskranke Alkoholiker war eine wandelnde Olentzero-Bombe auf einem Kamikazetrip.

Ich schaute auf die Uhr: fünf vor neun.

Mal sehen.

Er war gegen halb sieben in der Weltkarte aufgebrochen. Er hatte vorgehabt, die Strecke ganz langsam zurückzulegen und den einen oder anderen Umweg zu machen, wobei er Bonbons und glasierte Esskastanien verteilen wollte, um gegen neun, eine halbe Stunde nach Eröffnung der Veranstaltung, im Guggenheim zu sein.

Ich verfluchte die zwei wertvollen Stunden, die ich mit der Lektüre all seiner Verirrungen verloren hatte, doch noch konnte ich es rechtzeitig schaffen. Obwohl ich wie ein in der Sahara zurückgelassener Hund hechelte – die zahlreichen Fußgänger schauten mich an und machten ein Gesicht, als begegneten sie einem Irren –, rannte ich noch ein bisschen schneller. Das Seitenstechen quälte mich noch mehr als der unvermeidliche Niedergang der Weltkarte.

Um drei nach neun polterte ich die Freitreppe mit den breiten Stufen zum Museum hinunter, die man im Humpelschritt nehmen muss.

Ich war da.

Noch immer trafen geladene Gäste ein, und vom Eingang aus konnte man nichts Ungewöhnliches feststellen.

Vielleicht war ich sogar vor ihm angekommen.

An der Tür schubste ich ein Paar zur Seite, damit es mich vorbeiließ, – ich glaube, es war Rogelio Iturrigorri, der Präsident des Rechnungshofes, in Begleitung seiner Frau –, und gab der Hostess, die um meine Einladung gebeten hatte, einen heftigen Stoß.

Da war er! Asti hatte die Vorhalle bereits durchquert und fuhr in diesem Moment mit seinem Eselskarren in den Säulensaal ein, wo sich die Gäste unter Beifall um den Mittelpunkt der Feier scharten. Ich sah, wie der *lehendakari* Txoriburu vortrat, um ihn zu begrüßen!

Ich sprang über die Sicherheitssperre am Eingang, ohne

auf die Schnauze zu fallen, und schrie wie nie zuvor in meinem Leben, eine Sekunde bevor mich ein Gorilla vom Wachdienst wie einen Rugbyspieler rammte.

»Achtung! Der *Olentzero* hat eine Bombe bei sich!«

Durch den Sturz fiel mein Handy in Form des Arumbaya-Fetischs aus meiner Jackentasche und schlitterte mehrere Meter über den Fußboden, bis es unter dem Treter eines Gorillas mit dem Gesicht von Steven Seagal landete, der sich ebenfalls auf mich stürzte.

Die Leute schrien und öffneten mit der Geschwindigkeit eines aufgescheuchten Vogelschwarms, der von einem Adler angegriffen wird, einen Halbkreis um den *Olentzero*.

Die Leibwächer des *lehendakari* umringten ihren Boss und schafften ihn schleunigst weg.

Mindestens ein Dutzend Pistolen waren auf Asti und mich gerichtet.

Vom Boden aus, wo ich von den Gorillas festgehalten wurde, schrie ich wieder.

»Das Weinfass ist eine Bombe!«

Eilig wurden die Gäste in den innen liegenden Saal gedrängt; um durch die Haupteingänge hinauszugelangen, hätten sie an Astigarraga vorbei gemusst.

Zwischen Vorhalle und Saaleingang waren nur noch er und ich, der Wagenlenker, der ebenfalls festgehalten wurde, die Gorillas vom Museum, die Leibwächter, ein paar Gäste, von denen ich annahm, dass es die Köpfe der *ertzaintza* waren, und Xabier Bolbora, der sich als Innenminister wohl dazu verpflichtet fühlte.

»Keine Bewegung! Rühren Sie sich nicht von der Stelle!«, wurde Asti befohlen.

Antón stand auf dem Kutschbock in der spaßigen Verkleidung eines Bauern, was dem Ganzen die Dramatik nahm und der Szenerie einen absurden Anstrich gab.

Lächelnd blickte er mich an und schüttelte den Kopf, so als wollte er mir einen milden Vorwurf dafür machen, dass ich ihm seinen ausgefallenen Festakt vermasselt hatte.

Ganz langsam schob er seine Rechte auf Brusthöhe in seine Hirtenjacke. Eindringlich wurde er mehrmals aufgefordert, sich nicht zu bewegen, doch hörte er nicht darauf und beschleunigte die unverkennbare Bewegung, mit der man eine verborgene Waffe zückt.

Mein Aufschrei übertönte das Knallen der drei Schüsse.

Wie eine riesige Stoffpuppe fiel Asti rückwärts von dem Karren.

Ich fühlte mich wie ein mieser Lump, so als hätte ich selbst geschossen.

Der Esel war bei den Schüssen erschrocken und in Richtung Säulensaal losgaloppiert.

Sie töteten ihn, als er die riesige minimalistische Skulptur von Richard Serra erreichte. Als der Esel zu Boden stürzte, riss er den Karren um. Das Fass schoss davon und rollte bis zu der Skulptur mit dem Titel *Schlange* – es handelte sich um drei parallel zueinander stehende gebogene Stahlwände.

Angesichts dessen, was da drohte, dachte ich an die Enge in dem Saal, in dem sich die tausend Gäste wie Sardinen in der Büchse drängten.

Die anderen warfen sich zu Boden und legten die Hände über den Kopf.

Das Fass rollte mit beträchtlicher Geschwindigkeit weiter, bis es seitlich an die scharfen Kanten der Skulptur prallte und zerbrach; Rotwein überströmte den Fußboden und ebenfalls Begoña Matraka, die Bildungs- und Kulturministerin, die bei dem Versuch zu fliehen über ihren Rock gestolpert war.

Eine Bombe war nirgends zu sehen. Ich hatte Asti grundlos töten lassen.

Aber was war dann sein Plan? Bestimmt hat er es in seinem Geständnis erzählt, doch die letzten drei Seiten hatte ich nicht mehr gelesen, weil ich davongerannt war, sobald ich den Namen des Opfers wusste.

Man erlaubte mir, aufzustehen.

Asti, der von einem Arzt des Guggenheim-Museums untersucht wurde, war von Museumsangestellten und mehreren Leibwächtern umringt.

Ich versuchte, in den Kreis zu treten, doch man erlaubte es mir nicht.

Ganz in der Nähe drückte sich ein Kellner mit einem Tablett Häppchen herum. Es waren unsere berühmten gebackenen Austern. Ich stellte mich neben ihn, und da Nervosität und Beklemmung wie immer ein zwanghaftes Hungergefühl auslösten, aß ich erst eine, dann noch eine und noch eine; ich glaube, insgesamt waren es fünf.

Der Gorilla mit dem Steven-Seagal-Gesicht trat zu mir.

»Er möchte mit Ihnen sprechen. Er liegt im Sterben.«

Meine Beine zitterten, doch ich schaffte es bis zu ihm. Man hatte die Blutungen der drei Schusswunden gestillt; eine in der rechten Schulter, eine im Schenkel und die dritte, tödliche, im Magen. Neben ihm lag eine offene Tüte, und mehrere Cashewkerne waren über den Boden verstreut.

Obwohl man ihm die Schmerzen an den Augen ablesen konnte, war er sehr gefasst und atmete in ruhigen Zügen. Sein Kopf lag auf einem zusammengefalteten Jackett.

Die Wachleute und der Arzt zogen sich ein wenig zurück, damit wir uns ungestört unterhalten konnten.

»In Ordnung, wenn wir uns duzen? Ich glaube, in dieser Situation ist es angemessen«, sagte er mit matter Stimme zu mir.

»Natürlich, Antontxu. Selbstverständlich ist das in Ordnung.«

»Du hast mir nicht gehorcht. Du müsstest gerade die Hälfte meines Geständnisses gelesen haben. Hast Du es gelesen?«

»Ich habe die Diskette früher gefunden … Ja, ich habe es gelesen.«

»Dann weißt du also, wer und was ich in Wirklichkeit bin … Und warum.«

»Das ist mir egal.«

»Danke.«

»Was soll ich tun?«

»Man soll mich bitte nicht bewegen … Und in Ruhe lassen … Bitte einen der Kellner um drei Fingerbreit von dem Château Pape-Clémente in einem Bordeaux-Riedelglas … Ich habe ein paar Flaschen vom Jahrgang 1982 bringen lassen … Er soll auf das Dekantieren verzichten; dafür bleibt keine Zeit.«

»Ich bin sofort zurück.«

»Ich versuche auf dich zu warten … Noch etwas.«

»Sag.«

»Bring noch ein Glas für dich mit. Trink mit mir ein letztes Mal … Seltsam. Ich weiß nicht warum, aber mir fällt gerade ein, wie mein Vater im Kaminfeuer Kastanien geröstet hat, als ich ein Kind war …, das war auch an Weihnachten … Und es war kalt …«

Ich stand auf, um ihm seinen Wunsch persönlich zu erfüllen und meine Tränen vor ihm zu verbergen.

Unsere Angestellten drängten sich in der Vorhalle, in respektvoller Distanz. Angelines und Gotzone, seine Küchenhilfen, heulten wie die Schlosshunde.

Während ich die Flasche entkorkte und den Wein probierte, übermittelte ich dem Arzt und dem Sicherheitschef des *lehendakari* Astis Wunsch, dort in Ruhe zu sterben.

Wir stießen an, ich stützte seinen Kopf mit der Hand und half ihm, das Glas zum Mund zu führen.

»Exzellent. Findest du nicht?«

»Ein wunderbarer Tropfen.«

»So gut wie der, den ich mit Dominique getrunken habe.«

»Kannst du mir verzeihen, was ich getan habe?«

»Natürlich ... Es ist nicht wichtig. Es ist vorbei.«

»Aber der *lehendakari* ist noch am Leben.«

»Nicht mehr lange.«

»Ich verstehe nicht.«

»Hast du das Dokument nicht zu Ende gelesen?«

»Nicht ganz ... Drei Seiten fehlen mir noch.«

»Ich habe herausgefunden, dass auch Txoriburu Austern liebt ... Ich habe Anweisung gegeben, sie gleich zu Beginn zu servieren ... Heute morgen habe ich in jede gebackene Auster ausreichend Gift injiziert ... Das mit der Bombe war gar keine schlechte Idee ... Doch ich fand, dass die vergifteten Austern mein Leben als Mörder auf poetischere Weise beschließen würden.«

Ich erstarrte.

Asti öffnete den Mund zum letzten Mal, um Luft zu schöpfen.

»Adiós, mein kleiner Tim. Jetzt ist Schluss mit der Vorstellung.«

»Du hast mich umgebracht, du Mistkerl.«

Ich küsste die mit kaltem Schweiß bedeckte Stirn von Kapitän Haddock und ließ ihn allein zurück.

Während ich mich entfernte, hörte ich, wie das Riedelglas zerbrach, als es zu Boden fiel.

– 2 –

Ich wollte eigentlich Alarm schlagen und verkünden, dass alle, die von den Austern gegessen hatten, vergiftet worden waren. Doch wer würde mir nach der Blamage mit der Bombe noch glauben?

Ich musste allein aus dem Museum verschwinden und vor allen anderen im Krankenhaus sein, das war meine einzige Chance. Wenn alle Bescheid wussten, würde die Sache kompliziert werden, vor allem am Vorabend von Heiligabend und bei dem Chaos, das in der Stadt herrschte.

Die Gemeinheit lauert überall.

Ich versuchte, unbemerkt durch eine Seitentür neben dem Museumsshop zu verschwinden, doch ein *ertzaina* in Uniform befahl mir, bei ihm zu bleiben; sie wollten mich aufs Revier bringen, damit ich eine Aussage machte.

Ich bat ihn, mich auf die Toilette gehen zu lassen, weil ich eine Magenverstimmung hätte. Er begleitete mich ins Erdgeschoss. Ich schloss mich in einer der Toiletten ein, und der Polizist wartete vor der Kabine; wenigstens erlaubte er mir, den Riegel vorzuschieben. Ich schraubte den Metallzylinder des Klopapierhalters ab. Geräuschlos schob ich den Riegel zurück, riss plötzlich die Tür auf und schlug ihm den Zylinder so oft auf die rote Baskenmütze, bis er bewusstlos zu Boden ging.

Nie hätte ich gedacht, dass ich zu so etwas fähig sein würde.

Ich verließ die Toiletten und schlich an der Wand entlang auf eine der Terrassen, von wo aus ich entkam. Ich kletterte über die Brüstung und lief seitlich über den Rasen bis zur Straße. Trotz des dichten Verkehrs erwischte ich sofort ein Taxi.

– 3 –

»Ich glaube, ich begreife langsam«, sagte ich zu dem Taxifahrer.

»Das hat auch gedauert. Aber grämen Sie sich nicht, auf dieser Ebene gibt es viel schlimmere Varianten als diese, das versichere ich Ihnen aus Erfahrung. Sie haben es nicht schlecht erwischt.«

»Was mich am meisten wundert, ist, dass ich trotzdem gar keine Angst habe vor dem, was kommt.«

»Das kommt von einer Art telepathischer Anästhesie. Das ist so üblich. Eine kleine Aufmerksamkeit des Hauses.«

»Dann waren die Austern also tatsächlich vergiftet, das war kein Bluff von Astigarraga.«

»Sieht so aus ... Obwohl es auch andere Gründe geben könnte für die, sollen wir es Lösung des Rätsels nennen?«

»Bin ich tot oder im Koma?«

»Ist das nicht egal?«

»Mir nicht. Wenn ich in einer Art Koma liegen sollte, das von dem Gift oder einem Gehirnschlag oder sonst irgend etwas verursacht worden ist, kann ich eines Tages wieder erwachen, wie es ihm passiert ist. Na gut, sein Fall lag ein wenig anders, das stimmt schon ... Aber wenn ich tot bin, ist nichts mehr zu machen.«

»Denken Sie, was Sie wollen, im Ernst. Für mich spielt das keine Rolle.«

»Wann ist es passiert? Nein, sagen Sie es nicht ..., lassen Sie mich raten ... Ich weiß: Kurz nachdem ich in das Taxi eingestiegen bin, als mir schwindlig wurde. Es war mehr als ein Schwindelgefühl, stimmt's?«

»Oder als Sie auf der Toilette vom Guggenheim waren. Auch das ist nicht von Belang.«

»Müssen Sie unbedingt den Spielverderber spielen?«

»Selbstverständlich, das ist Absicht; das gehört zu meinem schlechten Charakter.«

»Und wieso ein Taxi und ein Taxifahrer?«

»Nun, ich habe einen bestimmten Sinn für Humor, auch wenn die Leute es nicht glauben. Ein muffiges Taxi und ein penetranter Taxifahrer sind das angemessene Fegefeuer für Ihre Yuppiementalität.«

»Die ganze Zeit mit Ihnen allein auf dieser Straße zu fahren kommt mir eher vor wie die Hölle und nicht wie das Fegefeuer ... Ich weiß schon, gleich sagen Sie mir wieder, dass ich das sehen kann, wie ich will.«

»Sehen Sie das nicht so negativ, Mann. Neben meinem Sinn für Humor habe ich durchaus auch einen Sinn für Weihnachten. Da ich Sie zu dieser Jahreszeit erwischt habe, möchte ich Ihnen ein Geschenk machen.«

In ein paar hundert Metern Entfernung kann ich einen gelblichen Schimmer ausmachen. Als wir näher kommen, sehe ich, dass es sich um eine Laterne handelt, in deren Lichtstrahl Asti wartet, der noch immer als *Olentzero* verkleidet ist und meinen geliebten Struppi auf dem Arm hält.

Der Taxifahrer hält an, meine Freunde steigen ein und setzen sich neben mich.

»Besser so?«, fragt mich der Taxifahrer.

»Ich danke Ihnen für die Aufmerksamkeit.«

Struppi hüpft von Astis Arm und legt sich in meinen Schoß. Er hat eine ganz kalte und trockene Schnauze.

»Ich hätte gerne etwas anderes angezogen, aber dazu war keine Gelegenheit«, sagt der *Olentzero* zu mir.

»Ich werde es schon aushalten. Deine Hirtenjacke riecht auch nicht schlimmer als die Polsterung unseres Totenschiffs. Aber eins hätte ich doch gerne ... Entschuldigen Sie, wäre es zu viel verlangt, wenn ich Sie darum bitten würde, den Sender mit den Weihnachtsliedern wegzudrehen?«, frage ich den Taxifahrer. »Das ist wirklich eine Tortur.«

»Tut mir Leid, dass ich Ihnen den Gefallen nicht tun kann. Das mit dem Radio gehört zum Programm. Doch ich empfehle Ihnen, zuzuhören, Sie werden feststellen, dass es ein paar wichtige Nachrichten gibt«, versichert er, während er lauter stellt.

Die verhasste Stimme des Sprechers sagt:

»Wie wir soeben erfahren haben, hat es in der bekannten Tapas-Bar Die Weltkarte von Bilbao gebrannt. Das

Lokal, das sich in der Calle Iturriza befindet, wurde völlig zerstört. Das Unglück wurde wahrscheinlich durch einen Gasherd ausgelöst, den irgendein Schwachkopf angelassen hat.«

»Ach du lieber Gott.«

»Ich bitte Sie, anstößige Ausdrücke dieser Art in meinem Taxi zu unterlassen, wenn Sie keinen Ärger bekommen wollen. Auch wenn ich im Grunde neutral bin, sympathisiere ich mehr mit der romantischen Aura der Verlierer und stehe auf der Seite des gefallenen Engels.«

»Verzeihen Sie.«

Bis eben habe ich gar nicht bemerkt, dass sich das Medaillon des heiligen Christophorus am Armaturenbrett in das des Piraten Jolly Rogers verwandelt hat, während der Emailleschmuck mit dem baskischen Wappen jetzt das Logo von Coca-Cola trägt; unser Gastgeber hat in der Tat einen speziellen Sinn für Humor.

»Ich habe den Ofen angelassen ... Ich habe deine Geschichte gelesen und Gott und die Welt um mich herum vergessen.«

»Sie können es wohl nicht lassen«, sagt der Taxifahrer. »Ich muss Sie warnen, ich kann die geteerte Landstraße gegen einen holprigen Feldweg eintauschen, wo es nach Kuhfladen riecht und Wespen im Auto herumschwirren.«

»Es wird nicht wieder vorkommen ... Die Weltkarte liegt in Schutt und Asche ... Ehrlich gesagt, es ist mir lieber so; der Traum verschwindet gemeinsam mit uns.«

»Und wie es scheint, wird mein Mörderleben nicht in die Geschichte eingehen. Außer dir wird es nie jemand erfahren ... Bis auf den Taxifahrer natürlich.«

»Macht es dir etwas aus?«

»Im Gegenteil. Ich bin ein diskreter Mensch. Und sobald du in dieser dumpfen Trägheit gefangen bist, trübt sich das Bewusstsein und das Geständnis verliert seine erlösende Bedeutung. Andererseits lässt es als Akt der Buße eine Menge zu wünschen übrig. Vielleicht habe ich es unbewusst nur niedergeschrieben, damit du es liest.«

»Du beschämst mich.«

»Du solltest gar nicht so sehr auf mich hören, denk daran, ich bin verrückt.«

»Stimmt, ich vergesse es immer wieder. Woran liegt es wohl, dass ich es mir nicht merken kann?«

»Ich nehme an, das hat mehr mit Zuneigung als mit Ablehnung zu tun ... Was ich allerdings wirklich bedaure, ist, dass du die vergifteten Austern gegessen hast, obwohl du es eigentlich verdient hast, weil du dich auch in alles einmischen musst.«

»Dass macht die Schussverletzungen wett, an denen ich schuld bin. Und das mit den Austern kannst du wieder gutmachen, indem du mir endlich das verdammte Geheimnis der Panade verrätst.«

»Kommt nicht in Frage; man hat mir den Magen durchlöchert, nicht das Gehirn.«

»Sag mir wenigstens, ob Grand Marnier drin ist ...«

»Kann schon sein.«

»Da kommt diese autistische Ader von Alzo zum Vorschein. Das hätte ich mir ja in meinen schlimmsten Opiumalbträumen nicht vorgestellt: Ich hänge im Niemandsland herum in Begleitung eines Kerls aus Guipúzcoa.«

»Sind wir also schon bei den Allgemeinplätzen angelangt.«

»Freunde?«, ich reiche ihm die Hand.

»Für immer, fürchte ich«, erwidert er und schlägt ein.

Der Radiosprecher reitet die nächste Attacke:

»Weitere Nachrichten … Der *osaba* Joseba, der Kinderschänder auf den Hertzwellen, hat sich im Hostal Lewis Carroll, einer heruntergekommenen Pension in der Calle Campa del Muerto erhängt … Und um diese Reise in das Vergessen angenehm zu gestalten, singen die Rigoitia-Zwillinge jetzt für uns *Das doppelköpfige Schäfchen*, mit Josemari oder Julián an der Ratsche und Julián oder Josemi, der auf einer Flasche Anisschnaps El Mono den Takt schlägt. Sie möchten dieses Weihnachtslied dem Trunkenbold Antontxu Astigarraga widmen, der unserem Programm lauscht.«

»Übrigens, Antontxu. Erzähl mir doch den wahren Grund für die Feindschaft zwischen den Rigoitias. Entweder hast du es in deinen Bekenntnissen ausgelassen oder ich bin nicht so weit gekommen, es zu lesen.«

»Stimmt. Ich erzähl's dir später, ganz bestimmt. Wir haben ja keine Eile … Wenn du erlaubst, möchte ich dir zuerst ein wenig von Françoise erzählen, mein Andenken an sie mit dir teilen, um die Erinnerung zu festigen und sie so später ins Nichts entlassen zu können.«

»Es ist mir eine Ehre. Ich höre dir zu, mein Freund.«

»Ich werde versuchen, dazwischenzuquatschen und Ihnen mit meiner Musik auf die Nerven zu gehen«, bemerkt unser Gastgeber.

In diesem ewigen Moment kam es mir so vor, als leuchte das weiße Taxi aus sich heraus, ein schneeweißes Licht, das aus der Dunkelheit hervorstach wie ein Glas Milch in einem Weinkeller oder ein unerschöpflicher Dry Martini mit zwei Oliven. Ich fühlte mich ruhig und friedvoll.

Bilbao, 3. September 2001

Quellen

UND

Vollständige Speisekarte der Weltkarte von Bilbao

Ein paar der nachfolgenden Gerichte stammen aus Artikeln zur Gastronomie von Rafael García Santos, José Carlos Capel und Mikel Corcuera, die in den Tageszeitungen *El Correo* und *El País* erschienen sind.

Wie meine Figur Dominique Lenteur sagt, ist es sehr schwierig und bis auf wenige Ausnahmen auch nicht richtig, die Urheberschaft und Erfindung eines Rezepts nur einem einzigen Koch zuzuschreiben. Deshalb schien es mir angemessen, in alphabetischer Reihenfolge eine Liste der Küchenchefs beizufügen, von denen ich weiß, dass sie das eine oder andere der genannten Rezepte zubereiten. Mir ist bewusst, dass gewiss auch andere, die hier nicht genannt sind, diese wunderbaren kulinarischen Schöpfungen auf den Tisch bringen. Dass sie hier nicht genannt sind, ist allein meiner Unkenntnis zuzuschreiben, für die ich mich entschuldigen möchte.

Adrià, Ferran
Aduriz, Andoni
Arbelaitz, Hilario
Arzak, Juan María
Bahón, Marco
Bárcena, Fernando
Bargués, Jaume

Barasategi, Martín
Camdeborde, Yves
Canales, Fernando
Chapel, Alain
De Jorge, David
Ecoumoire, Eustace
Elicegi, Aitor
Fombellida, José Cruz
García, Daniel
García Rodríguez, Guillermo
Hormaetxea, Beñat
Lavette, Babette
Madrigal, Andrés
Morán, Pedro
Muñoz, Javier
Reoyo, Julio
Rodero, Koldo
Salaberria, Isaac
Sánchez Romera, Miguel
Subijana, Pedro
Zaldua, Juan Antonio

Im Verlauf des Romans habe ich nur einen Ausschnitt der Häppchen, die in der Weltkarte von Bilbao angeboten wurden, genannt. Es folgt die vollständige Liste:

MIT FOIE

Carpaccio vom Wildschwein und frischer Foie
mit grobem Meersalz und Portweinvinaigrette

Carpaccio von der Zunge des iberischen Schweins
in Knoblauchöl mit Linsenvinaigrette
und Salat aus Foie gras und gesalzenen Kalamaren

Foie gras in Tempranillogelee mit karamellisierter Birne

Creme aus Foie gras mit Gelatine aus Muskateller
von Casta Diva und Sellerieschaum

Geräucherte Foie gras mit Meersalatbrühe

Warme Foie gras mit Feigentortilla und rosa Grapefruit

Guirlache aus Foie gras mit Pinienkernen,
Bergamottegelee und Maiskaffeesorbet

Hamburger mit Perlhuhn und Foie gras

Schweinsohr, eingelegt in Foie

Grüne Nudeln, gefüllt mit Pilzen und Foie gras

Pastete mit Foie und grünen Äpfeln

Caneton-Pastete mit warmer Foie und Trüffeln

Kichererbsenmus mit Foie

Foie-gras-Terrine gebacken
gewürzt mit zerstoßenem Anis, Sellerie und Rosen

Milchlammnierchen in Mousse aus Foie gras

VARIATIONEN VON KARTOFFELTORTILLA

Kartoffelbonbon auf Paprikaravioli,
gefüllt mit Eigelb
und bedeckt von warmer Salamigelatine
und Paprika-Julienne auf einem Bett
aus geschmortem Huhn mit Zwiebeln

Ausgehöhlte Kartoffel, gefüllt mit Eigelb
auf Zwiebelmus mit Trüffelöl

Geschichtete Kartoffeltortilla

Kartoffel-Savarin mit mariniertem Knoblauch, gefüllt
mit Eischaum und geschmückt mit einem Zwiebeldach

Kartoffelsoufflé, gefüllt mit Eigelb in grüner
Pfeffersauce, dazu Sorbet aus karamellisierten Zwiebeln

Kartoffelterrine in Eigelb, bedeckt mit Eierstich,
dazu kalte Zwiebelconsommé

MIT STOCKFISCHINNEREIEN

Stockfischkaldaunen und Kalbsmaul auf Ananasscheiben
mit Vinaigrette und krossem Mais

Stockfischinnereien mit Schweinshaxe und Kichererbsen

Stockfischinnereien mit geräuchertem Stockfisch
und Entchen

MEERESFRÜCHTE UND FISCH

Geeiste Bloody Mary mit Wodkagelatine
und gebratenen Herzmuscheln

Gazpacho mit Herzmuscheln
und geeister Creme aus Olivenöl

Carpaccio von Hummer und Pilzen
mit Vinaigrette und Anchovisöl

Hummer in Weizentempura
mit Ochsenzunge und Erdnussjogurt

Warmer Hummer in Frühlingskräutervinaigrette
mit einem Turban aus grünen Bohnen
und grünem Kürbis

Frittiertes Artischockenherz
mit Hummer und roter Paprika

Toast mit geräuchertem Hummer mit Blumenkohl-
röschen, süßem Pfeffer und Mayonnaisegelatine

Ajoblanco mit mariniertem Garnelentatar
in Schnittlauch und Minze

Rote Garnele in Tempura
auf Gelee von Hummer und Herzmuscheln

Languste mit Orangenschale
und Froschschenkel in Knoblauchcreme

Langusten und Hirn mit Tomatengratin,
gewürzt mit Johanniskraut

Entenmuschelgelee in Lorbeerblättern
mit Albariño-Sabayon

Entenmuscheln mit Meeresschaum

Austern in Gelatine
mit Zitronencreme und Camparisorbet

Blumenkohleis mit Mandeln und rohen Austern

Auster mit Kardone und Artischocke

Gebackene Auster auf Croutons

Austernsuppe mit Spinat- und Petersilienbrühe,
weißem Portwein und Champignons

Seespinnensuppe aus Coraille

Seespinnen-Tartelette in Safran und Noilly Prat

Jakobsmuscheln in Sauce von geräuchertem Speck

Gebratene Jakobsmuscheln
mit Seespinne in Anis-Lauchsauce

Gewässerte Anchovis auf tropische Art
mit Kokosraspeln auf feinem Maistoast

Sorbet aus rohen Tomaten mit Croutons und Anchovis

Kürbisblüte, gefüllt mit Stockfischmousse

Stockfischfilet in Olivenöl,
mariniert mit Knoblauchzehen,
als Beilage rohe Erbsen und frittierter Schinken
in Schnittlauchöl mit marinierten Zwiebeln

Stockfisch-Savarin mit geeistem Pil-pil

Thunfischspieß und Bacon mit Ingwer und Kokos

Tatar von Thunfisch und Fleischpaprika
auf Kartoffelrand

Gegrillter Tintenfisch
mit Öl von Zuckermais und schwarzem Gebäck

Gegrillter Tintenfisch
in seiner Tinte auf Schnittlauchcreme

Carpaccio von Pilzen mit Wolfsbarschtatar

Nagelrochen mit Mayonnaise von gekochten Erbsen
und Schinken

Filet und Rogen vom Thunfisch
mit feinen Kräutern und Kiwi-Seespinnenmayonnaise

Wildlachshäppchen mit Gelatine von Entenmuschel,
Schwertmuschel und Miesmuschel

Lammzunge vom Grill mit Meerbarbe in Mais

Meerbarbe mit Rindermark
im Saft von Artischocken und Entenmuscheln

Sardinengelee mit Schweinsohr und *Crudités*

FLEISCHGERICHTE

Ausgelöster Wachtelschenkel im Blätterteigbett

Crudité von Artischocken und Parmesan mit Hasenkarree

Rehrücken mit Feigenkonfitüre

Ringeltaubenbrüstchen mit Apfelkompott

Salat von marinierter Ente mit Lauch

Entenbrust mit saurer Mangokonfitüre,
Bananenblättern und Dörrfleisch

Entenbrust mit Schlehenfeuer
auf einem Bett von gegrillten Birnen

Kalbskopf mit Pistazien in leichter Biskayasauce

Kalbsfußmarmelade mit Trüffeln

DIVERSES

Cremereis mit Schweinsfüßchen und Pilzen

Zimtblätterteig mit Milchreis

Kaviarcoupe mit kalter Blumenkohlcreme
und gebackener Mango

Essenz von Pilzen mit krossem Bacon
und grob gemahlenem Salz

Pilzsuppe mit Blätterteighaube

Schinkenstreifen mit Idiazabal-Käse und Kartoffeln

Püree von Linsen und Kastanien mit Croutons

Eistee aus weißen Brennnesseln
mit Kräutern und Wildblumen in süßem Tomatensaft

Kartoffel-Galette mit Heringskaviar in Sahne

Kartoffel, gefüllt mit Trüffeln,
Cococha vom Seehecht und Spargel

Gebackene Kartoffel gefüllt mit iberischem Speck,
Kaviar, Jogurt und Schnittlauch

Leichter Eintopf aus weißen Bohnen
mit Speck, Venusmuscheln und Schnecken

Meerretticheis

Sabayon aus aromatischem Pfeifentabak

Salziges Tomatensorbet mit frischem Oregano
und *manjar blanco*

Gelatinierte Tomatensuppe mit Ziegenkäse

Trüffel in der Salzkruste mit Hollandaise

QUELLE

Die Darstellung der sexuellen Belästigung »am Arbeitsplatz« in den Szenen, die in der konspirativen Wohnung in Bordeaux spielen, basiert auf den Interviews mit weiblichen ETA-Mitgliedern, die Fernando Reinares in seinem Buch *Patriotas de la muerte* versammelt hat, das 2001 bei Editorial Taurus erschienen ist.

DANKSAGUNGEN

Ganz besonders an Txoki *Mazoski* Sojo und Gabi Sáenz Uribe, die mir zum ersten Mal von Francos Vorkostern erzählten.

An Pitu Genollá, der sich darum kümmerte herauszufinden, ob es sie wirklich gab.

An Paul Preston und César Vidal, die mir in derselben Sache weiterhalfen.

An Ángela Calzada, meine Frau, für eine Erklärung der Syntax und ihre unendliche Geduld.

An Laure Merle D'Aubigné, meine großartige Agentin, für ihre Großzügigkeit.

An Alberto Santana, der mir von der Porzellanschüssel aus dem Topkapi-Palast in Istanbul erzählt hat.

An Fernando Toja, der mir mit seinen ausgezeichneten Kenntnissen der Geschichte Bilbaos und des Baskenlandes meine kniffligen Fragen beantworten konnte.

An Gerardo Alonso, Pedro Goiriena und Koldo Ruiz de Munain, die mir ein paar Dinge zur Entwicklung der Schlange und der Axt erklärten.

An Ana Cascón, Nekane Corada, Iratxe Olano, Esther San Pedro, Luis Marías und Marisol Zubiaurre für ihren großartigen Spürsinn.

An Lander Iglesias, Sara Alaña und Alex Furundarena für die Auskunft über die Oper.

An Manu Montero, die in ihrem großartigen Artikel *Ungewöhnliche Rezepte* die Herstellung von hausgemachtem Champagner dem Vergessen entrissen hat.

An Ángel Ortiz Alfau, der mir die Quelle des pantheistischen Verses von Miguel de Unamuno mitgeteilt hat.

Meinen liebenswürdigen Apothekern aus der Calle Carnicería Vieja für Angaben zu einigen Arzneimitteln.

An Toti Martínez de Lezea, weil sie mir die Idee für eine originelle Mordmethode gab.

An Florencio *Coli* Colina, für die Informationen über Fußball.

An Fernando Maura, für eine gelungene Tiermetapher.

An Gonzalo Jáuregui, für die fotografische Hilfe.

An Manolo Matji, für ein paar Ideen aus einem Drehbuch, das wir zusammen geschrieben haben und das nicht verfilmt wurde.

An Lorenzo Silva, für seinen Rat in Fragen zum Militär.

An Santiago González, für seine erhellenden Ausführungen in seinem Artikel *Das rebellierende Schwein*.

An Santiago *Txonpa* Ruiz Bombín, der für mich den Fremdenführer durch Bilbaos Verkehr – den mit motorisierten Fahrzeugen – gemacht hat.

An Rafa Sanz Galíndez, der mir eine Sache das Kaliber 12 betreffend erklärt hat.

An Verónica Vila-San-Juan, Pilar Elorriaga, José Miguel Bonilla, Ernesto del Río, Emilio Barrenetxa, Iñigo García Ureta, Txema Soria y Fernando Marías, für die geduldige und akribische Lektüre des Manuskripts.

An Daniel García, weil er die köstlichen Austern auf gebackenen Croutons auf der Karte seines großartigen Restaurants, des Zortziko, stehen hat.

Und an Susanna Mende, meine Übersetzerin, weil sie mit akribischem Fleiß und großartiger Hingabe diesen Roman, dessen Sprache vom überbordenden Barock bis zum verzwicktesten Argot reicht, ins Deutsche gebracht hat.

GLOSSAR DER BASKISCHEN BEGRIFFE

abertzale	baskisch-nationalistischer Separatist
Agur Jaunak	baskisches Nationallied
aitas	umgangssprachlich für Eltern
batzoki	Vereinslokal der Baskischen Nationalistischen Partei PNV
bilbao Bizkaia Kutxa	Sparkasse von Bilbao
burukide	Vorsitzender der PNV
ekintza	blutige Aktion
ertzaina	baskischer Polizist
ertzaintza	autonome baskische Polizei
etarra	ETA-Mitglied
harrijasotzaile	Steineheber
Jainkoa	Gott
laztana	Schätzchen, Liebling
lauburu	an den Ecken abgerundetes Hakenkreuz, das der baskischen Mythologie entstammt
lehendakari	Ministerpräsident der baskischen Nationalregierung
Olentzero	Figur aus einem baskischen Märchen
osaba	Onkel
Pelotari	baskisches Ballspiel

txalaparta	ein traditionelles Schlaginstrument
txapela	Baskenmütze
txistorra	Seespinne
txoko	Privatlokal
vicelehendakari	stellvertretender Ministerpräsident der baskischen Nationalregierung

Titel der Originalausgabe
ALACRANES EN SU TINTA
© by Juan Bas, 2002
© by Ediciones Destino S.A., 2002

1. Auflage 2004
Deutsche Erstausgabe
© der deutschen Ausgabe
Frankfurter Verlagsanstalt GmbH,
Frankfurt am Main 2004
Die Arbeit der Übersetzerin
am vorliegenden Text wurde vom
Deutschen Übersetzerfonds e.V. gefördert.
Alle Rechte vorbehalten
Schutzumschlag- und Einbandgestaltung:
Bertsch & Holst
Herstellung: Thomas Pradel, Frankfurt am Main
Satz: Fotosatz Reinhard Amann, Aichstetten
Druck und Bindung: GGP Media, Pößneck
Printed in Germany
ISBN 3-627-00118-4
1 2 3 4 5 – 07 06 05 2004

Neue Literatur in der Frankfurter Verlagsanstalt
(eine Auswahl)

Claire Beyer. Rauken
Roman. 130 Seiten, gebunden
»Brillant geschrieben ... Ich habe selten ein so beklemmendes, wunderbar dichtes, poetisches und trotzdem ganz gerades und klares Erstlingsbuch gelesen wie dieses.« (Elke Heidenreich)

Claire Beyer. Rosenhain
Sechs Geschichten von fünf Sinnen. 206 Seiten, gebunden
»Sechs sinnliche Legenden ... Unter den Autoren, die in den letzten Jahren die literarische Bühne betreten haben, gehört Claire Beyer zu den stärksten und eigenwilligsten.«
(Frankfurter Allgemeine Zeitung)

Silvio Blatter. Die Glückszahl
Novelle. 188 Seiten, gebunden
»Den leichten und liebestrunkenen Sommer, der auf einem Tennisplatz beginnt, gestaltet Blatter mit wunderbaren Beobachtungen.«
(Abendzeitung)

Silvio Blatter. Zwölf Sekunden Stille
Roman. 304 Seiten, gebunden
Rehberg ist 58 Jahre alt, er hat die Altergrenze erreicht und muss seinen Job verlassen. Silvio Blatter erzählt eindringlich die Geschichte einer Ausmusterung.

Marc Buhl. Der rote Domino
Roman. 280 Seiten, gebunden
»Lenz gegen Goethe: Ein raffinierter Krimi in bester Tradition von Antonia S. Byatts Bestseller *Besessen.*« (Brigitte)

Paule Constant. Sex und Geheimnis
Roman. 224 Seiten, gebunden
»Paule Constant beherrscht meisterlich die Gesetze der Spannung, und mehr noch: Ihr sehr engagierter Roman ist eine bewegende Anklageschrift gegen die Todesstrafe.« (Vogue)

Paule Constant. Die Tochter des Gobernators
Roman. 200 Seiten, gebunden
»Das farbigste, humorvollste, bizarrste Stück Literatur, das in den letzten Jahren aus Frankreich zu uns gelangt ist.«
(Der Spiegel)

Paule Constant. Vertrauen gegen Vertrauen
Roman. 270 Seiten, gebunden. Prix Goncourt
»Nie zuvor hat diese Autorin mit solch einer Leidenschaft die sozialen Hüllen zerstört und die privaten Höllen bloßgelegt.«
(Le Monde)

Lucía Etxebarria. Von allem Sichtbaren und Unsichtbaren
Roman. 480 Seiten, gebunden
»Ein Frauenroman, der nicht zwischen Windelnwechseln und Traummann und der Funktion von beidem als Lebensaufgabe hängen bleibt, sondern profundere, sehr spanische Sinnkrisen zeigt.«
(Cosmopolitan)

Ernst-Wilhelm Händler, Stadt mit Häusern

Erzählungen, 263 Seiten, gebunden

»*Stadt mit Häusern* ist einer der selten gewordenen Fälle, dass ein Autor nicht allein etwas zu erzählen hat, sondern es auch erzählen kann mit eigener, modulationsreicher Stimme.«
(Rheinischer Merkur)

Ernst-Wilhelm Händler. Kongreß

Roman. 346 Seiten, gebunden

»Händler, nicht nur darin mit Hermann Broch vergleichbar, gehört zu den Autoren, die schreiben müssen. Er weiß, wovon er redet, weiß, was er will, und – er kann erzählen. Händler begreift nämlich die Literatur noch immer als eine Form der Erkenntnis: Dieser Anspruch ist von Händler nicht nur konsequent, sondern, mit kühler Präzision, auch virtuos umgesetzt worden ... Mit Ernst-Wilhelm Händler hat sich ein Autor in unsere Gegenwartsliteratur eingeschrieben, mit dem künftig zu rechnen ist.« (NDR)

Ernst-Wilhelm Händler. Sturm

Roman. 436 Seiten, gebunden

»Man kann *Sturm* ohne Zögern den wirklichkeitshaltigsten Roman der deutschen Gegenwartsliteratur dieses Jahrzehnts nennen.«
(Berliner Zeitung)

Ernst-Wilhelm Händler. Wenn wir sterben

Roman. 480 Seiten, gebunden. SWR-Bestenliste Platz 1 – Bestes Buch des Jahres 2003

»Ernst Wilhelm Händler vollzieht in seinem raffinierten Roman nichts Geringeres als die feindliche Übernahme der deutschen Gegenwartsliteratur ... Wenn es noch Zweifel geben sollte, ob Ökonomie überhaupt literaturfähig sei, dann sind sie hiermit endgültig entkräftet.« (Frankfurter Allgemeine Zeitung)

Christa Hein. Der Blick durch den Spiegel
Roman. 448 Seiten, gebunden
»Eine neue Erzählerin ist zu entdecken, voller Temperament und Gefühl, voller dramaturgischer Spannkraft, poetischer Phantasie und sprachlicher Könnerschaft.« (Die Welt)

Christa Hein. Scirocco
Roman. 215 Seiten, gebunden
»Die dünne Wand zwischen Liebe und Tod bröckelt unter den messerscharfen Blicken von Christa Hein.«
(Neue Zürcher Zeitung)

Christa Hein. Vom Rand der Welt
Roman. 452 Seiten, gebunden
»Christa Hein schildert üppig und mitreißend. Bei dieser Autorin hat man das Gefühl, sie wagt alles, bedient sich jedes erzählerischen Elements, scheut auch das Banale nicht, das in den Händen ihres sicheren Geschmacks nicht banal bleibt.«
(Luxemburger Tageblatt)

Peter Henning. Linda und die Flugzeuge
Roman. 128 Seiten, gebunden
Nach einer Notlandung in der Wüste von Arizona beschließt der Journalist Berger, nicht mehr in sein bisheriges Leben zurückzukehren. Er ahnt nicht, dass er im Begriff ist, in die verrückteste Sache seines Lebens hineinzuschlittern.

Marc Höpfner. Pumpgun
Roman. 245 Seiten, gebunden
»Marc Höpfner erzählt spannend und erschreckend aktuell die Geschichte eines Schul-Massakers.« (Spiegel-Online)

Ted Hughes. Birthday Letters
Gedichte. 210 Seiten, gebunden
Der große britische Dichter bricht sein Schweigen über die Ehe mit Sylvia Plath: »Das Buch kommt einer Sensation gleich.« (Frankfurter Rundschau)

Zoë Jenny. Das Blütenstaubzimmer
Roman. 140 Seiten, gebunden
aspekte-Preis für das beste Debüt des Jahres 1997: »Eine so rundum gelungene erste Erzählung habe ich lange nicht mehr gelesen.« (Die Zeit)

Marcus Jensen. Oberland
Roman. 512 Seiten, gebunden
Ein Schelmenroman, eine meisterhafte Groteske und eine Zeitreise in die jüngere Vergangenheit. Die scharfsinnige, sprachmächtige und ironische Erzählung einer Kindheit und Jugend in Deutschland.

Marcus Jensen. Red Rain
Roman. 172 Seiten, gebunden.
»Das originellste Debüt des Jahres.« (Süddeutsche Zeitung)

Marielouise Jurreit. Der Antrag
Roman. 300 Seiten, gebunden
Harry Weinlaub, einer der letzten großen Stars des deutschen Fernsehens, gerät durch den unerhörten Antrag einer Unbekannten in die Klemme. Die junge Frau will mit ihm schlafen. Eines Tages steht sie vor der Tür.

Tanja Kinkel. Götterdämmerung
Roman. 447 Seiten, gebunden
»Der ›weibliche Noah Gordon‹ hat einen brisanten Wissenschaftsthriller in bester Crichton-Tradition verfasst.«
(Abendzeitung)

Bodo Kirchhoff. Mein letzter Film
»Ein großartiges Protokoll zum Stand der modernen Liebesdinge. Ein atemberaubendes Gedanken- und Gefühlsfeuerwerk über die Paradoxien der Liebe zwischen Mann und Frau.«
(Der Spiegel)

Bodo Kirchhoff. Parlando
Roman. 536 Seiten, gebunden
»Ein fabelhafter Erzähler, ein großartiger Schriftsteller, eine grandiose Episode nach der anderen!« (Marcel Reich-Ranicki)

Bodo Kirchhoff. Schundroman
Roman. 320 Seiten, gebunden
»Ein höllisch rasant erzählter Thriller.« (Neue Zürcher Zeitung)

Bodo Kirchhoff. Die Weihnachtsfrau
Eine Weihnachtserzählung mit Bildern von Clemens Erlenbach. 80 Seiten, gebunden
»Der schönste Dickens-Ersatz des Jahres.« (NDR)

Bodo Kirchhoff. Wo das Meer beginnt
Roman. 320 Seiten, gebunden
Was ist im Keller des Hölderlin-Gymnasiums zwischen Viktor und Tizia nach einer Theaterprobe geschehen? Erst zwölf Jahre später, inzwischen ist Viktor Haberland Anfang dreißig und arbeitet für ein deutsches Kulturinstitut in Lissabon, trifft er wieder auf Tizia. Ein neuer großer Roman von Bodo Kirchhoff, spannungsvoll und meisterhaft erzählt.

Chris Kraus. Scherbentanz
Roman. 200 Seiten, gebunden
»Ein ganz erstaunliches Buch, in dem sich Lachen und Weinen in atemberaubendem Tempo um den Sinn des Seins und den Widersinn vielen Tuns drehen.« (Sächsische Zeitung)

Shirin Kumm. Royadesara
Roman. 123 Seiten, gebunden
»Ein poetischer Roman über die Unmöglichkeit der Liebe in einer lieblosen Welt.« (Augsburger Allgemeine)

Pavel Lembersky. Fluss Nr. 7
Geschichten. 208 Seiten, gebunden
»Pavel Lembersky ist ein Multitalent. In seinem Erzählungsband erweist er sich als Meister der grotesken Kurzgeschichte, der die Minitaturtragödien immer wieder in den ewigen Kreislauf des Daseins einbindet.« (Frankfurter Allgemeine Zeitung)

Margaret Mazzantini. Geh nicht fort
Roman. 320 Seiten, gebunden
»Eine Meisterleistung: Das ist die Kunst der Margaret Mazzantini. Die Geschichte fesselt uns bis zum Schluss. Und wir wissen wieder, dass keine Wunden größer sind als die, die uns die Liebe reißt.« (Elke Heidenreich)

Margaret Mazzantini. Manola
Roman. 301 Seiten, gebunden
»Komisch, grotesk, ironisch, paradox, aber auch melancholisch, bewegend und erschütternd: zwei Charaktere, zwei Körper, zwei Lebenseinstellungen, zwei Weltsichten, die die gegensätzlichen Facetten der Weiblichkeit am Ende dieses Jahrtausends aufzeigen.« (Il Messagero)

Margaret Mazzantini. Die Zinkwanne
Roman. 259 Seiten, gebunden
»*Die Zinkwanne* ist ein wunderbares Buch. Es ist klar, klug, grotesk, es ist poetisch, komisch, liebevoll und unbarmherzig zugleich. Kriegs- und Nachkriegszeit in Italien werden präsent, vor allem gespiegelt am Leben von Frauen, die Töchter, Schwestern, Mütter, Ehefrauen, Großmütter waren. Am Ende steht diese Frau: Margaret Mazzantini, und hat das großartige Talent, ihre Sippschaft aufleben zu lassen und ihre eigenen Ursprünge zu begreifen. Es ist ein außerordentlich sinnlicher, ein bewegender Roman.« (Elke Heidenreich)

Nikola Anne Mehlhorn. Sternwerdungssage
Erzählung. 80 Seiten, gebunden
»Weithin findet sich keine Literatur, die das Unglück des Daseins auf so knappem Raum mit solch wütender Radikalität auf das Drama des Einzelnen bezieht.« (Neue Zürcher Zeitung)

Quim Monzó. Die Beste aller Welten
Geschichten. 286 Seiten, gebunden
»An Einfallsreichtum, schlagkräftigem Humor und verblüffender Kunstfertigkeit dürften seine epischen Pointen gegenwärtig kaum zu überbieten sein.« (Frankfurter Rundschau)

Christoph Peters. Kommen und gehen, manchmal bleiben
14 Geschichten. 186 Seiten, gebunden
»Peters ist ein eminent kluger und genauer Erzähler, die Klaviatur der Töne beherrscht er virtuos: Ironie, Leichtigkeit und Witz, Poesie, Ironie und tiefen Ernst.« (Die Welt)

Christoph Peters. Stadt Land Fluß
Roman. 278 Seiten, gebunden
aspekte-Preis für das beste Debüt des Jahres 1999: »Ein bundesrepublikanisches Buch der Erinnerung.« (Frankfurter Allgemeine Zeitung)

Sylvia Plath. Die Bibel der Träume
Erzählungen. 248 Seiten, gebunden
»Sylvia Plath weiß souverän zu erzählen. Mehr können Erzählungen nicht leisten, als von der Wirklichkeit abzuweichen, um diese noch genauer wiederzugeben.« (Süddeutsche Zeitung)

Sylvia Plath. Drei Frauen/Three Women
Gedicht für drei Stimmen. 148 Seiten, gebunden
»Sylvia Plaths Gedicht über Mütter und Kinder ist ein Gedicht über das Leben: eine große Variation über die ›Zauberberg‹-Erkenntnis, daß der Mensch um der Güte und Liebe willen dem Tode keine Macht einräumen solle über seine Gedanken, geschrieben Monate vor dem Freitod vor den sorgsam geschlossenen Türen des Kinderzimmers.« (Frankfurter Allgemeine Zeitung)

Sylvia Plath. Die Tagebücher
492 Seiten, gebunden
»Ein großartiges Stück autobiographische Literatur. Kraftvoll und poetisch, klug und sprachlich ausgefeilt.« (Brigitte)

Marion Poschmann. Baden bei Gewitter
Roman 304 Seiten, gebunden
»Physik der Gefühle: Marion Poschmanns Romandebüt erzählt die schönste Liebesgeschichte seit langem.«
(Frankfurter Allgemeine Zeitung)

Marion Poschmann. Grund zu Schafen
Gedichte, 112 Seiten, gebunden
»Selten hat man es mit einer solchen Fülle origineller, souverän gehandhabter lyrischer Bilder zu tun gehabt, den Namen dieser Autorin wird man sich merken müssen.«
(Saarländischer Rundfunk)

Jean-Philippe Toussaint. Das Badezimmer
Roman, 128 Seiten, gebunden
»Um Toussaint einzuordnen, müsste man ihn irgendwo zwischen Kafka und Beckett stellen, eine Brücke zwischen Mondrian und Pascal.« (Le Monde)

Jean-Philippe Toussaint. Selbstportrait (in der Fremde)
Reiseerzählungen. 92 Seiten, gebunden
»Er wünsche sich, hat Thomas Mann einmal gesagt, dass man einst von seinem Werk sagen möge, es sei ›lebensfreundlich, obwohl es vom Tode weiß‹; wollte man Toussaints Romane mit einem halben Satz beschreiben, es wäre dieser.«
(Frankfurter Allgemeine Zeitung)

Jean-Philippe Toussaint. Sich lieben

Roman. 154 Seiten, gebunden

»Das Wesen der Liebe besteht darin, dass sie sich nicht beenden lässt. Dies scheint Toussaint mitteilen zu wollen, ganz und gar toussaintesk natürlich, beiläufig, unpathetisch, parenthetisch, versteckt im offenen, schwebenden Schluss seines bisher schönsten Romans.« (Neue Zürcher Zeitung)

Pablo Tusset. Das Beste, was einem Croissant passieren kann

Roman. 385 Seiten, gebunden

»Witzig und rasant erzählt, voll von absurden, komischen und grotesken Einfällen, geht der Roman ab wie ein Indiana-Jones-Film.« (Focus)

Ángela Vallvey. Die Schule des Glücks

Roman. 380 Seiten, gebunden

Ein bezaubernder und humorvoller Roman über das Glück, eine Hommage an die klassische Philosophie, eine unterhaltsame Satire auf oberflächliche Selbsthilfebücher, geschrieben von einer der talentiertesten und temperamentvollsten Autorinnen der jungen spanischen Literatur.

Thomas Weiss. Schmitz

Roman, 128 Seiten, gebunden

»Eine an Überraschungen reiche, sprachlich konsequent in Szene gesetzte Tragikomödie mit existentiellem Tiefgang und hohem Unterhaltungswert.« (Sprache im technischen Zeitalter)

Ror Wolf. Werke

6 Bände im Schuber. Mit dem Zusatzband: »Anfang und vorläufiges Ende«. 2000 Seiten. Leinen (Alle Bände auch einzeln lieferbar)

»Für Liebhaber der finsteren Moritat und der erhellenden Parodie, des bodenlosen Sprachspiels und des höheren Blödsinns, für Liebhaber verbaler Erotik und erotischer Wortlust. Es ist Ror Wolf ein literarisches Kleinod gelungen.« (Der Spiegel)

Ror Wolf. Zwei oder drei Jahre später

Siebenundvierzig Ausschweifungen. 122 Seiten, Leinen

»Absurd, tragikomisch, trügerisch banal. Ror Wolfs Berichterstattungen vom ganz alltäglichen Wahnsinn sind mit Beckett inszeniert und werden von Kafkas Traurigkeit ausgeleuchtet.«
(Welt am Sonntag)